金风玉露

AUTUMN SCSNE

谢徽禛 × 萧砚宁

白芥子 著

「金风玉露一相逢，
便胜却人间无数。」

广東旅游出版社
GUANGDONG TRAVEL & TOURISM PRESS
悦读书·悦旅行·悦享人生
中国·广州

图书在版编目(CIP)数据

金风玉露 / 白芥子著. — 广州 : 广东旅游出版社，
2022.5
ISBN 978-7-5570-2731-5

Ⅰ. ①金… Ⅱ. ①白… Ⅲ. ①幻想小说－中国－当代
Ⅳ. ① I247.5

中国版本图书馆CIP数据核字 (2022)第066945号

金风玉露
JIN FENG YU LU

出版人：刘志松
责任编辑：梅哲坤
责任技编：冼志良
责任校对：李瑞苑

广东旅游出版社出版发行
地址：广州市荔湾区沙面北街71号首、二层
邮编：510130
电话：020-87347732
印刷：三河市春园印刷有限公司
（地址：河北省三河市李旗庄镇东兴庄村三河市春园印刷有限公司）
开本：690毫米 ×970毫米　1/16
字数：237千
印张：19
版次：2022年5月第1版
印次：2022年5月第1次印刷
定价：58.00 元

金风玉露一相逢，
便胜却人间无数。

那个只比他大半岁的小郎君每日陪他一块念书、练武，
闲时带他爬山游船、逛集市庙会、认识新鲜的玩意，
很多家里不让做、他也不敢做的事情，
都是那小郎君带他一起做的。
半年后那人搬去别处，
走时说有一日会来找他，
他当了真，日夜盼着，
直至渐渐失望。
却不承想在十年后的今日，
面前这位储君殿下笑着说，
是他。

目录

金风玉露

第一章 金风玉露

永兴六年夏末，萧王府。

闷雨方歇，闻得一声乍起的蝉鸣，来传旨的礼部官员搁下茶盏，起身与萧家众人告辞。

“雨停了，下官等也该回去复命。王爷、王妃大喜，过后这一段时日怕是有得忙了，下官便不耽搁您二位的工夫，这便走了。”

萧王萧衍绩派人客气地将之送出去。

待家里人都散了，王妃徐氏颦眉望向自己少年老成、神色泰然的儿子，略略不甘道：“真的……要尚主吗？”

萧衍绩神情有些凝重，叹息一声，“婚事是先帝指的，如今陛下下旨定了公主出降的日子，明日起便开始做准备吧。”

徐氏道：“尚主哪有外人想得那么好，若是没有当年先帝爷的指婚，我宁儿也可以挑个温柔小意、知冷知热的可心人，如今却要去侍奉主上，以后日子岂不难过。而且乐平公主的身份……”

“母亲，雷霆雨露皆是君恩，既是先帝和陛下的旨意，我们自当叩谢皇恩。”萧砚宁出言打断徐氏，俊秀斯文的脸上是一板一眼的认真。

当今陛下并无亲生子，乐平公主是陛下的兄长——前废太子的女儿。初封郡主，永兴帝登基后破格给了公主的封号，养在宫中，身份确实有些扎眼。当年先帝一力促成这桩婚事，本也是为了以此将萧王捏在手里。

徐氏嘴唇动了动，终是没再说下去。

萧衍绩也提醒她：“以后别说这些有的没的了，传出去便是大不敬，平白落人口实。”

徐氏捏着帕子按了按眼角，“我自然知道，我也不过是关起门来抱怨两句而已，以后再不提就是了。”

之后萧衍绩又叮嘱了萧砚宁一番，萧砚宁垂手恭听，待萧衍绩说完，才与父母告辞退下。

徐氏目送他的背影远去，无奈地对丈夫感叹：“宁儿的性子太板正了。那位乐平公主我没见过，之前听我娘家嫂子说她倒是见过两回，说公主性子高傲，不大好相与，宁儿这样的，也不知道能不能叫公主喜欢，日后过不过得下去。”

萧衍绩倒不这么想，道：“宁儿个性沉稳，从不与人急眼，与公主又岂会有过不下去的道理，你忧心太多了。”

“但愿吧。”徐氏隐隐还是有些担忧，事已至此也不好再说什么，只能将满腹的心思压下。

出了正院，萧砚宁驻足游廊朝外看。雨后晴天似洗、澄明一片，庭院中积了水，倒映着碧天，廊前尚有水滴成串地溅落在青石板上。

凉秋将至，正是好光景。

萧砚宁看得入神，身后仆从与他道喜：“恭喜世子爷了，传闻公主殿下貌美若仙，世子爷定会喜欢的。”

萧砚宁微怔。

乐平公主……他从前远远地见过几回，模样如何并未看清楚，他也不太在意，公主是他的未婚妻，无论是何样貌、性情，他都会待她好。

但若当真能两情相悦、琴瑟和鸣，那自然再好不过。

皇宫，御书房。

听完礼部官员的回报，皇帝挥了挥手让人退下，吩咐身边的内侍：“去传太子来。”

话音才落，外头便有人进来禀报：“陛下，乐平公主殿下求见。”

皇帝眉心微蹙，说出一个字：“传。”

只见一个身量高挑的少女一身红裙，梳着朝天髻，缀以金步摇，美艳昳丽的脸上略施粉黛，进门盈盈拜下。

“乐平拜见陛下，陛下万福金安。”

嗓音略低沉，不似一般少女那般娇柔悦耳。

年轻的帝王坐于御案之后，面色不霁，冷眼看过去，没叫起。

内侍极有眼色，自觉地带着一众宫人退下。

僵持片刻，“少女”无奈起身，恢复了本来的声线道：“儿臣参见父皇，父皇莫生气了。”

永兴帝谢朝泠冷声开口：“好玩吗？”

谢徽禛抬手扶了扶头上的金步摇，并不怵，“父皇觉得我这身打扮怎么样，好久没这么穿了，应该还行吧？”

谢朝泠道：“你以为你还是十一二岁？有几个女儿家身量有你这般高大的？”

谢徽禛不以为然道：“也总有几个异类，父皇觉得呢，外人认得出来吗？”

谢朝泠上下打量他一番，有点没好气道：“马马虎虎。”

这小子的长相要扮作女儿家倒也能骗过人，就是个子高了些，喉结得遮一遮，而且既然是他明旨封的公主，轻易便不会有人敢怀疑。

谢徽禛得意道：“儿臣也觉着不错。”

他小时候还养在宫外时，跟着戏班子里的人学了怎么伪装声线，如今即便变了声，要装姑娘也能糊弄过去，外貌便更好遮掩了。

谢朝泠搁下批阅奏疏用的朱笔，将他叫上前，道：“你真打算这样做？”

“父皇都让礼部官员去传旨了，何必再问这个？”谢徽禛倚御案边帮谢朝泠分拣堆成山的奏疏，粲然一笑，“儿臣这位公主若是突然没了，父皇岂不是还要给萧家赔个儿媳妇？”

他这位名义上的父皇其实是他五叔，五叔无嗣，他以旁支宗亲遗孤的身份过继到五叔名下为太子。这些年谢朝泠对他多有纵容，不但允许他保留之前躲祸时伪装的女儿家身份，还破格封了公主，甚至他说要履行先帝定下的婚约，谢朝泠也准了。

谢朝泠语气略冷，提醒他：“出降之日你打算如何囫囵过去？跟驸马明着说？若是被萧家人知道他们的儿媳妇实为男子，你是打算叫皇家与他们萧王府结仇？”

谢徽禛轻咳一声，道：“萧家毕竟是异姓王，儿臣帮您盯着他们，有何不好？”

谢朝泠道：“不需要，朕信得过萧衍绩，否则也不会重用他，不需要用这种方式拿捏他们。”

谢徽禛讨饶道：“父皇放心好了，我不会让驸马和萧家人知道，至少现在不会，也绝不会再给父皇添麻烦。”

谢朝泠深深地看他，谢徽禛低了头，神态谦卑恭谨。

谢朝泠摆了摆手，“下去吧，自己注意着分寸。”

谢徽禛告退，走出御书房时却又撞上刚回来的谢朝渊，既然躲不过，他便大大方方地问了安。谢朝渊将他从头到脚打量一遍，啧啧笑道：“许久不见，乐平当真是女大十八变，越发出挑了，眼瞧着都要‘嫁人’了啊。”

谢徽禛心知他是故意笑自己，淡定地福了福身子，“是要‘嫁人’了，钦天监算了日子，陛下今日已经命礼部官员去了萧王府传旨，出降之日就在下个月月末，六叔可得记着也给乐平备一份嫁妆，这里便先谢过六叔了。”

被谢徽禛这么一将，还得赔份嫁妆出去，谢朝渊倒也不恼，笑吟吟地看他，“你父皇那关过了？”

既然谢朝渊改了口，谢徽禛便不再故作女儿态，“多谢六叔帮忙劝说父皇，要不这事也不能这般顺利。”

谢朝渊仍是笑道：“你小子真是叫本王刮目相看。”

谢徽禛面不改色道：“六叔教得好。”

面前这位是西琉的特克里王，也是曾经的大梁六皇子——恪王谢朝渊。谢徽禛从小得他照拂，与他的关系其实比与谢朝泠还要更亲厚些。

告辞要走时，谢朝渊叫住他，又说了一句：“萧王府那小世子前些日子我见过一回，人长得倒是不错，但不知道萧王府是怎么教的，把人教得过于板正了些，那性子一板一眼的瞧着无趣得很，日后只怕会把你闷坏了。”

谢徽禛道：“这样岂不更好，如此性情的才会懂得恪守君臣之礼，不敢随意冒犯本宫，日后进了公主府，本宫为尊他为卑，他自会用心侍奉本宫。”

“好自为之，别给你父皇添麻烦。”谢朝渊说完回身进了殿内。

谢徽禛回到东宫，因是一身女儿装，从侧门进，回到寝殿才伸手扯了头上的金步摇，提起裙子往榻上一坐。

宫人奉上茶和点心，被谢徽禛随手挥退，只留下贴身伺候的内侍。他漫不经心地晃着手中的步摇，听人禀报萧王府上的情况。

“礼部官员前去传旨时恰逢阵雨，在萧王府坐了小半个时辰才走。王爷和王妃接了旨，瞧着恭敬有余，但不见多少欣喜，像是对这桩婚事不那么乐意。至于世子爷，旁人也看不出他究竟是怎么想的，不过接旨时也是恭恭敬敬、规规矩矩地叩谢了天恩。”

谢徽禛不知听没听，像是心不在焉，忽然笑了一声。

内侍抬眼看向他，“殿下？”

“他就是那样的。”谢徽禛端起茶盏。

袅袅升起的水雾后，那双眼中笑意愈深。

吉日既已定下，之后大婚的一应事宜便在礼部的操持下有条不紊地进行。

行纳彩礼的翌日，皇帝于宫中设宴招待准驸马及萧氏族人，陪席的皆是皇室近支宗亲。

皇帝坐于上座，其侧是皇太子谢徽禛，余的宗亲王爷依辈分于左席列座。萧氏以萧王萧衍绩和准驸马萧砚宁为首，领族中众人进前与皇帝、皇后、储君行大礼。

谢朝泠笑着让众人免礼：“今日饮宴是为贺乐平公主与世子之喜，尔等皆是世子的族亲，理当同乐，都平身入座吧。”

萧氏众人叩首谢恩，入右席。

之后便是推杯换盏、觥筹交错，礼乐声不断。

席间谢朝泠不动声色地打量萧砚宁，此子尚未入朝堂，他先前并未见过。萧衍绩偶尔提及家中世子，也总是自谦说小儿愚笨、不堪大用。谢朝泠心知萧氏向来谨小慎微，萧衍绩如今身负要职，世子又要尚主，为了避嫌，将来萧衍绩至多为之讨个闲职，故宁愿不让其在他这个皇帝心里挂上号。

但谢朝泠这么冷眼瞧着，这小世子面圣时进退有度、不卑不亢，气度和礼节都不差，想来不是纨绔庸俗之辈。

“萧家人我之前接触过，旁支大多庸庸碌碌，唯独萧衍绩这个世子尚算不错，无奈被先帝早早定下了做孙女婿，娶的还是咱们乐平，可惜了，也难怪萧家人不那么乐意。”身侧的谢朝渊小声说笑，为谢朝泠斟酒。

谢朝泠举杯，若有所思，并未接腔。

坐于他左下首的谢徽禛侧身过来，也给他添酒，说：“父皇，世子年岁不大，但学问不错，武艺也不错，父皇信得过萧氏，不必拘泥于旧例。”

本朝并无驸马不能为官的规矩，但做的大多是闲职，已成定例，萧砚宁若真有本事，便是屈才了。

谢朝泠未有表态，只道："世子才十七岁，入朝堂还早了些，再看看吧。"

谢徽禛笑笑，不再多言。

下头萧氏父子不知帝王与储君正在议论他们，先受了御赐的酒，这会儿又不断有其他王公来与他们劝酒，他们不敢推辞，一杯接着一杯喝下。

萧衍绩是武将，习惯了大碗喝酒，这点不过是小意思，萧砚宁却不似其父，鲜少参加这样的饮宴，不胜酒力，白皙俊秀的面庞很快染上了一层薄红。

还有人想灌他酒，谢徽禛出言阻拦："世子再喝便要醉了。今日父皇设宴本是为了庆贺乐平公主与世子之喜，若是世子醉得人事不省被人抬回去，传出去岂非不美。诸位叔祖和叔伯便行行好，莫要再为难世子，孤在这里代乐平谢过诸位了，愿替世子喝了这杯。"

他嗓音温润，储君气势却凛然，言罢痛快举杯，将杯中酒一饮而尽。

当今皇帝的亲兄弟只剩一位幸王，如今在外领兵未归，在座的大多是谢朝泠的叔父和堂兄弟，在皇太子面前端不起长辈的架子。谢徽禛既然开了口，酒也喝了，谢朝泠与谢朝渊就默认了他的意思，便不再为难萧砚宁，继续去与萧衍绩和其他萧家人劝酒。

萧砚宁抬眼，对上谢徽禛的目光，谢徽禛搁下酒杯与他温和一笑，让人给他换了果茶。

萧砚宁心头微动，皇太子在朝中素有美名，虽非陛下亲生，但天资粹美、贤德兼备，朝野上下赞誉一片。萧砚宁从前屡次听他父亲提起这位皇太子，也是赞誉有加。

今日得见，果真如此。

萧砚宁以茶代酒举杯，与上座的谢徽禛致谢，谢徽禛笑着颔首。

谢朝泠身侧将这些尽看在眼中的谢朝渊扔了粒花生米进嘴里，压低声音道："萧家这小世子，怕是没见识过人心险恶。"

谢朝泠一弯唇角，"太子想必有分寸，你我何必操心太多。"

酒过三巡，皇帝依惯例与准驸马赐下玉腰带，萧砚宁上御前躬身谢恩。

内侍将东西捧下去，谢徽禛忽然起身下玉阶，一步一步走至萧砚宁身前，自内侍手中接过御赐之物。

在阖殿的注视下，皇太子亲手将那玉腰带系至了萧砚宁腰间。

萧砚宁眼中有转瞬即逝的讶异，他没敢动，谢徽禛仔细地帮他将腰带系紧。

片刻后谢徽禛抬眼，仍是那副温润似玉、春风和煦的模样，淡笑道："唯愿世子与公主永结同心、举案齐眉。"

萧砚宁回神，后退一步，再次躬身，与谢徽禛谢恩。

谢徽禛双手将他扶住，"世子免礼。"

在座的都是人精，见此情形免不得暗忖皇太子是否在急着拉拢萧家，竟对这位萧世子这般放低姿态。又见御座上的皇帝神色不动，那些嘀咕便也压回了心里。

之后饮宴继续，谢徽禛以身子不适为由与谢朝泠请罪，先告退了。

后宫里正在进行另一场宴席，宴请的是萧氏女眷。

因宫中无太后，故坐在上座的是位分最高的太妃，旁边是皇帝的胞姐淑柔长公主。

这边晚了半个时辰才开席，萧王妃徐氏领着家中众女眷进来，谢徽禛已描眉画红、傅粉施朱，换了一身花团锦簇的宫装，安安静静地坐在了淑柔长公主身侧。

殿中鲜嫩颜色不知凡几，"她"是最夺目的那一位，美人如斯，令人见之难忘。

之后的饮宴无甚新意，皆按照既定的流程走。

公主出降不是嫁进萧家，是萧家尚主，即便徐氏是异姓王妃，在谢徽禛面前也端不起婆母的架子。谢徽禛倒也没兴趣为难萧氏，对着徐氏和萧家长辈客客气气，给足了她们面子。

席间徐氏几次打量未来儿媳妇，乐平公主生得貌美，果真如传言一般，灿若桃李、明艳动人，举手投足间又格外雍容端庄。她言语不多，但眉目间自有一股傲气，周身的气势甚至隐隐将她身侧的长公主都压了下去。

徐氏心下叹气，这般气度的皇家公主，她的儿子只怕压不住。

傍晚，萧家人再次叩谢天恩，出宫回府。

一回到府上，徐氏立刻张罗着叫人上醒酒汤，给丈夫、儿子解酒。

虽说有皇太子解围，萧砚宁仍喝了不少，先前在宫里一直强压着，这会儿才觉醉意上头，却仍维持着仪态，端坐座椅上，双手捧着瓷碗慢慢将醒酒汤喝下。

最小的妹妹趴在他腿边，笑嘻嘻地和他说话："大哥，我看到公主嫂嫂了，她长得好漂亮！"

萧砚宁搁下喝空的瓷碗，轻轻点头，"嗯。"

小姑娘好奇地问："你不欢喜吗？"

萧砚宁想了一下，再次点头，"欢喜。"

他的目光并不清明，神情却是一贯的严肃认真，徐氏看在眼里，唯有叹气。

"宁儿这性子，真不知是像了谁……"

萧衍绩笑着摸了摸自己的络腮胡，道："今日陛下与太子殿下像是都对这小子颇为满意，宁儿性子不差，公主应当也会满意。"

"你说……太子殿下？"徐氏迟疑地问。

萧衍绩嘴角的笑容不变，"王妃不必思虑太多，我萧氏世代受皇恩，唯陛下马首是瞻，便不会有错。"

徐氏心知自己一时想岔了，点了点头，"我知道了。"

又坐了半盏茶的工夫，徐氏命人将萧砚宁送回他住的院子去。

萧砚宁回屋坐上榻，下人打来热水伺候他梳洗更衣，那条玉腰带脱下时自他掌心滑过，贴身伺候的内侍小心翼翼地帮他收起来，高兴道：“今日太子殿下亲手为世子爷您系上这玉腰带，必是十分赏识您。”

萧砚宁微不可见地皱眉，沉声叮嘱：“殿下是看在公主殿下的面子上才如此，不必将这事拿去外头说道。”

可即便他们萧王府自己不提，宫宴上那么多双眼睛盯着，皇太子看重他这位准驸马的消息只怕很快便会传得尽人皆知。

萧砚宁闭了闭眼睛。

殿下今日为他挡酒，于殿下不过是举手之劳，不足挂齿，他却不能不当回事，日后有机会还当与殿下道谢。

东宫。

内侍问起与准驸马赠衣之事，谢徽禛吩咐道：“挑最好的绣娘赶工，务必在十日之内赶制出来。”

大梁例来有公主出降前赠新衣与准驸马的传统，连带着民间嫁女也保留了这个习俗。女儿家越是倾慕未来夫婿，这衣裳便会花越多的心思亲手缝制。当然皇家公主再如何也无须亲自动手，意思意思缝上一两针已是莫大的天恩，谢徽禛更不会做这个。

他抬起手，拇指与食指分开，比画出一段距离，再反复琢磨了片刻，像细细感受着什么，最后报了个尺寸出来。

内侍一下没听明白，谢徽禛眼里浮起笑，“世子的腰身尺寸，你让人按这个做吧，衣裳做得合身一些。”

内侍领命。

谢徽禛摆了摆手，“退下吧，明日将陪侫单子拿来给孤过目。”

十日后，萧王府正院。

萧衍绩淡定地喝着茶等候纳征队伍归来，徐氏捏着帕子却没来由地紧张，问身后的嬷嬷："宁儿去了几个时辰？怎么还没回来？"

嬷嬷宽慰她："快两个时辰了，王妃别急，宫里规矩多，是要耽搁些时候，世子爷向来有分寸，总不会出什么岔子，应当快了。"

话音刚落，便有下人进来报，说是世子爷已经到了两条街外，再一盏茶的工夫就能回府。

徐氏骤松了口气，萧衍绩当下派人去迎，叮嘱道："回来让他直接过来正院。"

一刻钟后，萧砚宁进门，徐氏着急地问他："聘礼送过去公主可还看得上？见着公主了吗？她说了什么？有没有赠衣与你？"

萧砚宁一一回答："聘礼按规矩交给了公主身边伺候的人，公主叫人传了话，说让儿子安心筹备婚事，后又赠了新衣与我。"

徐氏闻言脸上终于堆起笑，"真的？衣裳呢？拿来我看看。"

萧砚宁身后的内侍捧着衣裳上前，是一身天青色的袍衫，绣以竹叶暗纹。徐氏伸手一摸，便知用的是最上等的贡缎料子，这绣工也是顶好的。

徐氏心头的大石顿时落下一半，感叹道："公主殿下有心了，想来确实是满意你的。"

纳征当日女方赠衣回礼，若是对她这夫婿不满意，必不会这般上心叫人送来这样一件一看就花了心思制出的衣衫。

萧衍绩也肯定道："婚事皆是礼部在筹备，我等能插上手的地方少之又少，公主特地传话让你安心，确实颇为看重你，待成婚之后，你也当好生侍奉公主，不可懈怠。"

萧砚宁应下："儿子领命，日后必会一心爱护公主，请父亲、母亲放心。"

三日后，晨起时徐氏那头传来话，让萧砚宁与她一块出府一趟，去光华寺上香。

萧砚宁被人伺候着梳洗更衣，换上的恰是公主赠与他的那件新衣。

镜中的少年郎丰神俊逸、目若朗星，生得一副好样貌。内侍仔细地帮他将袖口、衣角捋平，嘴上说：“公主殿下好眼光，这身衣裳世子爷您穿着真好看，也熨帖，仿佛量体裁衣出来的一般。”

萧砚宁平静地收回视线，吩咐道：“走吧，别让母亲等急了。”

光华寺在京北，是京中香火最鼎盛之地。徐氏特地带着儿子一块来，为求他婚后顺顺当当，萧砚宁知道她的心思，陪着她一起上香拜佛，并无半分敷衍。

后来徐氏又说要去后边殿里拜送子观音，萧砚宁赶紧道：“母亲，我与公主还未成婚，不必这般操之过急。”

徐氏瞧见他微红的耳根，无奈地解释：“不是为你，是为你姐姐，她嫁进英国公府快三年了，肚子还没动静，我怕她在婆家日子不好过。”

萧砚宁一愣，点了点头。

徐氏叮嘱他：“你就在这边等吧，不必跟着我一起过去了，晌午我们留这里吃了斋饭再回去。”

徐氏怎么说，萧砚宁便怎么听，留在了前边大殿这里等她。

谢徽禛的车辇就停在寺庙大门外，已有一段时间，他今日是微服出来，仍是一身女装。

内侍在车下小声禀报：“世子爷跟着王妃是半个时辰前到的，已经在里头待了许久，王妃这会儿拜送子观音去了，世子爷独自在前殿外等候。”

谢徽禛正在把玩手上的指套，听到“送子观音”这几个字后神情微微一顿，意味不明地扯起嘴角，“王妃这般心急？媳妇还未过门，就迫不及待要来拜送子观音了？”

内侍尴尬道：“毕竟世子爷是萧王爷的独子，王妃急着想要孙子，也可以理解。”

另有下人提醒谢徽禛："殿下，世子出来了。"

谢徽禛抬眼望去，萧砚宁自庙中踱步而出，身后只跟了个童仆，像是被寺庙外的远山景致吸引了目光，驻足瞭望。

萧砚宁今日穿了他送的新衣裳，果然很合身，颜色也好看，更衬得他青葱如玉。

谢徽禛一抬下颌，吩咐道："去把他请过来。"

这小世子听完他派去的人说的话，微微变了脸色，须臾又恢复镇定，走上前来，在车下与他请安。

萧砚宁行作揖礼，谢徽禛隔着车窗帘看他，笑了笑，"没想到出宫来上香，恰遇上了世子，世子免礼吧。"

萧砚宁谢恩，起身站直，公主的嗓音低柔温和，与他想象中并不一样。

他道："臣今日随母亲来这寺庙里拜佛，不承想会遇上公主，没有及时来与公主请安，还望公主莫怪。"

谢徽禛故意逗他道："本宫一让人去叫你，你便来了，哪里说得上不及时？"

萧砚宁不知应当怎么说，本该他主动过来与公主问安，既然公主不怪罪，他便再次谢恩："多谢公主宽宏。"

谢徽禛问："你这么说，是觉得本宫是那般小气之人？"

"非是如此，确实是臣做得不好。"

谢徽禛又笑了声，道："算了，本宫不与你计较这个。"

风吹起纱帘，萧砚宁抬眼间，瞧见车内谢徽禛落在肩头的一缕青丝，再往上是他被黑发半遮住的侧脸，轮廓饱满，唇角上扬，是带笑的弧度。

惊鸿一瞥，却并未看得真切。

二人刚说了几句话，徐氏派人来叫萧砚宁过去，萧砚宁有些犹豫，谢徽禛主动开了口："世子去吧，本宫今日是微服出宫，不必因为这些礼数耽误了你自己的事情，一会儿本宫也要进去上香。"

萧砚宁这才再次行礼，告退而去。

晌午，萧砚宁陪徐氏在寺中的客堂用了斋饭。徐氏有些困倦了，打算小憩片刻，萧砚宁出门看庭中的花草，便又有人来，说公主请他过去说话。

他大约没想到公主还没走，惊讶后定了定心绪，请人带路。

谢徽禛在另一边的客堂内，也刚用过午膳，正在品茗。

萧砚宁被人领进门，隔了一道屏风与他见礼，谢徽禛免礼后叫人给他赐座上茶。

萧砚宁看过去，只能看到屏风后影影绰绰的身影。

谢徽禛道："其实没什么事，本宫一个人来上香挺无趣的，恰巧世子在这里，才请世子过来聊聊天。"

言罢，谢徽禛见萧砚宁正襟危坐，又轻笑了一声，"世子，本宫与你再有半个月就要成婚了，这里没有别的人，你不必这般拘谨。"

"礼不可废。"萧砚宁坚持道，"您是公主，臣理当谨守本分，不可逾矩。"

谢徽禛叹气道："待我们成亲之后，你也要这样吗？"

萧砚宁道："应当如此。"

谢徽禛道："夫妻间也该如此生分？"

萧砚宁一时语塞，他自幼读圣贤书，恪守上下尊卑是骨子里根深蒂固的观念，自小他便知道公主会是他的妻，可公主也是君，他是臣，他理当敬重公主。

"你以为，夫妻之道是什么？"谢徽禛问。

萧砚宁思忖片刻，回答他："臣会敬重、爱惜公主，竭尽所能地待公主好，唯愿与公主举案齐眉、白头偕老。"

他言语真诚，神情中亦无半分虚假。

谢徽禛却问："你的敬重、爱惜是因为本宫是你的妻，还是因为本宫这个人？世子，你知道本宫是什么样的人吗？你可有想过想要一个怎样的妻子？若是本宫与你所想并不一样，你还会敬重、爱惜本宫吗？"

萧砚宁不知该怎么说。他有想过，也听许多人提起过公主，脑子里隐约有个模糊的影子，却很难与面前之人对上，所以他说不出口。

谢徽禛笃定道："你不喜欢本宫，你连本宫长什么模样都未见过，言何喜欢？"

萧砚宁答："臣不知道。"

谢徽禛淡下声音道："本宫乏了，世子请回吧。"

萧砚宁觉得自己应该再说些什么，却无从开口，最后也只能行礼告退。

谢徽禛身后的屋门阖上，他在廊下呆站片刻，无奈一叹，抬步离开。

七月廿五，公主出降。

昨夜谢徽禛宿在春晖殿，这里是他的公主寝殿。灯火彻夜不熄，直至五更过后，他被人伺候起身，先沐身，再更衣梳妆打扮。

谢徽禛坐于铜镜前，瞥见镜中自己略干的唇，示意侍从取来蜜色口脂，淡淡抹了一层。

身后从小伺候他的老嬷嬷为他梳头盘发，轻声叹气，"殿下分明已是储君，如何还需要做这些，今夜洞房之时可怎么办？"

谢徽禛低声笑道："嬷嬷，你看孤是会让自己吃亏的人吗？"

他漫不经心地挑拣着摆满案头的钗环，一件一件慢慢摩挲过去。

老嬷嬷不敢再言，继续为他梳头。

晌午之后，谢徽禛由人伺候着穿上繁复的礼服，前去皇帝的寝殿接受醴酒，恭听皇帝训诫。

他虽已被谢朝泠过继为太子，但女儿家的身份仍是先太子之女、当今皇帝的侄女，所以跪下行大礼时要口称叔父，礼仪半点不得出错。

谢朝泠赐下酒，简单勉励了几句宜室宜家之言，并不多说。

倒是谢朝渊像故意揶揄他，道："乐平日后与驸马关起门来过日子，那些娇纵的小性子还得收敛些，别叫人觉得咱们皇室的公主不够贤淑，看低了你。若是能早日诞下麟儿，开枝散叶，那便再好不过。”

谢徽禛淡定地受教，道：“乐平定会铭记在心。”

谢朝泠忍笑，示意他：“那便这般，你先下去吧。”

谢徽禛再次行拜礼，告退而去。

谢朝渊“嘿”了一声，像是好气又好笑，问谢朝泠：“你立他为太子，本就是为了江山社稷、国祚绵延，他如今自己‘嫁’了，日后怎么办？”

谢朝泠不在意道：“以后怎么办让他自己解决吧。”

申时六刻，谢徽禛戴九翟冠，以团扇遮面，于春晖殿登上车辇。

礼乐声中，谢朝渊骑高头大马，亲自领送亲队伍往午门去。

自古多由兄长送新嫁姑娘出门，皇室亦不例外。起初礼部安排流程时，拟定的送亲之人是皇太子，流程报到皇帝那里，却被他提笔改了，将领队送亲之人由皇太子改成了叔父。礼部官员不解其意，也只能这么办。

萧砚宁一身赤罗衣，戴七梁冠，已在午门外等候多时。

晌午过后他便带着迎亲队伍来此，进朝房用过膳食后便一直于午门之外静候。

少年长身玉立、面若朗月，神态始终恭谨，身后是十六抬的鸾轿，迎亲队伍喜气洋洋，只等公主殿下前来。

酉时正，送亲队伍行至午门，谢徽禛的车辇自右侧门出，缓缓停下。

谢朝渊仍骑在马上，萧砚宁上前与之行国礼。谢朝渊打量着他，即便是今日这样大喜之日，这小世子依旧是一副沉稳从容之态，世家子风范十足。

谢朝渊笑着免了他的礼，冲身后示意，谢徽禛由女官搀扶下车辇，缓步走向萧砚宁。

萧砚宁抬眼看去，团扇遮了谢徽禛的面，但挡不住公主周身雍容华贵的气势。他从前就听人说公主身量很高，却不承想竟比他还要高不少。

他愣了一瞬，听到宫人唱“升鸾轿”，便很快收敛心绪，亲手掀开轿帘。

谢徽禛由女官搀扶上轿，萧砚宁只瞧见他侧脸的轮廓，与那日在光华寺外瞥见的一样。

他略定了定心神，放下轿帘，翻身上马。

鸾轿起，迎亲与送亲队伍一并浩浩荡荡地往公主府去。

公主府在皇宫西侧，是京中最繁华之地，从前是一座亲王府，后因主家犯事被革爵，王府也被收回。去岁谢朝泠就已下旨修缮这座府邸，简单改了些规制，如今便成了乐平公主的公主府。

此刻府门大开，悬灯结彩，灯火辉映晚霞，正是喜庆时。

萧家人在此忙前忙后，招待来吃酒宴的宾客。虽不能将儿媳妇娶进自家府门，今日也是萧氏难得的大喜之日，萧衍绩红光满面，听着来宾一句又一句地道喜。

酉时四刻，迎亲队伍至公主府，萧衍绩领着一众宾客于府门外迎接，先拜谢朝渊。

谢朝渊免了众人礼，萧砚宁亲手将谢徽禛扶下鸾轿，一双新人并肩跨入公主府门。

吉时到，二人拜天地、君上，再转身面朝彼此，在红烛画堂中夫妻对拜。

萧世子是身姿修长挺拔的俊儿郎，这位公主殿下竟比他还要高挑不少，引来众人惊叹。徐氏打量着自己的儿媳妇，嘴角的笑容里多了几分真心实意，高挑好啊，高挑些好生养，最好能三年抱俩！

谢朝渊没有久坐，喝了杯喜酒，代皇帝赐下贺礼，便起身回了宫。

走了他这尊煞神，气氛愈加喜庆热闹，喜宴这才刚刚开始。

谢徽禛被送回洞房，终于将喧嚣隔绝在外。

进门后他放下团扇，四处扫了一圈，屋中喜蜡燃得正旺，烛火摇曳生辉。

谢徽禛将屋中女官都打发出去，只留下身边亲信的嬷嬷和内侍，又叫人送上来酒菜，打算先填饱肚子。

戌时末，守在门外的人进来禀报，说是驸马爷回来了。

谢徽禛重新拿起团扇，坐回喜床上。

萧砚宁进门，他酒喝得有些多，好在有家中堂表兄弟帮忙挡酒，没有醉得不省人事。萧砚宁不想在公主面前失态，勉强维持着清醒，走进洞房瞧见端坐喜床上的谢徽禛，呼吸微滞。

女官笑着提醒他："请驸马爷上前接过公主殿下手中的团扇。"

萧砚宁回神缓步走至床榻前，谢徽禛身形未动，萧砚宁的喉咙动了动，自他手中接过了那把遮面的团扇。

谢徽禛慢慢抬眼，萧砚宁一动不动地看着对方，面前的新娘瑰姿艳逸、姝色无双，额前桃花钿娇艳欲滴，衬得谢徽禛双瞳剪水，那双眼睛里却无多少喜意，就这么平平淡淡地回视着他。

萧砚宁后退一步，弯下腰，与他的妻子见礼。

"臣萧砚宁，见过公主殿下。"

"免礼吧。"谢徽禛嗓音清冷。

气氛一时有些僵持，女官适时上前，提醒他们行合卺礼。

喝过合卺酒，再结发，二人皆未再吭声，按部就班地完成。

最后众人异口同声祝福他们"百年好合、早生贵子"，然后鱼贯而出。

屋中瞬间安静下来，唯余烛台上灯芯噼啪作响。

二人盘腿坐于喜床上，隔着一拳的距离，默默无言。

谢徽禛盯着前方桌上烧得正旺的喜蜡，忽然笑了一声，先开了口："驸马打算与本宫就这样干坐一整夜吗？"

他的目光转向身侧人，萧砚宁也正看向他，欲言又止。

"想问什么直接问吧。"谢徽禛道。

萧砚宁低了头，与他赔礼道歉："那日在光华寺冒犯了公主，还请公主勿怪。"

谢徽禛轻哂，那算什么冒犯。

二人沉默片刻，萧砚宁低声道："公主与太子殿下长得很像。"

他方才乍一见到公主，便有种熟悉之感，公主说出让他想问什么直接问时，他才猛然想起来，公主与宫宴那日他见过的皇太子殿下长得几乎一个样。

但公主是女儿身，施了粉黛的脸要比皇太子殿下明艳许多。

谢徽禛平静道："你若不是两耳不闻窗外事，应当听说过那个传言，传言不虚，太子名徽禛，本宫闺名徽嫃，本宫与太子殿下确是双生子。太子是本宫亲兄长，因是男儿身，当年父亲为保住他性命，没叫人知道他的存在，连先帝也不知道，多亏了当今陛下照拂，兄长才能有今日。"

其实不是，他母亲当年是东宫良娣，只生了他这么一个儿子，父亲为保他性命，对外说他是女孩。他从小被当作姑娘家养大，十二岁才真正恢复男儿身，被以旁支宗室遗孤的身份过继给当今陛下为太子，女儿家身份也得保留，还得封了公主。

萧砚宁愕然。

谢徽禛又道："你如今已是本宫的夫君，本宫才与你提起这些秘密，还望夫君替本宫保密，莫要告诉别的人，包括萧氏中人甚至萧王爷。"

萧砚宁回神，压下心头的惊骇，肃然道："公主放心，臣必不会与他人提起此事。"

谢徽禛点了点头，"你是个老实人，本宫知道你不会与人多舌。"

他说罢起身，随手摘去翟冠，传了人进来伺候梳洗更衣。满头钗环卸去，绾了个简单的发髻，谢徽禛转身提醒还呆坐床榻上的萧砚宁："很晚了，驸马也赶紧更衣歇下吧。"

萧砚宁白着脸起身，想要告退，却被谢徽禛叫住："驸马打算去哪里？"

萧砚宁嘴唇动了动，哑声道："去旁边厢房将就一晚。"

谢徽禛不赞同道："外头还有宫中女官，你若是出去了，岂不人人都知道你与本宫新婚之夜便不睦？"

不等萧砚宁说，他又道："留下吧，与本宫一起睡便是。"

之后他也帮萧砚宁传了人进来伺候他梳洗，再一起并肩而眠。

屋中伺候的人俱已退下，床帐滑落，萧砚宁紧绷着心神，不敢再看谢徽禛。他酒喝得多，其实已经很困倦了，后头不多时便迷迷糊糊睡了过去。

喜烛未灭，谢徽禛翻过身，目光落向身侧人。

萧砚宁背对着他躺于外侧，像是怕他反感，小心翼翼地与他保持着距离，身子几乎蜷缩到了床沿。

翌日清早，辰时未到谢徽禛便叫了人进来伺候，洗漱、更衣、梳妆。

萧砚宁起得更早，谢徽禛坐于铜镜前梳头，他立在一侧，不敢凑得太近，目光甚至不敢多在谢徽禛脸上停留。

谢徽禛自镜中看到他略显窘迫的神色，弯了一下唇角，随手将耳坠夹到耳垂上。

"世子不必如此，你我夫妻，自然相处便是。"他慢慢说道。

萧砚宁忆起昨夜谢徽禛说不愿圆房时的冷淡神情，心知公主那日在光华寺便恼了他，心下难受，却也只能道："好。"

说话间，他瞥见谢徽禛刚涂抹了红色脂膏的唇，嘴角还衔着抹浅笑，心情像是十分不错，萧砚宁垂了眼，不再看他。

用过早膳，辰时四刻，二人启程回宫。

谢徽禛乘车，萧砚宁怕他不自在，没跟上去，只在外头骑马，谢徽禛没说什么，下令出发。

辰时末回到宫中，谢徽禛带着驸马直接去了皇帝的寝宫。

宫中如今人口单薄，谢朝泠也不怎么讲究规矩，没叫他二人行大礼，直接命人赐座奉茶。

谢徽禛开口便问："太子殿下不在吗？"

谢朝泠有些无奈，回道："太子染了风寒，身子不适，便不过来了。"

身侧正喝茶的谢朝渊笑出声，谢徽禛厚着脸皮问："怎会染了风寒，严重吗？”

谢朝泠道："不打紧。"

谢徽禛道："那便好。"

萧砚宁不觉有异，公主既与太子殿下是双生子，即便明面上不能认，陛下总是知晓的，公主归宁想要见一见亲兄长，实属人之常情。

谢朝泠与谢徽禛说了几句有的没的，目光落向他身旁的萧砚宁，问道："驸马初入公主府，可有不适之处？"

萧砚宁下意识地想要站起身回话，被谢朝泠摆手制止，"这里没有外人，坐着说话吧。"

萧砚宁这才小心翼翼地坐下，却不似谢徽禛大大咧咧地靠坐椅背，只是略沾着椅子虚坐半边，恭敬地聆听圣训。

谢朝泠却只与他聊家常，问的都是些琐事，萧砚宁一一答了。

说了片刻话，谢朝泠忽然问："你既已成家，也该早日立业，朕听闻你书念得不错，武学也不错，可想过求个一官半职？"

谢朝泠对这萧世子还是颇满意的，谢徽禛如此捉弄人，他与谢朝渊配合着一起，到底过意不去，有心想补偿。上回谢徽禛已当面帮这小世子与他讨前程，如今婚事已了，这事也该早日办了。

萧砚宁再次站起身，推拒了谢朝泠的好意："陛下厚爱，臣受之有愧。臣年少无知，恐难当大任，若只因公主殿下之故便得陛下青眼，入了朝堂只怕也难以服众。"

萧氏这个异姓王府本就扎眼，他父亲如今得皇帝器重身负要职，他还尚了主，可谓树大招风。萧衍绩想待他弱冠之后再为他讨个闲职，他知父亲用意，虽感念皇恩，却不敢从。

谢朝泠无奈道："你不必如此自谦。"

谢朝渊靠近谢朝泠说了两句，谢朝泠沉吟片刻，改了口："也罢，朕再想想吧。"

晌午，谢徽禛与萧砚宁留在宫中用午膳。

谢徽禛被谢朝泠叫去单独说话，谢朝泠开门见山道：“朕给你放十日婚假，对外便说你风寒未好。”

谢徽禛笑着谢恩：“多谢父皇。”

谢朝泠没好气地问：“婚假之后你打算如何？朕的太子不能日日留宿宫外。”

谢徽禛道：“这个简单，父皇不如下旨，让世子去东宫当差吧，反正他年岁不大，现在让他入朝堂，他和萧家都有诸多顾虑，干脆让他进东宫卫队里任武职好了。如此他得在东宫值宿，每十日才有一日休沐，儿臣也就只陪他回去那一日。”

谢朝泠不意外谢徽禛会这么说，方才谢朝渊就与他提了，应该是这小子先与谢朝渊通了气。

“你这般胡闹，朕不与你计较。萧氏是忠臣，朕如此做，委实对不住他们。”谢朝泠道。

谢徽禛还要说话，谢朝泠挥手打断他，继续道：“朕纵容你，是心知你有分寸，并非只为闹着玩。你也得当真有分寸，别做得太过了。朕给你一年的时间。”

谢徽禛低了头，遮去眼中的情绪，“儿臣知道。”

之后便是家宴，仍是他们四人，围坐一张圆桌。

萧砚宁第一次与皇帝同桌用膳，席间礼仪无可挑剔，态度亦十足恭谨。

谢朝渊为他倒酒，萧砚宁想起身谢恩，刚站起来便被谢朝渊一手压住肩膀按坐回去，“世子明明才十七岁，怎的这般实诚，陛下都说了这里没有外人，不必拘这些虚礼，本王给你倒酒，你坐着便是。”

萧砚宁没再动，嘴上与谢朝渊谢恩。

谢朝渊挑唇笑了笑，与谢徽禛道：“乐平，你这驸马老实得很，你可别把人欺负狠了。”

谢徽禛岂不知谢朝渊是故意笑他，面不改色道："我一柔弱女子，哪里来的那般本事。"

"柔弱女子。"谢朝渊重复了一遍这四个字，忍笑，举杯向萧砚宁，"乐平虽是皇家公主，你却也是她的夫君，偶尔振一振夫纲也不算有错。凡事讲究对错，本王与陛下自不会一味偏袒乐平。"

谢朝渊这么说，萧砚宁却不能接这话，只道："公主殿下若有错，也是臣之错在先，臣不敢与殿下计较。"

谢朝渊瞧着稀奇，若是换个人说这话，他只当对方是故意在他们面前说好听的，但面前这小世子神色诚挚、言语认真，却是真心这般想的。

萧衍绩那个武夫能养出个这般性情的世子，当真了不得。

谢朝泠也道："既已结为夫妻，便该互相包容、爱护，没有一方必须一味忍让的道理，还望日后你二人能同舟共济、患难与共。"

"多谢陛下教诲。"谢徽禛与萧砚宁异口同声，举杯与谢朝泠和谢朝渊敬酒。

未时，他二人出宫往萧王府。

萧家人早已等候多时，徐氏一早就派了家丁几番出去瞧，盼到这会儿才把儿子和新媳妇盼来。

听闻公主的车辇已经到了两条街外，萧衍绩与徐氏带着府中上下一齐出去迎接，一刻钟后，萧砚宁骑着马的身影出现在街角，其后是乐平公主的车辇。

车停在王府正门外，萧砚宁翻身下马，和先前在宫门外一样，亲手将谢徽禛扶下车。

萧家人迎上去见礼，被谢徽禛笑着打断："不必客气，王爷、王妃免礼。"

萧氏虽封王，却不比谢家宗室的亲王和公主，天然比他们低一头，按礼数确实该他们与谢徽禛行礼。而谢徽禛是皇家公主，即便嫁了萧砚宁，在他父母面前也不用改口，这便是尊卑之别。

谢徽禛没打算为难人，面上言笑晏晏，对着萧氏众人十分客气。

进门后谢徽禛站着与萧衍绩和徐氏奉了茶，接了他们给新媳妇的见面礼，又给萧砚宁的幼妹和萧家其他房的小辈赏了礼物，一时间所有人都很高兴，萧家正院里欢笑声不断。

徐氏有心想单独问儿子几句，可惜找不着机会。她眼瞧着公主性子颇好，举手投足间也很照顾萧砚宁，便不再多想，心头的大石彻底落下了。

她如今只安心等着，或许很快便能抱到乖孙孙吧。

他们留在萧王府用了晚膳，夜幕低垂时才打道回公主府。

萧砚宁的婚假只有三日，之后便回国子监念书，每日辰时出门，申时才回府。

谢徽禛对他始终不冷不热，萧砚宁自觉理亏，并不敢有怨言。

徐氏私下派人来问，他也只说谢徽禛的好话，不提别的，不叫家中人担忧。

未时，谢徽禛正倚榻看书，下头人进来禀报，说萧王妃派人送了庄子上产的新鲜绿叶菜来，还有一箩筐的肥蟹和几坛好酒。

谢徽禛漫不经心地“嗯”了一声，吩咐道：“那便收下吧，跟王妃道谢，记得给送东西来的人些赏赐。”

下头人领命退下，谢徽禛搁下手中的书册，看一眼窗外，问身后的内侍：“什么时辰了？”

内侍道：“回殿下，未时四刻了。”

谢徽禛略一沉吟，起身道：“走吧，本宫去接驸马回府。”

国子监离公主府不远，谢徽禛换了身衣裳再慢悠悠地乘车出门，到国子监外头时，萧砚宁还未下学。

他也没叫人进去，就让车停在街对面候着。

一盏茶的工夫后，陆续有学生出来，再等了片刻，谢徽禛便看到萧砚宁同三两同窗一起走出了国子监的大门。

谢徽禛的人迎上去。

萧砚宁听闻公主殿下来了，先是意外，下意识地抬眼朝对街望去，果真看到了谢徽禛的车辇。

身边好友笑着揶揄了他两句，各自告辞离开，萧砚宁走去街对面，在车下问谢徽禛："公主怎么来了国子监？"

谢徽禛道："路过，你也上来吧。"

萧砚宁上车，谢徽禛歪倚在车中，正在用茶点。他今日的发髻又是随意绾的，略施薄粉的脸上神情有些慵懒，萧砚宁只看了一眼便垂了眸。

"念了一整日的书，饿吗？吃些东西吧。"谢徽禛示意他。

萧砚宁谢恩，端起茶盏，夹了一筷子点心进嘴里。

谢徽禛看他吃东西也是斯斯文文、无声无息的，心不在焉地想着这般有教养的人，若是被欺负狠了，不知会是个什么光景。

胡思乱想间，萧砚宁已拎起热壶，帮他将茶盏斟满。

谢徽禛看过去，萧砚宁伸手示意，"公主一直在吃点心，喝口热茶吧。"

谢徽禛一笑，端起茶盏。

回府时刚申时二刻，下头人来问晚膳要不要蒸几只螃蟹，谢徽禛随口应了，与萧砚宁道："王妃倒是时时刻刻惦记着你，隔两日就要派人来送东西，好似怕你在这公主府里吃不饱穿不暖一样。"

他本是一句随口的调侃，萧砚宁听罢却赶忙拱手请罪道："母亲并无此意，她只是习惯了帮臣操持这些琐碎之事而已……"

"行了。"谢徽禛皱眉打断他，"本宫当然知道王妃不是这个意思，说笑而已，你怎么总是这般谨小慎微？"

萧砚宁低了头，再次告罪："是臣想岔了，公主息怒。"

他话音刚落，外头又有人进来禀报，说是兵部送了告身来，请驸马去前头迎接。

萧砚宁不明所以，谢徽禛倒是心中有数，陪着他一起去了。

来送告身的兵部小吏先与他二人见了礼，脸上堆满笑，将那封任职文书递给萧砚宁，“恭喜驸马爷了，这是陛下亲自下的敕封，命您为东宫禁卫军副统领，明日起便去东宫赴任。”

萧砚宁十分意外，将告身接过去，与人道谢。

来的几个小吏都得了谢徽禛的赏银，高高兴兴地走了。萧砚宁仍在看那封任职文书，确确实实出自兵部，也确确实实给了他从四品的东宫武职。

谢徽禛从他手里抽去文书，快速浏览完，弯起唇角，“陛下先前就说给你封官，你不要，如今连敕封都下了，你总不能再推辞，怎么，不高兴？”

萧砚宁道：“臣不敢。”

谢徽禛道：“是没想到陛下会让你去东宫？让你入朝堂你不肯，进东宫也不愿吗？莫不是担心日后成了东宫派系之人，会牵连了萧家？”

萧砚宁面色微变，谢徽禛不以为然道：“你想太多了，陛下心胸开阔，是难得的明君，他若是真防着东宫，当初大可不必立这么一位太子。陛下还这般年轻，从宗室里选几个不知事的孩童慢慢教不是更好？他既然立了如今这位太子，便是不在意外头人顾虑的那些。

“本宫先前同你讲过本宫与太子的关系，陛下既让你入东宫，想必也有他的考量。你进了东宫，做好分内之事便是，旁的无须多虑。”

萧砚宁道：“公主说得是，臣知道了。”

谢徽禛笑了笑，“真知道了？”

萧砚宁点头，“知道了。”

谢徽禛又问他：“你那日在宫宴上见过太子，觉着他如何？”

萧砚宁想了一下，答：“太子殿下与传闻中一般，有先贤风范。”

“你对他评价如此之高？”谢徽禛闻言颇意外，“为何这般觉得？”

萧砚宁道：“殿下光风霁月、谦和有礼，日后定与陛下一般，是难得的明君、仁君。陛下会选中他，想必是有道理的。”

谢徽禛道："外头都传你得了太子青眼，那日宫宴上的事早已传遍了，本宫自然也听说了。"

萧砚宁红了脸，嗫嗫道："并非如此，殿下……确实是个好人。"

"好人。"谢徽禛哼笑，"你如何就认定了？"

萧砚宁也说不上来，或许是直觉，他就是觉得太子殿下很好。

"那本宫呢，本宫与他，孰好？"谢徽禛追问。

萧砚宁却没想到他会问这个，"这不一样。"

谢徽禛道："有何不一样？"

萧砚宁道："公主是臣的妻，太子殿下是天下人的储君。"

这话却并不能叫谢徽禛满意，他不以为然道："人无完人，本宫如此，太子亦如此，且人不可貌相，驸马只怕要失望了。"

萧砚宁猜不透他话中的深意，便没再接话，谢徽禛也懒得说了，将那封告身递还给他，"明日早些进宫吧，第一日赴任别迟了。宫里的禁卫军都是十日一休，要在宫中值宿。从明日起，只怕本宫也难见上你一面了。"

他说到这个，忽又笑了，问萧砚宁："待王爷、王妃知道，会不会埋怨陛下不通情达理。本宫与你新婚宴尔，却被棒打鸳鸯，以后每十日才能见上一面，王妃怕也要担心不知几时能抱上孙子吧？"

萧砚宁有心想解释萧氏不敢这般想，话到嘴边想到方才让谢徽禛生气，只能干巴巴地挤出一句："臣与公主年岁都不大，来日方长。"

谢徽禛神色一顿，"本宫不愿与你行夫妻之实，你心里可怨恨本宫？"

萧砚宁赶忙道："没有，是臣做得不够好，惹了公主生气。"

谢徽禛打量着他的神情，这人从来不会说谎，他这么说就确实是这么想的，便道："你与王妃派来的人提过？"

萧砚宁道："并未，臣未与任何人提过这事。"

谢徽禛点了点头，"那便算了。"

之后二人便不再提这个，又坐了片刻，谢徽禛吩咐人传膳。

新鲜肥美的河蟹做了两吃，席间萧砚宁亲手帮谢徽禛剥蟹，无微不至。

谢徽禛几番看他，见他专注地干着这并不熟练的活，心里笑他傻，免不得又有些感慨。

用过晚膳，谢徽禛留萧砚宁下来挑灯下了两盘棋，戌时，萧砚宁回房。

这正房本就是东西两间屋子，谢徽禛住东屋，自“洞房”那夜后，萧砚宁便搬去了西屋住。谢徽禛不乐意他的亲近，他心里虽难受，但确实不曾有埋怨，只想着日后能表现得好一些，好叫公主满意，慢慢接纳他。

下头人打来热水伺候他洗漱更衣，打小跟随萧砚宁的内侍忧心忡忡道：“世子爷明日起便要入东宫当差，日后在宫里奴婢们不能伺候您，您还得去伺候天家，夜里怕是连个囫囵觉都难有，这日子可怎么过啊。”

萧砚宁倒不在意这个，道：“我不在府上的日子，你们几个从王府里出来的都别往公主跟前凑了，本分一些，别惹公主不快。”

一众下人喏喏应下。公主殿下脾气算不上太好，又威仪十足，世子不在，借他们胆子也不敢去公主殿下面前晃悠。

萧砚宁不再多说，先前他已派人去王府给他父亲递了话，让萧家那边知道了明日起他要入东宫当差，旁的便只能走一步算一步。

好在太子殿下是个好人，去了东宫，日子想必不会难过。

若有机会，他也想一展抱负。

第二章 初入东宫

翌日，天未亮萧砚宁便已起身，更衣用过早膳，出门之前到谢徽禛屋门外问安，值夜的下人说公主还未起，萧砚宁没叫人打扰，小声叮嘱他们伺候好公主，转身离开。

屋中谢徽禛其实已在洗漱，听闻下人禀报驸马爷走了，点了点头。

今日他没再穿女装，用过膳食又喝了半盏茶，吩咐下人："备车吧，孤也该回宫了。"

卯时六刻，萧砚宁入东宫，先到禁军值房里点卯，见了他的上峰。

东宫禁卫军统领刘纲是位四十几岁的身形魁梧的武将，另有三位副统领，年岁、资历都远在萧砚宁之上。萧砚宁生得细皮嫩肉，年不及弱冠，全靠着裙带关系进了这东宫，旁的人看他的眼神里隐隐透着不屑，萧砚宁假装不知，表现得不卑不亢、淡定从容。

刘纲摸了一摸自己的小胡子，眯着眼打量面前这位被陛下钦点进东宫的驸马爷，思忖着是否要将之高高供起来，心下免不得烦躁，塞这么个人过来，他们日后岂不是要侍奉两位爷？

"舞枪弄剑可会？"饶是如此，刘纲也想试他一试，若是当真手无缚鸡之力，那便只能供起来了。

萧砚宁道：“略懂一二。”

刘纲随手从兵器架上抽了柄长枪出来，沉甸甸的很有些分量，扔向萧砚宁。

萧砚宁一只手接了，毫不吃力，握得很稳当。刘纲见状脸色稍霁，语气也不自觉地好了些许，“试试。”

萧砚宁握着枪走去值房外的院子里，摆开阵势，舞了一套行云流水的枪法。一招一式间没有太多花哨，长枪凌厉破空，下盘很稳，力道十足，一看便不是花架子。

从他刺出第一枪起，刘纲眼里便流露出了诧异，越到后面神情中的赞许便越盛。在值房的将卒纷纷出来围观，后头还有人高声喝起彩来。

萧砚宁始终面色沉稳，最后将长枪一刺，做了个漂亮的收尾。

刘纲啪啪拍了两下手，周围的人热情地围上来，方才的那点轻视不复见。

武将不像文官那么端着，好便是好。萧砚宁露了这么两手已叫众人对他刮目相看，刘纲更对这个比他儿子还小的少年起了爱才之心，亲自把他介绍给其他属下。

萧砚宁脸上并无倨傲，很是沉稳谦虚，更叫人心生好感。

介绍完人，刘纲带他进了值房，与他说了说东宫禁卫军的大体情况：“东宫有禁卫军一千五百人随扈护卫殿下，一部分在各殿外和宫门值守，一部分负责四处巡视。各排了三班，每日轮班，像我等五品以上的将领，每十日可有一日休沐，其余时候都得在这东宫里轮值，随时听候殿下差遣。”

萧砚宁认真地听，这些他倒是都知道，一千五百兵丁看似只有整个皇宫禁卫军的十不足一，实则也已不少了。先帝那会儿的东宫太子护卫队可没这么多人，当今陛下能给太子配备这么多兵马，足见其对太子的信任和看重。

刘纲接着道：“殿下亲自挑选了一支百余人的贴身护卫，能进殿下寝殿当值的都是他的亲兵，本事自然是一等一的，品性也得过关。那些人只受殿下调令，便是本将也不能对之发号施令。你若是真有本事，想来能入殿下的眼，到了殿下身边当差，前途自不可限量，好好表现吧。”

萧砚宁心知这位统领是好意提醒，赶忙与之道谢，至于能不能去太子身边贴身护卫，他却不奢求。

刘纲拍了拍他的肩膀，又继续与他交代起其他琐碎之事。

之后萧砚宁去更衣，换上公服。

武将的公服剪裁贴身，束腰箭袖，十分便宜。萧砚宁本就身形挺拔，换上这公服更衬得他英气勃发，刘纲见状很是满意，赞叹道：“少年郎果然还是要练武，周身才有气势，穿衣裳都好看。”

萧砚宁不太好意思，低声谢过他的夸赞。

巳时四刻，刘纲亲自领着萧砚宁去东宫四处转了一圈。东宫很大，主要殿宇便有好几座，后边还有偌大的花园、演武场、跑马场与池塘。

刘纲伸手遥指向另一边的宫殿，告诉萧砚宁：“那边是东宫妃嫔的寝殿，以这荷花塘为界，就不是我等能过去的地方了。不过如今殿下尚未大婚，亦无侍妾，倒是不打紧。”

萧砚宁只看了一眼便收回了目光，点了点头。

刘纲看时候不早，提醒萧砚宁：“走吧，先回去值房那边，今日几位副统领都在，一会儿我将他们叫来，把差事重新分了，也好定下你的职责。放心，你刚入东宫，不会交给你太多事情，等适应一段时日再说。”

萧砚宁再次道谢。

回到值房已近中午，萧砚宁与刘纲一块用了午膳，其他副统领还在当值，分派差事之议只能暂且搁置，下午萧砚宁便在这值房里跟着刘纲熟悉东宫的军务。

一直到傍晚，副统领们陆续回来，刘纲才开口说起分配差事，太子殿下那头派了人过来，说是要传萧副统领过去问话。

除了刘纲这个统领，其他副统领刚入东宫时谢徽禛并未单独召见过，今日却特地令人来传萧砚宁，委实叫人意外。

不过转念一想，这位是陛下钦点进来的，又是乐平公主的驸马，且传言先前就已得了殿下青眼，殿下特地将他叫去，便也不稀奇了。

刘纲叮嘱萧砚宁："既是殿下召见，你便去吧，到了殿下面前谨慎一些，殿下问什么说什么，不懂的也实话实说，便不会有错。"

萧砚宁多谢他的提点，这才跟着来传话的内侍走了。

谢徽禛的寝殿在东宫中路，萧砚宁先前远远看一眼，如今走近了才发觉此处虽不比陛下的宫殿恢宏，却也自有气势。

内侍领着他拾级而上，言语间对他十分客气："世子爷您走这边。"

萧砚宁随之绕过前头的议事殿，往后殿走。

后殿殿门大开，殿外有站岗的侍卫，皆面色冷峻、站姿如松，也有候在外头的内侍宫女，个个低着头，一副谨小慎微之态。

那领路的内侍冲萧砚宁示意，"世子爷这边请。"

萧砚宁跨进殿门，垂下眼并不四处张望。内侍提醒他稍候片刻，便又退出去，还带上了殿门。

殿中空无一人，亦无声音，萧砚宁等了良久，微蹙起眉，最后跪地磕头道："臣萧砚宁，拜见太子殿下。"

谢徽禛的笑声自晃动的门帘后传来。萧砚宁微微抬眼，便见穿着皇太子常服的谢徽禛掀开帘子，踏步出来。

"孤叫你来说说话而已，你是孤的妹夫，这里没有外人，不必行此大礼，起来吧。"谢徽禛温声道。

他原本想看看，若是他一直不现身，萧砚宁是否会一直站在这里不动，没想到这小世子这般实诚，竟跪下行了大礼。

果真是个呆子。

萧砚宁谢恩，起身站直。

谢徽禛在殿中踱步，饶有兴致地打量面前之人，萧砚宁对他本人显然比对另一个身份的他更加拘谨，在乐平公主面前，还能见到这小世子偶有放松之时，现下他脸上却只有下臣对储君的敬重和恭顺。

这让谢徽禛略微不快，面上却不显，他问："你今日第一日入东宫，可还习惯？"

萧砚宁低声答："蒙殿下垂爱，刘统领与其他同僚亦对臣颇为照顾，臣没有什么不适应的，一切都好。"

"听闻你刚来点卯就被刘纲要求舞了枪，还舞得十分不错？"

这里是东宫，没什么能逃过太子殿下的眼睛，萧砚宁不觉有异，道："班门弄斧，让刘统领与其他人看笑话了。"

谢徽禛不赞同道："你也不必太过自谦，你是父皇钦点来孤这东宫当差的，必是父皇知晓你的本事，既然一套枪法就能让刘纲对你刮目相看，想必有出彩之处。孤也好奇得很，不如你再舞一遍，也给孤看看吧。"

谢徽禛这么说了，萧砚宁只能应下，谢徽禛笑了笑，"不过孤这里没有枪，你舞套剑法吧，就在这里舞。"

谢徽禛说罢，抽出挂在壁上的剑，递给萧砚宁。萧砚宁双手接下，再次行礼之后往后退开身。

谢徽禛靠坐在软榻上，歪倚着身子笑吟吟地看他。

萧砚宁一个跃身，刺出了第一剑。

他气质温和，剑锋流转间划出的招式却格外凌厉逼人，剑尖所指之处，威压弥漫，但不藏杀机。正气凛然，如同他这个人。

谢徽禛嘴角的笑意加深，萧砚宁在抬眼间对上他的目光，心下莫名一凛，最后一招，剑却划偏了。

他略微难堪，收了剑，低声与谢徽禛告罪。

谢徽禛站起身，取下墙上的另一把剑，不待萧砚宁反应，霍然朝他出招。

萧砚宁下意识地抬剑挡住，谢徽禛剑势未歇，提醒他：“继续。”

再一剑横扫过去，萧砚宁只得接招。

一时间殿中只有兵刃相接的铮铮声响，谢徽禛剑招百出，萧砚宁紧绷起心神，一一化解。谢徽禛却仿佛故意戏耍他，出的招式又急又怪，萧砚宁疲于应付，已渐渐落了下风。

百十招过后，谢徽禛忽然挑唇一笑，用剑尖挑开萧砚宁的击挡，顺势往前送去，顷刻间一剑划下，萧砚宁只觉身前一轻，腰带落地，官袍的前襟亦被挑破，四散敞开。

萧砚宁分外难堪，不敢再正视面前这位皇太子殿下的眼睛，胡乱捡起掉落在地的腰带系回腰间，但衣袍已被谢徽禛的剑划破，不成样子。

谢徽禛以剑尖点地，见他羞窘不堪，眸光一顿，叫了人进来。

“带世子去换身衣裳。”他吩咐道。

即便如此狼狈，萧砚宁仍未忘了礼数，与谢徽禛行了一礼，这才跟着内侍退下。

内侍将他领去偏殿，将早已准备好的衣袍双手奉上。

与先前一样的从四品武将公服，不同的是肩膀处多了一道麒麟纹。萧砚宁想起适才走进这里时所见的太子亲卫，其衣裳肩膀处都有这样的纹路，心下明白了什么，但没多问，不动声色地将衣袍穿戴整齐。

身侧的内侍笑眯眯地想要搭手帮忙，被萧砚宁客气地拒绝，他道：“有劳公公了，我自己来就行。”

那内侍收回手，十足恭敬道：“世子爷需要什么，只管吩咐奴婢们便是，奴婢们都是殿下安排来伺候您的。日后您在这东宫里当差，夜里便留宿在此殿中，缺了什么只管提，奴婢们都会帮您置办好。”

萧砚宁一愣，“殿下让我住这里？”

内侍道：“是，这处偏殿是特地收拾出来给世子爷您的。”

萧砚宁闻言皱眉，这根本不合规矩。

他进东宫来当差，留宿也该在值房那边。刘纲先前提过，他的级别可以带两个仆从进来伺候起居，他本打算下回进宫时带两个话少老实的仆从来，没想到太子殿下竟将他安排进了自己的寝殿里，还拨了这么多人给他。

萧砚宁满腹疑虑，但心知这些下人是依令办事，问他们也无用，便不再多言。换好衣裳后，又有人将他领回了正殿去。

谢徽禛靠在榻上，手里捏着本书正看得漫不经心，萧砚宁进门再次见礼，被他打断，“孤给你安排的住处可还满意？”

萧砚宁垂着头小心翼翼地回道：“殿下，臣是东宫禁军副统领，理该与其他人一样，若是留宿在您的寝殿里，这不合规矩。”

谢徽禛不以为然，“你都穿上这身衣裳了，还不明白孤的意思？孤要调你到身边来，孤的亲卫共一百二十人，皆在此处当差，恰巧前些日子统领因伤乞休了，你既是父皇钦点来孤这东宫的，这份重责便也担得，就由你来填补这个空缺吧。”

萧砚宁道：“蒙殿下看重，臣不敢不从，但……”

谢徽禛道：“没有什么但不但是的，你是乐平的夫君，孤信不过别人却信得过你。孤这寝殿后面也有一处小的值房，是给换班下去的侍卫歇息的地方。你身份不同，既是萧王世子，也是乐平的驸马，孤才不愿叫你去与他人挤住一处，免得之后乐平知道了埋怨孤。”

话说到这个份上，萧砚宁只能领命，再次与谢徽禛谢恩。

谢徽禛这才满意了，吩咐人传膳。

萧砚宁已准备告退，被谢徽禛叫住：“你与孤一块吃。”

萧砚宁低了声音道：“殿下，这不合规矩。”

若他是以萧王世子、乐平公主驸马的身份来东宫拜见，太子留他用膳，他谢恩便是，但如今他是在东宫里当差，岂有与殿下同桌共食的道理。

谢徽禛一指身边的座位，“坐下吧，你的规矩还真多，这不合规矩那不合规矩的。这里是东宫，什么规矩孤说了算，你说了不算。”

萧砚宁听着他说话的语气，下意识地瑟缩，当下就要跪下去，被谢徽禛伸手扶住了。

“别跪来跪去了，孤这里不兴这些虚礼。”

萧砚宁只得起身虚坐回去，身后内侍上前来布菜，他如坐针毡，始终低垂眼帘。

谢徽禛亲手给他斟酒，萧砚宁又要起身谢恩，被谢徽禛一手按坐下，“吃东西别一会儿跪一会儿站的，坐着吧。”

一杯酒已经倒满，萧砚宁小声道：“臣还要当值，不能喝酒。”

谢徽禛道：“今日你第一日入东宫，就当是孤为你接风，当值的事明日再说。”

萧砚宁推说不能，却不得不伸手接了。

辛辣刺激的酒水入喉咙，萧砚宁艰难咽下，谢徽禛提醒他：“慢些喝吧，孤知道你不胜酒力，不会给你多倒，就这一杯，喝不醉的。”

“多谢殿下体谅。”

谢徽禛也拎起酒杯，往嘴里倒了口酒，“那日你与乐平成婚，孤本该去为乐平送亲，如此还能去公主府喝杯喜酒，可惜前一日突然染了风寒，别说喝喜酒了，便是连乐平的归宁宴都没吃上，实在不凑巧。”

萧砚宁低声劝他：“殿下身子刚痊愈，还是得少喝些酒。”

“多谢世子关心，孤已经好了，这点酒而已，没什么大碍。”谢徽禛不在意道，又示意他，“吃东西吧，喝了酒也该多吃些菜垫肚子，不然一会儿真醉了，别只顾着说话了。”

他说罢自己先拿起筷子，萧砚宁这才跟着动了。

谢徽禛吃着东西，又问他：“你与乐平成婚也有十余日了，处得可还好？还适应吗？”

萧砚宁小心翼翼地答：“公主待臣很好，臣在公主府一切都好，并无不适之处。”

谢徽禛笑笑，“是吗？这里没有外人，你不必在孤面前说这些虚话，乐平是什么个性孤最是了解，你这般性情的，只怕入不了她的眼。”

萧砚宁道：“殿下何出此言？”

谢徽禛道：“直觉，你这般迂腐木讷、不知情趣，乐平耐不住，必看不上你。”

萧砚宁一时语塞，公主确实说过他迂腐固执，言语间屡有嫌弃之意，且至今不肯同他圆房，想来是真的看不上他。

说一点不失落是假的，可婚姻之事，十全十美者历来少之又少，无论公主如何看他，他都会守好为人夫的本分。

翌日，萧砚宁天未亮便已起身去当差。

在后边小值房的院子里，两位副统领带着换班下来的众侍卫一齐拜见他，人虽不多，但个个身形挺拔、英姿勃发。若非翘楚，也不能入选皇太子的亲卫队。

这边一样是三班轮换，由统领与两位副统领各带一班侍卫轮值，每四个时辰一换。萧砚宁本想遵循旧例，但谢徽禛身边的内侍过来传了口谕，另外提拔了一位副统领，由萧砚宁总领。

既是殿下的意思，便也没什么好说的。

萧砚宁性情温和，并不急着在属下面前立威望，简单与他们勉励了几句，又有人来，说太子殿下召见他。

谢徽禛也刚起身，正在用早膳。

萧砚宁进门请安，谢徽禛示意他，“坐，陪孤一起吃。”

见萧砚宁站着不动，谢徽禛道：“孤听人说你早起到现在一口水都没喝过，不饿吗？”

“殿下，值房那边有膳食，臣该在那边吃。”萧砚宁低声道。

谢徽禛似笑非笑地瞅向他，“孤这里的不能吃？”

萧砚宁垂眸谢恩，坐下了。

谢徽禛用着膳食，随口问他：“昨夜睡得可还好？”

萧砚宁镇定地回道：“蒙殿下厚爱，臣感激不尽，没有什么不好的。”

“是吗？”谢徽禛打量着他的神色，“可孤怎么听闻你今日刚至卯时便起了？”

“臣公务在身，须得当差，不能懈怠。”

谢徽禛每问一句，他便搁下筷子恭恭敬敬地回答，礼数上半点不出错。

谢徽禛提醒他：“你这样不累？你当孤与你闲聊便是，不必如此严肃。”

萧砚宁便又与他道谢：“多谢殿下。”

谢徽禛要被气笑了，真是个呆子。

“孤特地多提拔了一个副统领，让你不必跟着轮值，免得轮到夜里当差没法睡觉。朝会每五日一次，有朝会的日子孤卯时二刻起，其余时候便与今日一样卯时六刻起，用完早膳再去御书房听政。你作息与孤一致便是，听明白了？”

萧砚宁道：“殿下不必为臣破例。”

谢徽禛不以为然道：“你道刘纲他们夜里会亲自出门值守巡夜？也不过是将差事分派给下头人罢了，你是这东宫禁卫军的副统领、孤的亲卫队统领，不必事事都亲力亲为，只要懂得驭下之术，一样能办好差事。”

萧砚宁只得应下：“臣知道了，多谢殿下教诲。”

谢徽禛满意了，道：“一会儿孤要去御书房，晌午才回，你留在这里，不必跟着了，要不得在御书房外头站一两个时辰，累得慌。”

萧砚宁却主动请命：“殿下，臣的职责是护卫您，岂有怕累躲懒之理。您不叫臣夜里轮值，已是莫大的恩宠，臣不敢再拿乔，愿随您同去。”

他言语诚挚，全无谄媚奉承之意，便是真正这般想的。“忠君奉主”这四个字只怕已刻进了他的骨血里。

谢徽禛无甚好说的，只道：“你想去便去吧，若是站不住了，就先回来，不必逞强。”

萧砚宁再次谢恩。

辰时二刻，谢徽禛进御书房。

萧砚宁与其他随行侍卫一块候在殿外，这一站便是一个时辰。

巳时，谢朝渊自外回来，进门时晃眼间瞧见立于东宫侍卫之首的萧砚宁，一挑眉，叫了个内侍来问："太子来多久了？"

内侍道："辰时二刻便到了。"

谢朝渊伸手一指萧砚宁，"那这小子就在这里站了快一个时辰？"

内侍道："可不，奴婢们先前想请驸马爷进偏殿坐下歇会儿，驸马爷说他职责所在，不敢歇，奴婢们劝不动，只能算了。"

这也忒实诚了。

谢朝渊摇了摇头，吩咐人去给外头这些侍卫都送口水喝，提步进门去。

清早谢朝泠召见内阁和六部主官商议政事，谢徽禛旁听，才刚叫众臣退下，这会儿谢徽禛正在帮他父皇批阅奏疏。谢朝渊进来先与谢徽禛道："你那个小世子是个傻子吧？他好歹是一个统领，竟然跟着你来这里一站就是一个时辰，真没见过他这样的。"

谢徽禛看手中的奏疏，头也不抬道："我不让他来，他不肯，来了让他歇会儿，他也不肯，一口一句职责所在，脾气比驴还倔。"

谢朝渊啧了一声，这般性子的少年郎，他还当真没见过，不知道的还当是朝中那些半截身子入土了的迂腐老顽固。但那些个可个个都是人精，哪能像小世子这般轻易就被谢徽禛这小子捏在了股掌间。

谢朝泠却好似很欣赏萧砚宁的性子，抿了口茶慢慢笑道："萧世子才十七岁，能有这般韧劲，倒是栋梁之材。"

谢徽禛顺势与他道："父皇，他傻是傻气了些，但品性没得说，多磨砺磨砺，将来必能有大出息。"

“嗯。”谢朝泠赞同地点头，再次提醒谢徽禛，“你也得学着些。”

“儿臣知道。”谢徽禛乖乖受教。

谢朝渊瞥他一眼，却懒得说了。

说了片刻话，外头忽然落起雨，转瞬便有倾盆之势。

谢徽禛搁下笔，眉头一皱，起身与谢朝泠说了一声，去了外殿。

刚踏出殿门就看到站在玉阶之下的萧砚宁，他与其他人一样被雨淋湿了衣裳，身形却依旧站得笔直，一动不动。

谢徽禛冷了脸，示意身边的内侍撑伞下去，“将他叫进来。”

萧砚宁上来，他被雨淋得狼狈，湿透的外袍紧贴在身上，满面都是雨水，发丝上也在淌水。

萧砚宁进门先低头与谢徽禛行礼，谢徽禛没好气道：“这么大的雨也不知道躲，有意思吗你？”

萧砚宁道：“臣若是躲了，其他人怎么办？臣是他们的领队，在众目睽睽之下若不能以身作则，以后还有何威信可言？”

他语气平静，只为陈述事实，并无争辩之意。

谢徽禛听罢微眯起眼，深深地看他，“行啊，长进了，还知道回嘴了。”

萧砚宁头垂得更低，没再接腔。

谢朝泠派人出来提醒谢徽禛，说让他先回东宫，谢徽禛本也不想再待下去，这便走了。

他一人乘轿，其他人皆冒雨随行，两刻钟后回到东宫，所有人都已狼狈不堪。

萧砚宁夜里发了低烧。

他没叫人进殿中守夜，迷迷糊糊昏睡到清早。内侍进来伺候他起身时才发现他身上已烫得吓人，还叫不醒。

内侍大惊失色，爬起身就往外头跑，一边喊人去传太医，一边匆忙去正殿与谢徽禛禀报。

萧砚宁睁开眼已是辰时之后，谢徽禛就坐在他床榻边，正神色严厉地低声与太医说着话。

他一动，谢徽禛立刻侧身看过来，萧砚宁挣扎着想撑起身子，但浑身绵软无力，被谢徽禛一按又倒回了榻上。

"别动了，老实待着。"谢徽禛的语气很不好，眉头紧皱，眉目间甚至覆上了戾气。

萧砚宁第一次看到这般模样的皇太子，心头惴惴，"殿下……"

"闭嘴吧你，孤现在不想听你说废话。"

谢徽禛没再理他，转回头示意太医，"再给世子听一次脉。"

太医上前，谢徽禛守在旁边不挪身，有他虎视眈眈地盯着，谁都不敢多吭声。太医跪地仔仔细细替萧砚宁听了脉，再看了看他的舌苔，斟酌着用词与谢徽禛将情况说明了。

萧砚宁昨日淋雨受了凉，他身子骨不是特别好，因而轻易就染了风寒。

"为何身子骨不好？"谢徽禛问。

太医道："应当是娘胎里带出来的毛病，需要细心调理着。"

谢徽禛闻言脸色更不好看，又问萧砚宁："你这毛病你自己知道吗？萧王爷和王妃呢？"

萧砚宁尴尬道："知道，已经比小时候好多了，有好几年没病过了。"

太医适时解释道："不是什么大毛病，也不会影响世子的寿元，就是体质弱些而已，平日里得多注意些。染上风寒总归是麻烦，臣先开两服药，待世子喝下身上的烧退了，过后再给他开些调理身子的药。"

谢徽禛道："不拘什么药，从孤的份例里出便是。"

太医领命，先退了下去。

萧砚宁想谢恩，才开口说了一个"谢"字，便被谢徽禛打断，"孤说了，不想听你说这些废话。"

萧砚宁嗓子哑得厉害，吞咽都疼，仍坚持说："多谢殿下。"

谢徽禛被气得差点没翻白眼。

外头隐约传来求饶声，萧砚宁眉头一动，问谢徽禛："外头怎么了？"

谢徽禛不在意地掸了掸衣袖，"你烧了一整夜，今早才有人发现，伺候你的人，每人二十板子。"

萧砚宁一愣，赶紧道："与他们无关，是臣自己没让他们进来守夜，殿下，您放过他们吧。"

谢徽禛看着他，"想帮他们求情？"

萧砚宁低头避开他的目光，低了声音道："求殿下开恩。"

"你说了算。"谢徽禛答应得干脆，命人出去传话，"世子宽宏，这次从轻处罚，每人领过十板子就算了。"

萧砚宁略松了口气，再次与他道谢。

谢徽禛听这个不耐烦，下人已经将熬好的药端进来，一整碗黄黑的药汁送到萧砚宁面前，萧砚宁脸上有一闪而过的不情愿，没有逃过谢徽禛的眼睛。

谢徽禛一挑眉，"不想喝？"

萧砚宁赶紧双手接过药碗，闭起眼闷着头一口气喝了。

谢徽禛见他这般，不由得笑了一声，"苦吗？"

萧砚宁将药碗搁回内侍手中的托盘上，哑声道："还好。"

分明就苦得脸都皱起来了，却还要维持所谓的仪态不肯承认。

萧砚宁的声音更低："谢殿下。"

"别谢不谢的了，躺下吧，孤还得去陛下那里，晚点再回来看你。"

他没有给萧砚宁再多说的机会，说了句"好生待着"，再让自己的人留下来伺候，起身离开。

萧砚宁微微愣神，待到谢徽禛脚步声走远，闭了眼。

他这一病就病了四五日，前头两天不能起身，到后面能动了，谢徽禛也不肯让他当差，就让他歇着。只要谢徽禛不去听政、不念书时总会来他这偏殿里，萧砚宁避无可避。

待到他终于痊愈，连太医也说不用再用药了，谢徽禛这才开恩，准许他继续当值。

回值房当日，几个副统领将这几日的事情事无巨细地与他禀报了一遍，并无半分敷衍。

萧砚宁见他们这般态度，不由得有几分钦佩谢徽禛。哪怕是在刘纲那里，也会有人看人下菜存着偏见，这些人对他的态度却始终如一，并不谄媚也无轻视，因为他是谢徽禛亲口指派的亲卫统领，这些人唯谢徽禛之命是从，故而不会排斥他。

萧砚宁松了口气，这样也好，先前是他想岔了，他并不需要树立自己的威望，只要这些人始终对谢徽禛忠心耿耿，他也一样，他便能当好这个差。

谢徽禛这个储君做得并不轻松，每日清早跟着皇帝听政，下午念书练武，多半要到申时过后才能歇息。萧砚宁跟着他同进同出了几日，便更觉皇太子的性情虽非外头所传那般温文，但他又确实是个合格的储君，也难怪陛下会挑中他。

翌日清早，宫门方开，萧砚宁出宫回公主府。

他进门先回屋更衣，外头来人禀报：“驸马，公主殿下请您过去。”

萧砚宁匆匆过去东边的屋子，被谢徽禛叫进门。

谢徽禛与萧砚宁出宫走的是不同的宫门，比他早两刻钟回来，这会儿已经换了女装，正要吩咐人传早膳。

乍一看到人，萧砚宁有一瞬间的恍惚。公主与太子殿下长得过于相像，尤其是当她懒散地靠在榻上喝茶时，连神态都一模一样，若非那一身衣装打扮，他几乎区分不出来。

萧砚宁垂了眼，上前与谢徽禛问安。

谢徽禛一直未出声，萧砚宁似有察觉，硬着头皮又一次问候：“公主这几日可还安好？天气转凉了您记得多添件衣裳，莫要着凉了。”

谢徽禛终于开口，问他：“在东宫里日子不顺心吗？怎的瘦了这么多？有人为难你了？”

萧砚宁道：“没有，太子殿下待下宽宏，同僚也都很好相处，没有什么不顺心的。”

“说实话。”

萧砚宁只得将自己染风寒病了一场的事情说了，“有太子殿下关照，已经大好了。”

谢徽禛打量着他的神色，“真的？”

“真的。”

片刻后，他听到谢徽禛忽然笑了一声，示意他，“你过来。”

萧砚宁上前一步，仍低着头。

谢徽禛看着他，“驸马，你抬起头来与本宫说话。”

萧砚宁尴尬地抬了头，像是心虚，不敢直视谢徽禛的眼睛。

谢徽禛语气平静：“太子自小便是那样，本宫有的东西他也要有，想来他是有心栽培你了，也罢，本宫让着他便是。”

萧砚宁却没想到他会这么说，神色错愕，怔怔无言。

“很惊讶吗？”谢徽禛道，“不这般你觉得本宫能怎么做，进宫去与他对质，还是告诉陛下？你觉得本宫应该这么做吗？日后他是本宫唯一的靠山，本宫又为何要忤逆他？便是你，不也选择了顺从他？否则方才本宫问你时，你便不会缄口不言了。”

萧砚宁自知嘴笨，谢徽禛问的问题他一句都答不上来。他本也没想过要公主去与太子对质，只是他不懂掩饰，才叫公主一眼看穿了。

但他没想到，公主会这般冷静，甚至没有半分意外，说要让着太子。

他说得轻描淡写，仿佛当真不将这事放在心上。

萧砚宁嘴唇翕动，一句话都再说不出，最后只与谢徽禛谢了恩。

之后的一整日，谢徽禛留萧砚宁陪自己看书、下棋、品茗，待他依旧如常，萧砚宁愈发小心翼翼地伺候谢徽禛。

傍晚之前，萧王府那头送了请帖来，明日中秋，请他们回府去吃酒赏月。

谢徽禛看罢随手将请帖搁到一边，问萧砚宁："想去吗？"

萧砚宁道："但凭公主做主，您若是愿意去，臣便陪您一块回去。"

谢徽禛无奈道："傻子，本宫是问你想不想去。"

萧砚宁微微愣怔，谢徽禛嘴角衔笑，"你这人，什么时候才会想到以自己的意愿为先？中秋王爷、王妃想跟儿子一块吃顿饭都要下请帖，估计心里也挺不好受的，你是孝顺之人，怎会不想去，为何不肯直说？本宫再问你一次，你想去吗？"

萧砚宁在他带笑的目光中垂了眼帘，小声答："臣想。"

明日中秋，多一日假，他确实想回府去看看。

"嗯。"谢徽禛道，"那就去吧，本宫派人去给王爷、王妃回个口信。"

萧砚宁赶忙道："多谢公主。"

入夜，萧砚宁与谢徽禛告辞，起身回房。

萧砚宁夜里没睡好，天未亮便睁了眼，听着外头淅淅沥沥的落雨声发呆。

守夜的下人听到动静，进来问他是否要起夜，萧砚宁披上外袍起身，去窗边推开半扇窗。

下了一夜的雨已经停了，檐下的宫灯映着庭院中斑驳的影子，鼻尖有淡淡的花香萦绕。

天色稍亮了些许时，萧砚宁走出屋门，身后的内侍赶紧将挡风的斗篷为他披上，劝他道："世子爷，还早，天冷呢，还是回屋去吧，您的风寒才刚好，别又病倒了。"

萧砚宁驻足庭院中，目光落向身前一株刚开的秋花，淡声问道："你们怎知我先前在宫里染了风寒？”

内侍回道：“昨夜您回屋后公主殿下派人来说的，交代奴婢们夜里好生伺候您，千万不能再让您着凉了。”

萧砚宁心头微动，声音极轻地又问了一句：“是吗？”

“可不是。”他的内侍高兴道，“奴婢们都觉得公主殿下其实很关心世子爷您，对您是极好的。”

萧砚宁愣神片刻，轻轻“嗯”了一声。

谢徽禛在辰时二刻起身，梳妆时下头人进来禀报，说是驸马过来了，他挑拣着发饰，随口吩咐：“请他进来。”

萧砚宁进门，手里捧着一束刚摘下的鲜花，尚有晨露滚动其间。

谢徽禛瞅见笑问他：“驸马这般好兴致，一大早便去摘花了？”

萧砚宁道：“早起看到这些花不错，摘了些来送给公主，不知道能不能入公主的眼。”

谢徽禛饶有兴致地接过去，轻轻嗅了嗅，叫人拿了个花瓶来，“驸马有心了。”

“应该的。”萧砚宁小声道。

他见谢徽禛一直在挑拣珠钗，便捡起案上的一支碧玉簪，递到谢徽禛面前，“这支挺好看的，公主不妨试一试。”

谢徽禛略感意外，抬眼见萧砚宁面有羞赧，不敢看自己，笑了笑，“你帮本宫戴。”

萧砚宁红着脸，将那玉簪插入他的乌发间。

谢徽禛对镜细瞧了瞧，“挺好看的，驸马眼光真不错。”

萧砚宁抬头，目光触及谢徽禛艳丽夺目却又无甚波澜的面庞，心头那一点欢喜好像忽然又淡了。

第三章 年少往事

申时过后，他二人乘车去往萧王府。

昨日收到公主府的回信后，徐氏便忙着张罗起来，连家宴的菜色都亲自过目了，唯恐招待公主不周。

谢徽禛还带了礼来，都是些吃喝之物，却叫萧氏夫妇眉开眼笑。

趁着宴席开始前，萧衍绩将萧砚宁叫去书房，问了问他在东宫当差之事，萧砚宁挑着能说的说了，萧衍绩听罢叹气道："既是陛下让你去的东宫，便不用顾虑太多，你好生当差就是。切不可因驸马的身份在东宫拿乔自傲，万事以太子殿下为先，与其他同僚也处好关系，别过于张扬也别叫人看低了。"

萧砚宁低头道："儿子知道。"

萧衍绩拍了拍他的肩膀，"殿下脾性颇好，文韬武略，你跟着他，近朱者赤，想必也有益处。"

萧砚宁到嘴边的话犹豫之后到底没说出口，"嗯。"

父子俩说了几句话，徐氏也派人来将萧砚宁叫去，问的却是他与公主的私事。

“你和公主相处得好吗？不听你亲口说，我这心里总是不踏实。明明是我儿娶媳妇，我这感觉却跟又嫁了个闺女出去一样，总怕你在公主府里会受了委屈……”

徐氏言语间满是担忧，萧砚宁宽慰她：“母亲，公主很好，我们相处得也很好，您不必担心这些。”

徐氏打量着他的神色，瞧不出什么异样，算是信了，“可不巧陛下要你去东宫当差，十天半个月才能回府一次，你和公主才刚成婚，聚少离多感情难免生疏，你得抓紧了，早些添个孩子便好了。”

萧砚宁干巴巴地接话：“我知道，母亲放心。”

徐氏道：“你也别嫌我啰唆，我知道这事急不来，你姐姐成婚三年了肚子都没动静，在婆家日子想必不好过。她那性子又总是报喜不报忧的，我担心你也这样，你是男子，可你娶的是天家公主，日子又能好过到哪里去。”

萧砚宁道：“母亲多虑了。”

说到后面徐氏大约也觉得没什么意思，说道：“罢了，不提这些了。你明日又要进宫，带几坛酒去吧，是自家庄子上产的二十年的好酒，无论是孝敬殿下还是送你那些同僚，都拿得出手。你资历浅，无论对上对下都客气周到些，免得叫人说你不懂礼数。”

萧砚宁应下。

谢徽禛这会儿正在花厅里与萧氏女眷们喝茶闲聊，倒半分不觉尴尬。女子身份也并非全无好处，许多事情男人们不知道，后宅的女眷却口口相传，能听来不少秘闻。

有人说起她们大姑娘嫁去的那英国公府，说前些日子在一个女眷聚会上见到了那位英国公夫人，头上戴了个用一颗硕大的极品走盘珠做的簪子，很是夺目，将其他人都比了下去，便有小媳妇好奇地问道：“听闻去岁淮河涨水，英国公府在那边的庄子和铺子都遭了莫大的损失，家中入不敷出，还要他们家老夫人开私库贴补家用，怎的如今竟又阔绰了起来？”

“可不是，还不只是英国公夫人，我这几次见到他们家那些姑娘，首饰、衣裳都换了上好的，一个个打扮得花枝招展，说不定是她们家在哪里又发了笔横财呢。”

众人议论纷纷，这英国公府谢徽禛是知道的，当年逆王谋反、先帝病重，无数世家受牵连，英国公府哪头都不沾得以保全下来。但也因此没能受到当今陛下的荫庇，子嗣又无大出息，一大家子人坐吃山空，后头便逐渐没落下去。

萧王府家的大姑娘嫁了英国公家的世子，婚事也是从小定的。萧衍绩本是看中英国公府这明哲保身的做派，不承想这一家子其实是烂泥扶不上墙，那英国公世子二十好几了，刚成亲那会儿倒是向朝廷讨了个差事，可即便是个闲差也被他犯事弄丢了，还差点牵连了家里人。萧衍绩每每提起这事，也是唉声叹气地怪自己看走了眼。

谢徽禛搁下茶盏，听着女眷们的说笑声，若有所思。

后来便在这王府里吃家宴、赏月，萧砚宁与谢徽禛共坐一张小桌，萧砚宁将月饼切成小块，送到谢徽禛的碗碟中。谢徽禛看向他，萧砚宁垂着眼专注地剥橘子，剥好自己却不吃，也递给他。

谢徽禛问他：“为何自己不吃？”

萧砚宁小声道：“公主吃吧。”

谢徽禛道：“本宫不想吃这个，喝酒吗？”

萧砚宁一抿唇，拎起酒壶，将他俩的茶水换成酒。

桂花酒十分香甜，谢徽禛一杯酒下肚，面不改色，萧砚宁又给他添了一杯，“公主的酒量比臣的好。”

谢徽禛笑了笑，“我刚看王妃还叫人给你备了几坛酒，你又不会喝，拿这个做什么？”

萧砚宁解释：“母亲说让臣带进宫孝敬太子殿下，再送几坛给同僚。”

“王妃思虑得周到。”谢徽禛笑问，“那酒好喝吗？”

萧砚宁道："一喝便醉了，公主就喝这个吧。"

谢徽禛不以为然，"本宫酒量比你好，你才是一喝便要醉了。"

萧砚宁抿了一口酒，他面上已然有了薄红，确实看着像要醉了。

谢徽禛将他的酒换回成茶水，"还是喝茶吧。"

萧砚宁怔了怔，"可……"

"驸马心情不好吗，怎么还借酒消愁了？这倒是不像驸马了。"

萧砚宁低了头，"没有。"

谢徽禛想了想，道："早起看着分明还挺高兴的，是因为明日又要入宫了，心里不情愿？"

"不是，入宫当差是臣的本分，没有什么不情愿的。"

他只是有些疲惫而已，不想让父母失望，却又不能让妻子满意，面对皇太子殿下更无所适从，好像怎么做都不能尽善尽美。

谢徽禛盯着他的神情，片刻后移开眼，"再坐会儿，我们便回府去吧。"

萧砚宁点了点头，"好。"

翌日，萧砚宁仍是一大早便入宫。

今日是常朝日，谢徽禛早起上朝去了，没碰上萧砚宁，暗自松了口气。萧砚宁先去刘纲那里送了酒，再回到东宫值房，听属下禀报了这两日的琐碎事务，之后一个上午都在处置事情。

晌午谢徽禛被留在皇帝寝殿那边用午膳，午时末才回东宫，歇了不到一盏茶的工夫，又有太傅来讲学，到申时二刻，又去演武场练武。

萧砚宁被叫过去时，谢徽禛正在靶前练箭，前几日萧砚宁已经见识过他于高速奔跑的马上射箭的本领，今日再见他随手放箭便能命中红心，更觉这位储君殿下是真有本事。

萧砚宁上前见礼，谢徽禛目视靶心，叫人将靶面又往后移了十步，"回来了为何不主动来见孤，非要孤派人去叫？"

萧砚宁道："臣怕打搅了殿下。"

谢徽禛道："真是怕打搅了孤？"

萧砚宁低了头，没再吭声。

谢徽禛意味不明地啧了一声，"世子现在不诚实了。"

萧砚宁拱手就要请罪，被谢徽禛打断，"免了。"

他不紧不慢地又搭上一箭，与身边人道："孤小时候是在宫外长大的，没正经学过这个，也懒得学，只想着玩。后来认识了个小呆子，他人小力气也小，根本拉不开弓，却非要学这箭术，一次不行便拉十次、百次，手指磨出血也不肯放弃，孤见他那样，实在汗颜，这才跟着他认真学起来。"

谢徽禛话说完，一箭放出，又一次中的。

萧砚宁愣住，"是殿下？"

谢徽禛回头冲他一笑，眉目在秋阳下熠熠生辉，"是孤。"

萧砚宁呆看着他，怔怔无言。

萧砚宁七八岁大时，在城外的王府别庄中养病，独自在那住过很长一段时间。那一带有很多达官贵人的私庄，他就是在那里认识了他年少时唯一的玩伴。

那个只比他大半岁的小郎君每日陪他一块念书练武，闲时带他爬山游船、逛集市庙会、认识新鲜的玩意，很多家里不让做、他也不敢做的事情，都是那小郎君带他一起做的。

半年后那人搬去别处，走时说有朝一日会来找他，他当了真，日夜盼着，直至渐渐失望。不承想在十年后的今日，面前这位储君殿下笑着说那人就是他。

那个人，是谢徽禛。

谢徽禛没多解释，将手里的弓递给萧砚宁，提醒他："你试试。"

萧砚宁回神，上前一步，试着拉了拉弓弦，谢徽禛用的这张弓比他平日所练的要重不少，他臂力不行，拉开颇为艰难，握着弓的那只手已在微微颤抖。

“专心些，瞄准了。”

萧砚宁敛回心神，几乎屏住了气息，目视前方的靶心。

“放——”

“咻”的一声响，利箭破空，正中红心。

晚霞披肩之时，谢徽禛收了弓，转身提醒身侧仍在呆愣中的萧砚宁：“走吧，回去了。”

二人在膳桌边坐下，谢徽禛先叫人给萧砚宁盛汤，“尝尝。”

萧砚宁被谢徽禛盯着，只得舀了一勺进嘴里，乳鸽汤很鲜美，还有种淡淡的香味，吃不出是什么料。

谢徽禛解释：“孤叫人给你做的药膳，太医说你身子要慢慢调。孤看你不愿吃药，干脆叫人给你做药膳算了。从今日起，你跟着孤一块用膳，一年半载的，你这身体底子应该就能逐渐养起来了。”

萧砚宁道：“殿下厚爱，臣受之有愧……”

谢徽禛打断他，“孤说过多少次了，你这些客套话孤不爱听，以后少说些。何况这算什么厚爱，于孤不过是一句话的事，不必大惊小怪。”

萧砚宁与之道谢。

谢徽禛摇了摇头，“萧王爷和王妃想来也对你的身子骨颇为上心，可孤还不知道你吗？小时候便是这样，药喝个两日，觉得好了便偷偷倒了，一直如此怎能养得好？”

谢徽禛说着又有些感慨，这小世子年幼时虽也呆气十足，却不像现在这般刻板，那会儿至少还有些孩童的鲜活气，早知如此，这些年该一直将他带在身边的。

萧砚宁难得争辩了一回：“臣的身子骨比小时候已经好很多了。”

他虽不爱吃药，但一直坚持练武，已不像幼时那样风一吹便倒，平日里注意些，并无什么大碍。

“臣从家里带了几坛王府庄子上产的好酒来孝敬殿下，还望殿下别嫌弃。”

谢徽禛看他一眼，敛了情绪，吩咐他：“你先喝汤。”

萧砚宁被谢徽禛盯着将一整碗汤喝完，乳鸽肉也都吃了，才终于能放下碗。下人将他带来的酒送上来倒进杯中，谢徽禛瞧着那格外清澈的酒水，又笑了，“孤还记得小时候在萧王府的庄子上，孤与你一块偷喝这酒，你只喝了一口就醉了，孤喝了两杯，醉了一日一夜。”

萧砚宁低下声音：“那都是少不更事时的糗事。”

谢徽禛道：“世子觉着是糗事吗？孤倒是一直记了这些年，世子是不是不愿回忆小时候那些事了？原来只有孤一厢情愿地记着啊。”

萧砚宁不知该怎么说，他才是这么多年一直念念不忘的那个，他只是没法将当年那个开朗爱笑、无所不能的小郎君，和眼前这位阴晴不定的皇太子殿下联系在一起。在谢徽禛面前，他一直恪守礼仪尊卑，不敢逾矩半步。谢徽禛回来了，可当年的那个人或许永远回不来了。

萧砚宁道：“臣不是这个意思……”

“算了。”谢徽禛没叫他再说下去，“吃东西吧。”

谢徽禛命人给自己倒了酒，但没让萧砚宁喝。这酒烈得很，萧砚宁如今即便不是喝一口便醉，怕也好不了太多。

见谢徽禛一直在喝酒，萧砚宁犹豫之后还是解释了一句：“小时候的事情，臣也一直记着，殿下说的这些，臣都没忘。”

谢徽禛目光落向他，萧砚宁垂了眼帘，不好意思道：“真的，殿下说有朝一日会来找臣，臣记着的。”

谢徽禛看着他，眼里浮沉着难以辨明的情绪。

萧砚宁不敢回视他，干脆也拎起酒壶给自己倒了杯酒，举杯道：“臣陪殿下一块喝吧。”

谢徽禛道：“不怕又醉了？”

萧砚宁坚持道：“只喝一杯，醉不了。”

二人边喝酒边吃菜，谢徽禛又提了几桩年少时的趣事，说到他们一块看志怪话本，萧砚宁吓得夜里睡不着觉又不敢说，他半夜翻墙进来，萧砚宁明明高兴还故作正经，睡觉时却抓着他的手不肯放，谢徽禛弯起唇角，“世子从小便这样，假正经，不过小时候不如现在会装，但一样不禁逗。”

萧砚宁愈发羞窘，拱手与谢徽禛讨饶：“殿下莫要笑臣了。”

他的脸上有两圈红晕，也不知是喝酒喝的，还是因为别的。

谢徽禛笑道：“世子还是小时候可爱些，至少不会总和孤说那些疏远客套的话。”

萧砚宁又抿了口酒，无言以对。

晚膳后，谢徽禛留他陪自己喝茶。

谢徽禛笑道：“与你分开后，我被接回京中住在北海的别宫里，那几年时局动乱、诸子夺嫡，之后逆王谋反、先帝病重，我怕牵连你才一直没去找你。直到当今陛下登基，立我为储，我想去找你，你却已去了江南的外祖家。”

谢徽禛心软了几分，喊道：“砚宁。”谢徽禛轻声笑，“我小时候是不是这样喊你的？说来还挺叫人怀念的，免得生分了，以后还这么喊你吧，你还记得你以前是怎么叫我的？”

萧砚宁闭了闭眼，他记得，那时谢徽禛说自己是附近某家侯府上的庶子，单名“禛”，让他叫他禛哥哥，他便一直是这么喊的。

年少时的往事，他其实都记得。

谢徽禛从他的情绪里感知出了，“你也像小时候那样喊我吧。”

“殿下，礼不可废。”萧砚宁不肯从，终于开口，哑声道，“从前不知道便算了，如今您是储君，臣不能与您这般不分上下尊卑。”

谢徽禛拧眉，“孤偏要你喊呢？”

萧砚宁道：“殿下三思……”

谢徽禛恨铁不成钢般看着他，“不喊便不喊吧，你这般不开窍，也难怪不讨人喜欢，从前就只有孤才跟你做朋友。”

萧砚宁没再接腔。

谢徽禛看着他，摇了摇头。

清晨，萧砚宁迷迷糊糊从梦中惊醒，出了满头热汗。他呆怔片刻，也再没了睡意，不顾下头人劝阻，坚持起身。他擦去满身热汗，叫人替自己梳头束发，去拿公袍来。

“世子爷，殿下说了，您今日不用当差……”内侍苦着脸劝他，就怕萧砚宁出门有个闪失，他们又要挨板子。

“无妨，拿衣裳来吧。”萧砚宁平静道，“殿下那头，我会与他说。”

他昨夜的酒劲已过，精神也好了不少，一直闷在寝殿里反而难受，不如出去当值，不用想那些有的没的。

谢徽禛直到晌午才回来，听闻萧砚宁一早就出了门，这会儿还去了演武场那边，几乎要被气笑了，命人去将之叫来用膳，话到嘴边又改了口：“算了，孤亲自去。”

今日是每月一次的东宫禁卫军内部比武，由刘纲坐镇评判，手下副统领各领一队人参与比试，结果将报与皇太子处。取胜队伍人人有赏钱，比试前三名另有赏赐。

从前谢徽禛偶尔心情好时，也会亲自来观战，若是能在他眼皮子底下有所表现，便能有机会入选亲卫队，故演武场上众人皆铆足了劲，不甘落于下风。

这是萧砚宁入东宫后的第一次比武，本该由他领队参加，但因他身子不适，清早谢徽禛出门前吩咐由他手下的副统领代劳。后来萧砚宁还是亲自来了，且亲身上了阵。

谢徽禛到时，场上正在进行马上近身对抗演练。每队各三十人，将卒各自手持未开封的木剑，剑身上浸有朱漆，要害处被朱漆点中者立时退场，一炷香的时间，留在场上人数多者的队伍取胜。

谢徽禛走上观武台，刘纲起身见礼让座与他，谢徽禛沉着脸坐下，视线始终跟随一马当先的萧砚宁。

萧砚宁看着瘦弱，马上功夫却了得，眨眼间便已挑落数人，他自己却不过小手臂挂彩。

刘纲注意到谢徽禛目光所向处，与他道："萧世子虽年少，性子却稳重，功夫亦十分了得。臣听闻他今日是带病上阵，能有这般表现，委实叫人侧目。"

谢徽禛没吭声，面上甚至未流露出过多情绪，眼睛却没有从萧砚宁身上挪开，叫人猜不透他在想什么。

一炷香过后，萧砚宁所率的皇太子亲卫队以压倒性的优势获胜，所有人都在欢呼，萧砚宁立在马上，嘴角亦有腼腆的笑，直至他看到不知何时出现在观武台上的谢徽禛。

萧砚宁翻身下马，跟随其他副统领一起上前与谢徽禛行礼。

谢徽禛淡声说了句"免礼"，冲萧砚宁道："你身子不适，后头不必再比了，随孤回去。"

萧砚宁只得领命。

周遭鸦雀无声，谢徽禛走下观武台，径直离开，萧砚宁快步跟上。

傍晚之时，刘纲来将今日比武的结果禀报给谢徽禛，不出意料，得胜的依旧是皇太子的亲卫队。

毕竟只有身手最了得之人才能得谢徽禛青眼入这亲卫队，亲卫队各方面能力都要高其他队伍一截，在每月的比试之中鲜有败绩。

谢徽禛听罢点了点头，吩咐发下赏银，又令人去给刘纲报上来的前三优异者发下额外的赏赐。待刘纲要退下时，忽然被叫住问："世子与那几人比，如何？"

刘纲一愣，没想到谢徽禛会这么问。

例来这些副统领虽带队比试，但不参与评比，不会去跟下头人争。不过转念一想萧世子毕竟年少，太子有爱才之心，对他格外看重些，倒也说得通。

刘纲道："世子身子不适只上场了一回，便已大放异彩，若是当真参与比试，当不输其他人。"

谢徽禛也不知是对这个评价满不满意，点了点头，"孤知道了，你下去吧。"

刘纲这才领命告退。

谢徽禛转向身边的萧砚宁问道："你听到了，孤知你也有好胜心，你今日表现得不错，也可以领赏，想要什么？"

萧砚宁道："多谢殿下，臣不敢言赏。"

谢徽禛"啧"了一声，"孤说要赏便要赏，你是看不上孤送你的东西？"

萧砚宁赶忙道："臣不敢……"

谢徽禛不信，问道："那为何上回孤送你的东西，你看都不看一眼，便叫人都收起来了？"

"那些，臣用不上。"萧砚宁尴尬地解释，"殿下厚爱，臣受之有愧。"

谢徽禛沉眼看着他，萧砚宁低了头。

"你过来。"

萧砚宁走上前，谢徽禛伸手一钩他的腰带，不待萧砚宁反应，便系了个东西至他腰间。

是一个镂空雕刻的飞鸟花纹的金香囊，圆球状，以子母扣在中部扣合，小巧精致，其内的香盂里盛着不知名的香料，散发淡淡清香。

"这里头的香料是孤特地叫太医给你配制的，随身戴着对你身体大有益处，每日添一点便可。"谢徽禛帮他将香囊扣紧，再伸手拨了拨。

"喜欢吗？"

萧砚宁与他谢恩："多谢殿下……"

“你少给孤说几个谢字吧。”谢徽禛无奈道，“你既不要赏赐，这便不是赏赐，是孤送你的礼物。”

萧砚宁对上谢徽禛盛满笑意的双眼，心头有些说不出的滋味，轻轻点了点头。

“好。”

第二个十日过去，眨眼已近深秋。

这几日天都是灰蒙蒙的，不见雨，却也不知何时能放晴，凉意渐浓。

傍晚之时，谢徽禛从皇帝处乘步辇回来，尚未走近寝殿，远远瞧见萧砚宁立于玉阶上，正在吩咐手下人事情。

秋风吹打着他瘦削单薄的身体，将衣袍鼓吹起，萧砚宁眯起的眼睛睁不开，始终站在那里。

步辇停下，谢徽禛一步一步走上玉阶，一摆手打断了那些看到他想要行礼的侍卫，背对着他的萧砚宁未有察觉，仍在与人交代换防之事，直至带着另一人气息和温度的大氅落至肩头。

萧砚宁惊讶回头，身后是笑吟吟地看着他的谢徽禛。

他回神垂首后退一步，与谢徽禛见礼。

“免了，进去吧。”

萧砚宁身上披着皇太子的大氅，分外不自在，才走进殿中便赶紧脱了，双手奉还给谢徽禛的内侍，与谢徽禛谢恩。

“鼻尖都冻红了也不知道多穿件衣裳，又想生病不成？”谢徽禛数落他。

萧砚宁道：“早起不冷，臣疏忽了。”

谢徽禛道：“午后变了天为何不添衣裳？伺候你的那些个人是怎么回事，不知道提醒你？”

萧砚宁怕他又责怪下头人，赶紧解释：“臣先前一直在值房，没回住处，与其他人无关。”

谢徽禛沉默地看他，萧砚宁低了头。

“你过来。”谢徽禛道。

萧砚宁犹豫着走上前，谢徽禛一抬手，捻下了他鬓边的一片枯叶。

萧砚宁小声道：“谢殿下。”

“谢什么？”谢徽禛问他。

萧砚宁不知该怎么说，谢徽禛的刨根问底总是让他无所适从。

谢徽禛笑了一声，“不说便算了。”

谢徽禛收回手时又拨了一下他腰间那个金香囊，萧砚宁这些日子一直随身戴着，谢徽禛很满意，道：“还是瘦了些，身子养好，再多练一练，身子骨练扎实点好，免得风一吹就倒了。”

萧砚宁只能道：“不会，殿下说笑了。”

谢徽禛不再多言，吩咐人传膳。

这些日子只要谢徽禛在这东宫里，萧砚宁便顿顿与之同桌共食，已成定例。

谢徽禛叫人换着法子给他做药膳，皆是合他胃口的。这般好意，即使墨守成规如萧砚宁也无法推辞。

“发什么呆？”谢徽禛将蛇羹推至萧砚宁跟前，示意他，“吃完。”

萧砚宁眼里有转瞬即逝的不愿意，微不可察，谢徽禛却看了出来，“不想吃？”

“不是。”萧砚宁低声谢恩，拿起汤匙。

他吃得很慢，谢徽禛早看出来这小世子不喜荤腥油腻，饮食比上了年纪的老者还清淡些。十七八岁正是长身体的时候，他每日还要练武，只吃这些身子怎么可能养得好。

萧砚宁不喜欢，谢徽禛便逼着他吃，总不会比苦药更难以下咽。

“味道如何，吃得习惯吗？”谢徽禛问。

萧砚宁点头，再次谢恩的话到嘴边又咽回，谢徽禛不喜欢听，他还是不要一直说了。

晚膳之后再喝了半盏茶，下了两盘棋，萧砚宁如往日那般起身告辞，他还要出外巡视一圈，之后便能回去偏殿歇息。

萧砚宁夜里睡得不踏实，天蒙蒙亮时外头起了风，刮得窗棂吱呀作响，他睁开眼，下意识地翻了个身。

今日是回府的日子，萧砚宁起身穿起外袍。

他回到公主府已是辰时三刻，进门却没见到人，听人说公主去了后头园子里，萧砚宁径直过去，一眼瞧见带着侍女在花圃里摘花的谢徽禛，上前与他问安。

“驸马今日回来得不早。”谢徽禛嗓音淡淡的，仿佛随口一说。

萧砚宁垂头小声道：“太子殿下留臣用了早膳才回来。”

谢徽禛闻言回头，打量他的神情片刻，忽然意味不明地笑了一声，“是吗？”

萧砚宁目光触及他的笑脸，恍惚间与另一张脸重叠，他低下眼，将那些怪异之感屏除。

谢徽禛亲手采了些朝露，示意萧砚宁：“走吧，回去了，本宫煮茶给你喝。”

二人回到谢徽禛屋中坐上榻，谢徽禛煮茶，萧砚宁帮他将棋盘上散乱的棋子收起。

煮开的热茶倒进碗中，谢徽禛将茶碗递过去，顺手扔了两颗梅子进去，“这样喝味道甘甜些，试试。”

萧砚宁道谢，端起茶碗抿了一口，点了点头，“公主煮的茶很好，谢公主。”

谢徽禛扶了扶头上的朱钗，轻声笑道：“驸马怎么和本宫更生分了，是这些日子不见，不适应吗？”

萧砚宁道：“不是……公主勿怪。”

谢徽禛注意到他腰间那枚香囊，伸手过去拨了一下，“挺好看的，太子送的？”

萧砚宁轻轻点了点头，谢徽禛的目光自上滑过，收回手没再多问。

待喝完茶，他提醒萧砚宁："换身衣裳，随本宫出去吧，今日淑柔长公主做寿，下了请帖来，你随本宫一同去。"

巳时四刻，他二人到了淑柔长公主府，这里已车马盈门。

淑柔长公主是当今陛下唯一的胞姐，十分有脸面，京中但凡收到请帖的府上无不来贺寿。多是女眷，他们刚到公主府门口，就碰上徐氏带着萧砚宁的幼妹也来了。

徐氏见到他们很是高兴，又与谢徽禛说今日萧砚宁的姐姐也会来，萧大姑娘之前还未见过公主，一会儿让她来当面拜见公主殿下。

谢徽禛笑着颔首。

入府后二人先去与长公主祝寿送上寿礼，萧砚宁被人引去男宾席，谢徽禛和徐氏她们则留在了花厅这里，与一众女眷陪着长公主边吃茶点边闲聊天。

后来萧大姑娘也来了，跟随她婆母英国公夫人一起。英国公府人丁兴旺，姑娘、媳妇一堆，七八个人站一排，除了萧大姑娘打扮得素净低调，余的个个珠光宝气、花枝招展。

谢徽禛随意扫了一眼，英国公府这些女眷他不是第一回见了，从前没正眼瞧过而已，今次仔细一看便觉不过尔尔，这穿金戴银什么都往身上堆的做派，哪里像世家出身，倒跟外头那些商贾家的后宅妇人一般。

再听她们聊起钗环首饰、胭脂水粉的，谢徽禛便更没了兴趣，端起茶盏喝茶。

徐氏寻着机会派人去将萧大姑娘叫来，英国公夫人那头像是不大乐意，但见与徐氏坐一块的是谢徽禛，不情不愿地放了人。

萧大姑娘过来，先与谢徽禛行了礼，谢徽禛笑着让之起身。两人互相客套了几句，徐氏将萧大姑娘叫去身边，拉着她的手小声说体己话。

这萧大姑娘其实是萧砚宁的堂姐，是他二叔的女儿。她父母去得早，留下她一个孤女在徐氏跟前长大，徐氏将之当亲生女儿一般疼。但毕竟是嫁去了别人家，徐氏不是亲娘，不方便总去看，虽万般担忧她在婆家过得不好，却也没有办法。

谢徽禛不动声色地打量她，只见这位大姑娘身形纤瘦，面色也不大好，眉目间像有掩饰不去的烦愁，被徐氏问起时却又说在英国公府一切都好，听着便不似真的。

出嫁了的女儿在娘家面前多半报喜不报忧，不想叫娘家人担忧罢了。

寿宴开席前，谢徽禛先去长公主命人给安排的别院小憩，顺便换身衣裳。

萧砚宁过来时他正在铜镜前重新梳头，有侍女进来禀报事情。

“英国公府那些女眷言谈间似乎对萧大姑娘颇有些轻视，国公夫人尤其不喜萧大姑娘，今日像是本不想带她来，是顾忌着公主您才不得已将萧大姑娘也带出来。奴婢们还听到她们说萧大姑娘什么‘给脸不要脸’‘白得一个儿子还不肯要’的话。”

萧砚宁闻言深深皱起眉。

谢徽禛轻哂道：“萧大姑娘怎么说也是她们国公府的世子夫人，这些人竟敢如此欺辱她？”他又吩咐人，“派人去细查一查‘白得一个儿子还不肯要’是何意思。”

侍女领命下去。

萧砚宁低头与谢徽禛道谢，谢徽禛坐着转身面向他，抬手帮他将衣角轻轻捋平。

“驸马为何要与本宫说谢？”他的声音很轻。

萧砚宁道：“姐姐的事，本不该麻烦公主，公主肯关照姐姐之事，臣确实应该与公主道谢。”

“驸马不必在意这些，你我夫妻一体，本就该互相为对方着想。驸马的家人也是本宫的家人，姐姐若当真在英国公府受了什么委屈，本宫自不会坐视不管。”

不待萧砚宁说，谢徽禛继续道：“本宫才应该与驸马说谢，本宫知道委屈了驸马，若你当真能顺着太子，哄得他高兴了，他对你好，自然也会对本宫好，本宫才能靠山稳固，永无后忧。”

谢徽禛说罢抬眼，看向面前这个呆愣愣的驸马，“驸马愿意为了本宫做这些吗？你若是不愿意，本宫也不能逼迫你，可本宫这心里总是不踏实，就怕哪日眼前这一切都将成为泡影，又回到小时候担惊受怕、孤苦无依的日子。”

萧砚宁半晌回神，避开谢徽禛期盼的目光，艰难地吐出声音：“臣……尽力而为。”

萧砚宁没在公主府久待，答应了谢徽禛早些回去，翌日清早宫门一开便又进了宫。

他去请安时，谢徽禛正在书房中作画，不等萧砚宁弯腰直接免了他的礼，“砚宁你过来。”

萧砚宁走上前，才站定，画笔也递到了他手中。

轻笑声落在他耳边：“你看孤这幅花鸟图画得如何？”

萧砚宁垂眸看桌案上的画，若真要评说，只能算马马虎虎。谢徽禛作画的笔锋刚硬，气势十足，显得所画之物不那么鲜活，看起来有些呆板。

萧砚宁还在斟酌着要如何作答，谢徽禛道：“孤觉得画得不好，这画孤从小到大都画不好，大约没这个天分，要不你帮孤修补修补吧，孤记得你小时候作画便是一绝。”

萧砚宁领命。

他凝神又看了片刻手下的画，不再迟疑地落下第一笔。

一盏茶的工夫，萧砚宁搁下笔，经他的修补，案上的花鸟图仿佛被注入了灵气，立时变得灵动甚至栩栩如生。谢徽禛看着啧啧称奇：“让你做孤的侍卫统领，倒是埋没了你。”

萧砚宁不好意思道：“殿下谬赞。”

谢徽禛笑笑，取出自己的私印在画纸落款处盖上，再示意萧砚宁，萧砚宁从他眼神里看懂了他的意思，也取出印章，盖在了那枚皇太子私印旁。

谢徽禛十分满意，叫人来将画拿去装裱挂起来，萧砚宁闻言愈发汗颜，“殿下的书房里挂的都是大家之作，这幅画挂出来怕会惹人笑话。”

“谁敢笑话？”谢徽禛不以为然，“是笑话你，还是笑话孤？”

萧砚宁默然。

谢徽禛好笑道：“你给自己身上加的条条框框也太多了，这么在意别人的目光，活着不累吗？”

萧砚宁道：“外人都道殿下明德知礼、宽仁贤达，是假的吗？”

难得萧砚宁会问这样的问题，谢徽禛歪倚着桌案，非但没生气，反而挺高兴的。

“你觉着呢？”

萧砚宁不知当怎么说，只道：“臣不知道。”

“不知道的意思，是觉得孤其实并非那样的？”谢徽禛点头，自己承认，“孤确实不是，在人前装装样子谁不会，倘若孤不高兴了，连装都懒得装。至于外头那些人恭维孤，那有何稀奇的？陛下就孤这一个养子，再无第二人能威胁孤的地位，明眼人都看得出陛下看重孤，下头人自然得顺着陛下的意思。孤便是头猪，他们想必也能找到好词给孤夸出个花来。”

萧砚宁无言以对，“殿下不必这般说自己。”

谢徽禛挑眉，“话是粗鄙了些，可孤说得不对？”

“殿下说得对。”

“所以砚宁觉得孤是个怎样的人？”谢徽禛顺势问他。

萧砚宁想了想，道：“殿下真性情，令人羡慕。”

谢徽禛笑道：“你其实是想说孤任性吧？”

萧砚宁垂了头。

谢徽禛叹道：“若是砚宁也能像小时候一样，在孤面前显露出几分真性情，不要总是这般殿下长殿下短的，那便好了。”

萧砚宁小声解释：“小时候是不懂事……”

"算了，别说孤不爱听的。走吧，随孤去用早膳。"谢徽禛打断他。

膳桌上谢徽禛问起萧砚宁昨日给长公主祝寿之事，萧砚宁一一说了，谢徽禛随口道："昨日突然有急事，要不孤便自个去给姑母贺寿了，孤倒也许久未见到乐平那丫头。"

萧砚宁想起昨日公主说的话，心绪复杂，便道："殿下若是想见公主，叫她进宫来便是。"

谢徽禛瞥他一眼，"是孤想见，还是你想见？不是昨日才回了公主府？"

萧砚宁赶紧解释："没有，殿下误会了。"

谢徽禛哼笑，放过了他。

用过早膳，谢徽禛照旧去御书房，晌午时回来，下午却没再念书，叮嘱萧砚宁收拾东西，和他一块随御驾去北海别宫小住几日。

"这段时日政事少，父皇他们也想出宫偷闲几日，没道理孤就要一直憋在这东宫里，走吧，你随孤一起。"

谢徽禛这么说，萧砚宁自然领命，他本就是谢徽禛的侍卫统领，谢徽禛要去哪他都得跟着。

到达别宫时是傍晚，谢徽禛被皇帝留下一块用晚膳。

膳食摆在皇帝寝殿后头的一处筑台上，此处视野高、风景好，前可观北海，后有山峦和瀑布，晴夜能看星光满天。

萧砚宁被皇帝身边的内侍客气地请上来，谢朝泠一指谢徽禛身边的座位，示意他："这里没外人，世子坐下一块吃些吧。"

萧砚宁受宠若惊，当下谢恩，小心翼翼地坐下。

谢徽禛回头冲他眨眨眼，再与谢朝泠道："若不是父皇开口，他只怕还不敢坐下来。"

谢朝泠淡定地吃着酒，问他："你为难世子了？他这般怕你？"

谢徽禛道："哪能啊，世子是乐平的驸马，我哪能为难他。"

谢朝泠脸上有笑，不咸不淡地说了谢徽禛几句。

倒是一旁的谢朝渊顺嘴道：“上一回世子与本王和陛下一块用膳，还是乐平的归宁宴，今次仿佛与那日一样，不过今日坐这里的人是太子不是乐平。”

谢徽禛却道：“世子和乐平成婚这么些日子，还不如与我相处的时日长，想来是我与世子更有缘分。”

萧砚宁头低得快抬不起来，谢朝渊放声笑道：“你怎么好意思？被乐平听到这话还不得与你置气了。”

谢徽禛不以为然，“乐平不会。”

他再问身边人：“世子，你说乐平会吗？”

“不会。”萧砚宁小声道，“公主也希望臣能与殿下好生相处。”

谢朝渊与谢朝泠对视一眼，瞬间便明白了谢徽禛这小子私底下是怎么哄骗这萧小世子的。谢朝泠皱眉，将教训人的话生生忍住了，谢朝渊提醒谢徽禛：“太子别忘了你父皇之前提点你的话。”

“儿臣不敢忘。”谢徽禛作出虚心受教的姿态。

至于他是否真是这么想的，那便只有他自己知道了。

夜幕彻底沉下时，这一顿晚膳终告结束。

谢朝泠先一步回寝殿，谢徽禛与萧砚宁恭送他们离开，待他们走下筑台，谢徽禛起身站直，倚在石栏边朝下看。

“砚宁在想什么？”

萧砚宁垂眸道：“没什么，很晚了，殿下也早些回寝殿歇了吧。”

谢徽禛抬头看向天际的月色、星空，轻弯唇角，“还早呢，走吧，孤带你在这别宫里到处转转。”

说罢他提步先走下了石阶，几步后回头，提醒仍呆立在原地的萧砚宁：“傻子，走了。”

萧砚宁回神，快步跟上。

第四章 英国公府

月影婆娑，青石板路斑驳，夜潮如水蔓延开，逐渐抚平了萧砚宁起伏不定的心绪。

二人一路往前，只有不轻不重的脚步声。

谢徽禛的轻笑打破了沉寂，萧砚宁抬眼望向他，谢徽禛驻足在一处高台下，仰头望着前方白玉阶上紧闭的大殿门，眼底闪动着叫人猜不透的情绪。

“砚宁知道这是什么地方吗？”

萧砚宁不明所以，“臣不知。”

“这里是乾明朝皇太后——孤的曾祖母在这别宫里的住处。”谢徽禛慢慢道，“她最后那几年一直住在这里养病，孤侍疾于病榻前，直至她老人家崩逝。”

说这些时谢徽禛语气平淡，萧砚宁摸不准他的心思，犹豫之后回了一句：“殿下节哀。”

“节、哀。”谢徽禛念了一遍这两个字，声音更低，“砚宁搞错了，孤没有什么需要节哀的，孤巴不得她早点死，孤还亲手送了她一程。”

身后跟随的宫人停在十步之外，谢徽禛的话只说给了萧砚宁听。萧砚宁目露错愕，一时间连礼数都忘了，就这么直愣愣地看向谢徽禛。

谢徽禛弯起唇角，“这般惊讶？”

萧砚宁回神，“殿下说笑了……”

“不是说笑。”谢徽禛嘴角的笑意淡去，“孤说的都是真的，皇太后是孤亲手毒杀的。砚宁听了会不会觉着这已经不是离经叛道，而是冒天下之大不韪，是不忠不孝、罪该万死？”

谢徽禛的面色依然平静，看向他的那双眼睛却格外黑沉，萧砚宁心头一跳，一瞬间有无数念头翻涌而上，他压下声音犹豫地问面前之人：“殿下为何要这般做？”

“因为她该死。”谢徽禛道，“她为了帮她赵家女生的皇子夺储君位，联合那些世家、宗王给孤的父亲栽上谋反之名，逼死了孤的父亲、母亲。孤本该是东宫名正言顺的皇长孙，何须以旁支宗室的身份过继叔父才能有如今的地位，孤杀她为报父母之仇，何错之有？”

“陛下登基之初已替先太子平反，当年那些包藏祸心之人俱已被抄家灭族，殿下何必再做这样的事，平白污了自己的清名。”萧砚宁叹道。

谢徽禛不以为然，“那些人都死了，可皇太后还享着尊荣，因她是皇太后，陛下也不能动她，可孤怎么会让她好过？砚宁以为孤在意所谓的清名吗？孤才几岁大时就被牵连进夺嫡的风波中，那些亲长为争夺皇位，利用孤的身份将孤拖下水，打小照顾孤的乳母嬷嬷为了保住孤不得不悬梁自缢，替孤担下所有罪责。孤自幼耳濡目染这些，别人对孤狠，孤为何要对别人心慈手软？”

谢徽禛的语调仍不急不缓，萧砚宁却能听出其中的波动，哑口无言。

他垂眸闭了眼，记忆中那双明亮带笑的眼睛原来一直是蒙着阴霾的。他那时太年幼，竟从未看懂过，一次也没有真正安慰过谢徽禛。

谢徽禛看着他，停住了言语。片刻后，萧砚宁忽然上前一步，走近他，

“殿下，过去的事情都过去了，您如今是万人之上的储君，日后有大把机会实现抱负。您没有错，但也不要再沉溺在过去的仇恨中了，往前看吧。”

他努力斟酌着话语，想要给谢徽禛一丝宽慰，无论他需不需要。

谢徽禛道：“弑亲弑祖，没有错吗？”

萧砚宁道：“若是殿下不觉得有错，那便没有错。”

谢徽禛道：“这个时候不说那些伦常纲纪了吗？”

萧砚宁摇头，“再说那些，显得臣过于不近人情，臣不想殿下伤心。”

夜风吹乱了萧砚宁的一绺鬓发，谢徽禛看着他道：“砚宁这是在安慰孤？”

萧砚宁声音更轻：“臣的话若能让殿下觉得安慰，那便好了。”

沉默半晌，谢徽禛终于又笑了，“走吧，回去了。”

谢徽禛的寝殿是处临水的殿阁，于大殿内亦能听到外头的潺潺流水声。

宫人皆退下，萧砚宁道：“殿下早些歇息吧……”

“孤与你分开后被人接来这别宫里，之后便一直住在此处。夜里水声太吵，总是不能成眠，时常一个人看书或是下棋一整夜。”谢徽禛低喃，仿佛梦呓一般。

萧砚宁似从他的语气里听出了别样的情绪，犹豫地问道：“别宫这边殿宇众多，殿下何不换一处地方住？”

“可别的地方又实在太冷清了，孤一个人觉着寂寞，听着这绵绵不断的水声，至少心里踏实。”谢徽禛慢慢说道，“那时孤总想着，要是身边有个伴就好了，每每想起你便觉可惜。可惜孤那时年岁太小，只以为一个玩伴而已，将来总会再见，却哪知再见时已是多年后。”

萧砚宁心绪复杂，问出了他一直想问的问题：“殿下的心意臣不明白，殿下这么多年未再见过臣，如今又为何非找到臣不可？”

谢徽禛凝眸看着他，“你想知道？”

萧砚宁道："殿下可愿为臣解惑？"

"其实孤也不知道。"谢徽禛道，"或许因为小时候那半年，是孤这些年唯一过得快活的时间，所以孤十分后悔当初没将你一起带出来。"

这些倒并非假话，他起初去陪这小世子玩，是因先帝的指婚叫他起了戏耍他的心思，也为打发时间，后头时日长了，才渐渐上了心。回京之后即便不能亲自去看，甚至在萧砚宁去江南那几年，他也时不时地会派人打听他的消息。

年初萧砚宁回到京中，在国子监里念书，他其实偷偷去看过许多回。也是在那个时候，他坚定了要以公主之身下嫁的心思。他自知身份特殊，唯有这样才能找回他儿时最好的玩伴。

谢徽禛轻拨着他腰间那枚香囊，"孤小时候都没送过你什么好东西，这个其实也不值几个钱，送你别的东西你也不肯要。"

萧砚宁也低头去看，小声道："殿下特地命太医给臣调配这养身体的香料，这份厚爱便价值千金。"

"真这么觉得？"谢徽禛手指微微一顿。

萧砚宁点头道："真的，殿下不喜欢臣说谢，可臣心里确实感激殿下。"

"砚宁。"谢徽禛叫他的名字。

萧砚宁低声答应。

"你抬头看着我。"

萧砚宁抬了眼，谢徽禛的目光里积蓄着他不愿深思、却也无法回避的情绪，"我不是君子，外头人说的礼贤下士、谦和仁德从来都是假象。我大逆不道、恶行昭昭、鲜廉寡耻、罔顾人伦。在你面前我不会装，你最好早些放下对我的那些不切实际的期待，接受我本来的模样。"

萧砚宁咽了咽口水，一个字都说不出。

在别宫待了数日后，休沐日萧砚宁再次回公主府，今日谢徽禛却说要去上香，让萧砚宁随他同去。

出门时起了风，谢徽禛披了件防风的斗篷，火焰一般红的颜色，更衬得他上了妆的脸艳色绝伦。

萧砚宁只看了一眼便移开目光，将他扶上车。

谢徽禛懒散地倚向身后的软垫，身下的车轮辘辘，颠簸往前。

“驸马这次回来脸上的血色看着好似好了不少。”谢徽禛打量着萧砚宁的脸色，随口说道。

萧砚宁不知该怎么接话，下意识抬手摸了一下自己的脸。

谢徽禛被他的动作逗笑，萧砚宁意识到自己有些失态了，尴尬地收了手。

确实是谢徽禛叫人给他做的药膳起了作用，随身带的这香囊或许也有益处，今岁秋日比往年都要更寒凉些，他却没有从前那种一入秋就手脚冰凉的不适感。

萧砚宁岔开话题道：“公主今日怎么突然想去上香了？”

“左右无事，也不是太冷，就当是去外头走一走。”谢徽禛道。

萧砚宁以为他是虔诚的香客，其实不然，上一回在光华寺外的偶遇也非巧合，是他有意为之。到寺庙后谢徽禛随意上了炷香便去了客堂，倒像是专程来等人的。

两刻钟后，有内侍进来报，说是英国公世子夫人也来了这光华寺，谢徽禛颔首吩咐道：“去请她过来。”

萧砚宁不解其意，问道：“公主是特地来这里等姐姐的？可是有什么事？”

谢徽禛提醒他：“你一会儿去屏风后，别露脸，本宫与她说。”

见萧砚宁目露担忧，谢徽禛解释了一句：“你不懂女儿家的心思，你若是在这里，本宫问她的事情她便不会说了。”

萧砚宁点点头，待萧大姑娘来了，他起身去了屏风后面。

萧大姑娘被人请进门，与谢徽禛见礼，谢徽禛打断她，叫人给她赐座看茶。

萧大姑娘坐下，略有些局促，她面色苍白，像是精神不大好，勉强挤出笑容与谢徽禛说话。

两人拉了几句家常，谢徽禛看一眼屏风后的影子，问面前的萧大姑娘："姐姐脸色看着不大好，是在英国公府过得不好吗？"

谢徽禛问得直白，萧大姑娘怔了怔，下意识地攥紧手中的帕子，"没有……"

"这里没有旁人，本宫既然请姐姐过来，便是决心要过问这事，姐姐不必对本宫隐瞒。"谢徽禛啜了一口茶，慢慢说道，"你嫁去英国公府三年，受了诸多委屈，却从不与家里人说，是不想给王爷、王妃添麻烦吗？王爷、王妃对姐姐视如己出，若是知道你是这般想的，他们心里想必不好受。"

萧大姑娘低着头，渐渐红了眼，谢徽禛继续道："英国公世子待你不好，宠妾灭妻，还在外接了个青楼里的女子回府，让之怀了孕，那女子仗着有男人宠爱，在府中作威作福，完全不将你这个正妻放在眼中，是吗？"

萧大姑娘是个聪明人，又岂会听不出公主已将英国公府里的事情都打听清楚了，她再隐瞒也没了意义，沉默片刻，她的眼神里多出一丝痛意，道："那女子原是做皮肉生意的，因世子以死相逼，且那女子还怀了身子，竟让家里老夫人点头准了她进府，还抬了妾。我不同意，他们便说我不贤、善妒，讥讽我不能为国公府开枝散叶。可这三年里世子去我房里的次数屈指可数，妾侍却抬了一房又一房，我从未说过什么，如今竟连那种下贱之人也要往家里抬，还说要将那女子生下来的孩子记在我名下，当作嫡子养，他们这分明是将巴掌狠狠往我脸上扇。"

萧大姑娘说着低低啜泣了一声，眼中恨意更甚，"那女子进府后，世子几乎天天宿在她房里，其他妾侍争风吃醋，在她那里都没落到好。我眼不见为净，关起门来不想再管他们的事，她竟然打起了我嫁妆的主意，三番两次让世子来我这里讨要我的首饰、头面，我不肯，世子竟对我动手……”

屏风之后传出东西打翻的声音，萧大姑娘诧异地望过去，萧砚宁自屏风后出来，神情里有谢徽禛从未见过的义愤，萧大姑娘慌乱起身，“阿宁……”

萧砚宁快步走上前，语气有些急：“姐姐，为何这些事你之前不告诉母亲，不告诉我们？”

萧大姑娘的眼泪瞬间就落下了，摇着头说不出话。谢徽禛让自己的婢女将帕子递过去，问她：“姐姐以后有何打算，还要继续在英国公府过下去吗？”

萧大姑娘神色彷徨，萧砚宁转身与谢徽禛拱手，“请公主帮帮姐姐。”

“我不想因此牵连王府，还给公主殿下添麻烦……”

萧大姑娘犹豫不决，谢徽禛打断她的话道：“你不必顾虑这些，本宫就爱多管闲事，若你对那英国公世子已死心，不想与他过了，和离便是。择日不如撞日，本宫和驸马现在就陪你回去英国公府，将事情说开。”

萧大姑娘愣在当场，似全然没想到谢徽禛会这般提议。她确实想离开那个囚笼，每时每刻都想，可哪有那般容易，英国公府不可能同意她和离，即便乐平公主愿意为她撑腰，公主却也不能随意插手别人府上的家务事。

萧砚宁见她一直没点头，担心她对那英国公府还有留恋，焦急地劝她：“姐姐，你听公主的吧。”

他并非不知道这事公主插手不合适，但姐姐在英国公府受了这般大的委屈，他顾不得那么多，甚至想到如果公主解决不了，他便去求皇太子，无论需要付出什么。

谢徽禛再次提醒那萧大姑娘：“只要你说愿意，本宫就为你出这个头，且保证你与萧家人无事，即便闹到御前，也是英国公府上失德在先，陛下不会纵容他们。”

萧大姑娘用力咬住唇，终于下定了决心，上前跪在了谢徽禛面前，含泪道："谢公主殿下为我做主。"

谢徽禛示意萧砚宁，"驸马你将姐姐扶起来。"

他们便不再耽搁，一同动身赶往英国公府。

路上萧大姑娘激动的情绪终于平复下来，谢徽禛和萧砚宁与她同乘一车，谢徽禛假装不经意地随口问她："本宫听闻先前英国公府已经没落了，家里入不敷出、坐吃山空，可这一两年的眼瞧着竟又阔绰了起来，叫人甚是好奇，你知道他们如今又在做什么营生吗？"

萧大姑娘摇头，"世子从不与我说这些。"

言罢她蹙眉想了想，又道："前两年府上最拮据的时候，老夫人和夫人就打过我嫁妆的主意，我不肯，因此被她们厌弃，世子也对我鼻子不是鼻子眼不是眼的。倒是之前有一回他喝醉了，得意扬扬地说府上有了新的进项，我既不肯在最困难的时候帮忙，日后他们享福也与我无关。"

萧砚宁闻言皱眉，下意识地看向谢徽禛，谢徽禛面色平淡，并未多说。

公主府的车辇停在距离英国公府两条街的地方，谢徽禛提醒萧大姑娘："本宫叫几个嬷嬷先陪你一起去英国公府，当面跟他们说和离之事。若是他们不肯，你便说你的嫁妆被盗了，其中还有本宫送你的东西，是御赐之物，要他们必须交出来，若是交不出，两刻钟后本宫会带着府兵亲自上门去讨。"

萧大姑娘神情紧张，见谢徽禛说得笃定，用力捏了捏手中的帕子，坚定了决心。谢恩过后她下了车，带着她自己的人和谢徽禛安排的人重新上车，径直回府。

萧砚宁目送萧大姑娘的马车离开，担忧地问谢徽禛："这样做是否会牵连公主？"

谢徽禛不在意地笑笑，"驸马今日倒是叫本宫刮目相看。"

"公主何出此言？"

谢徽禛道："本宫还以为，依驸马的性子，即便姐姐在婆家受了这些委屈，你也会劝她出嫁从夫，而不是听本宫的话去与英国公府闹，甚至连萧王府那边都未知会一声。"

萧砚宁讪道："臣确是迂腐之人，可事关姐姐，臣顾不得那么多，她若再在那英国公府待下去，只怕连命都要没了。"

"所以驸马也并非当真是那般不思转圜之人。"谢徽禛道，"不过是看是不是你在意的人和事罢了。"

萧砚宁有心解释，又不知能说什么，最后只与他谢恩："这事本不需要公主过问，公主愿为姐姐做到这一步，臣感激不尽。"

谢徽禛看着他，回想着方才在庙里这小世子因气愤而涨红的脸，这少见的鲜活表情真叫人好笑。

他不再多言，与萧砚宁道："还得在这里等一会儿，前头有间点心铺子，驸马去给本宫买些点心来吧。"

萧砚宁自然答应，当即下车去买了。

打发了萧砚宁，谢徽禛叫来自己府上的侍卫统领，隔着车窗帘沉声问："都安排好了吗？"

车外之人答："都已安排妥当，殿下放心。"

谢徽禛点了点头，公主府可有府兵三百人，这三百人是皇帝另外安排给他的随扈，统领却是他从东宫带出来的亲信。

"一会儿进了英国公府，不必客气，前院后宅的，都给孤仔仔细细翻一遍，有敢阻拦之人直接押下。孤要找的东西，应当就在他们府上。"谢徽禛吩咐道。

"喏！"侍卫统领领命。

萧砚宁买完点心回来，瞧见谢徽禛车驾后排成长队的护卫，心下惊诧，赶紧上车去。

谢徽禛仍慢条斯理地在喝茶，见萧砚宁回来嘴角噙笑，“驸马动作挺快的。”

萧砚宁犹豫地问他：“公主叫了多少人过来？”

谢徽禛道：“三百府兵。”

萧砚宁不由得皱眉，“这般阵仗硬闯进国公府怕会将事情闹大，到时候不好收场，还是不要带这么多人……”

“本宫就是要将事情闹大，放心，闹到陛下跟前本宫会一力担着。”

谢徽禛说完，外头来人禀报，说英国公府那边传出消息，已经吵起来了，他们非但不肯答应和离，还拒不承认盗窃了世子夫人的嫁妆，甚至想和世子夫人动手。

谢徽禛等的就是这句，当即下令：“英国公府胆大妄为，偷盗本宫送给姐姐的御赐之物，既不肯交出来，本宫只有自个上门去讨了，走吧，这就随本宫去敲那英国公府的大门。”

萧砚宁劝不住，又担心姐姐那边，到底没再多言，谢徽禛与他笑笑，“驸马一会儿与本宫一块进英国公府，看戏便是，不用操心。”

萧砚宁只得点头。

那英国公府上此刻正鸡飞狗跳，萧大姑娘进门时本还有犹豫，却得知那妓子趁着她出门，又来她房中作威作福，她从王府带来的几个婢女不堪受辱顶了嘴，正被英国公世子叫人按着掌嘴。

萧大姑娘当下气红了眼，谢徽禛派给她的嬷嬷直接上前，将打人的那些个强硬地推开，下手重了些，差点撞到那大着肚子的女子。英国公世子黑着脸要人拿下她们，两边起了冲突，最后闹到正院的国公和国公夫人那里，萧大姑娘当面提了和离之事，这下便捅了马蜂窝。

谢徽禛的车辇停在国公府正门口，沉声下令：“去敲门，说本宫要进他们府上讨要东西，其他人给本宫将府邸围了，一只苍蝇都别让飞出去。”

他再弯起唇角，伸手向萧砚宁道：“扶本宫下车。”

萧砚宁迟疑一瞬，扶住了谢徽禛的手臂。

侍卫统领率人上前敲门，门房上的人见状大惊失色，转身就往里头跑，很快府上的管家带着护院出来拦门，嘴上嚷着这里是国公府，即便公主也不能擅闯。

谢徽禛冷着脸走上去，身后众侍卫纷纷抽剑出鞘，侍卫统领手中那把剑更是直接驾到了那管家的脖子上，叫对方当场尿了裤子。

“公……公主饶命啊！”

萧砚宁挪开眼，谢徽禛厌恶地抬手遮了遮鼻子，提步进门，再无人敢阻挡。

刚进到正院，便听到英国公中气十足的声音："这是做什么！这里是我英国公府，乐平公主带这么多人来到底要做什么！"

公主府的人已持剑将正院团团围住，谢徽禛踱步进门，瞥向面前脸涨成猪肝色的英国公夫妇，“不做什么，不过是听萧家姐姐说本宫送她的一只玉镯被人盗了，那是先帝当年御赐给本宫的，怎能落入宵小之徒手中！方才本宫派人跟着姐姐来向贵府讨要，却听闻贵府世子要对本宫的人动手，本宫这才不得不亲自登门。”

谢徽禛语气平淡，说出的话却更叫面前这些人激动气愤。

“公主休要胡言！我英国公府中不可能有人偷先帝的御赐之物！您便是公主也不能在这里这般耀武扬威、含血喷人！”

谢徽禛轻“呵”了一声。

萧砚宁一进门先去看萧大姑娘，见她虽双眼泛红但情绪尚算稳定，略松了口气，再听到这英国公这般嚣张的言语，也被激起了怒气，沉声提醒对方："国公爷慎言，在公主殿下面前，还是恭敬些的好。"

英国公将更多要冲出口的话生生憋了回去，脸涨得更红，一旁的国公夫人却忽然捂住心口，放声大哭起来。

英国公世子不敢冲谢徽禛撒气，阴着脸要去攥萧大姑娘，“你闹够了没有？带着外人来家里闹事，是觉得找着人给你撑腰了是吗？你别忘了你现在是我刘家的人！”

萧砚宁见状面色难看，要上前，谢徽禛已先一步示意他身后几个内侍过去将萧大姑娘护住，用力挡开了那英国公世子伸向萧大姑娘的手，英国公世子猝不及防，没站稳，狼狈地往后退了两步，一屁股跌坐在地上。

英国公夫人哭号着扑上前，扶住了自己的儿子，“你们这些人太过分了，你们欺人太甚……”

谢徽禛没理会她的撒泼号啕，问萧大姑娘：“姐姐，你亲口说，本宫送你的玉镯是不是被人盗了？”

谢徽禛先前根本没见过这萧大姑娘，当然不会有送玉镯这事，但他说得这般笃定，萧大姑娘自然不会拆他的台，点头道：“是，那玉镯与我嫁妆里的头面、首饰收在一处，都被人盗了。”

英国公世子爬起身，气恨道：“谁知道是不是你自己房里的下人盗的！”

“不可能！”萧大姑娘说得斩钉截铁，“她们不会做这种事情。”

“萧王府百年世家，家风严谨，本宫也相信王府中出来的下人不会做这等事情。”谢徽禛用眼睛一扫气急败坏的英国公府众人，悠悠道，“你们既不肯承认，那本宫便自己让人去搜，先帝留下的东西，怎么也得找回来。”

“你敢！”英国公暴跳如雷。

萧砚宁上前一步挡在谢徽禛跟前，像是怕这些人激动之下伤到他。

谢徽禛瞥他一眼，扬了扬唇角。

英国公大喊着“谁敢”，英国公府的护院几乎要与公主府的侍卫打起来，但这些护院不能配兵器，三两下便被谢徽禛的人全部收服，连英国公本人也被一左一右两个人架住，按坐在座椅上不得动弹。

谢徽禛冷声下令：“一间间搜，无论是谁的屋子，都不许放过。”

英国公夫人几乎要晕过去，后宅都是女眷，这些侍卫进去一顿搜，这叫她们以后还怎么做人！

"你们这是要做什么！你们是要逼着我老婆子进宫去告御状吗？"

英国公府的老夫人被人扶来正院，她用手中的拐杖将地上的石板敲得"咚咚"响，向谢徽禛怒目，"公主今日是非要与我英国公府结仇不成？"

谢徽禛冷眼望过去，这位老夫人是谢氏宗室的郡主，按辈分他该称呼她一声姑祖母。

"公主若执意如此，今日便先从我老婆子的尸体上踏过去再说！"

谢徽禛轻蔑一笑，"老夫人怕是忘了自己姓什么了吧，这般害怕本宫的人搜府，莫不是这英国公府上藏了什么不能见人的东西？"

他话一出口，老夫人和英国公同时变了脸色，虽须臾又被他们掩饰过去，却没有逃过谢徽禛的眼睛。

谢徽禛心知今日自己来对了，眼神更冷，喝令："搜！"

那老夫人还想阻拦，已有谢徽禛带来的侍卫上前强行扶住了她，叫她想要以死相迫都不成。

侍卫们冲向这座府宅的四处，一副要抄家的架势。

谢徽禛顶着英国公府一家子将要吃人的目光，择了张椅子悠哉坐下，再示意萧砚宁和萧大姑娘，"你们也坐。"

萧大姑娘被这阵势弄得有些惊魂未定，脸色都是白的，被婢女搀扶着坐下。萧砚宁走去谢徽禛身侧，站定不动。

谢徽禛提醒他："驸马你也坐。"

萧砚宁摇了摇头，低声问他："公主，您要做什么？"

他并非蠢人，谢徽禛这大张旗鼓的举动，分明是醉翁之意不在酒。谢徽禛没解释，随意打量着对面神色各异的英国公府众人，脸上似有笑，其实面覆寒霜。

他又低了头，漫不经心地把玩起手上的指套。

外头不时有哭号声传来，英国公夫人和世子一时哭求、一时咒骂，谢徽禛不为所动，后来烦了干脆叫人堵了他们的嘴。萧砚宁有心想提醒他别做太过了，话到嘴边，目光触及谢徽禛冷若冰霜的脸，到底没说出口。

大半个时辰后，侍卫统领回来正院禀报，说那玉镯找到了，同时将那大着肚子的女子带了来。

“禀公主，玉镯是在她房中找着的。”

那女子大声喊冤，英国公世子挣扎着想要上前去护住人，但挣不开那些侍卫的手。谢徽禛多看一眼都嫌脏眼睛，叫人将这女子直接押下去送去官衙，再命人拿出早已准备好的和离书，也不管那英国公世子是不是愿意，让人抓着他的手就签字捺印。

“将萧姐姐的嫁妆和行李都收拾了一并带走。”谢徽禛吩咐人，“萧王府出来的人从此也跟这英国公府无关，至于英国公府诸人……”他扫一眼面前面色灰败的几个人，继续道，“偷盗御赐之物，还助纣为虐、纵容青楼女子欺辱世子夫人，该如何定罪，等本宫进宫禀报了陛下再说。”

言罢，他终于起身离开，走出公府大门时侍卫统领低声与他禀报：“殿下，东西找着了，就在这府上后头园子里的一口枯井里。”

谢徽禛沉声吩咐人：“继续围住这英国公府，别叫他们朝外传递消息。”

谢徽禛安排了人送萧大姑娘回萧王府，带着萧砚宁上车直奔皇宫。

没了外人后萧砚宁再次问他：“公主，您今日究竟打算做什么？”

“没什么。”谢徽禛道，“今日之事全是太子吩咐本宫做的，驸马若一定要知道，回宫之后去问太子吧。”

入宫后谢徽禛让萧砚宁先回东宫，提醒他：“你今日便留在宫里吧，本宫去与陛下禀报完事情，自会回府去。”

萧砚宁心下担忧，今日之事闹得太大，那英国公府旁还有几座高门府邸，当时看热闹的人不少，这会儿事情想必已经传开了。虽公主说一力担下责罚，但事情闹到陛下跟前，哪有那般容易善了。

他与谢徽禛提议：“既是太子殿下吩咐的，不如先去东宫禀报殿下，之后请殿下随公主一块去陛下那……”

谢徽禛的内侍适时上前禀报，说打听到太子殿下这会儿就在陛下那里，谢徽禛道：“那本宫便直接过去陛下那吧，有太子在不会有事，你先回东宫去。”

“臣随公主一块去。”萧砚宁道，“事情毕竟因臣的姐姐而起，陛下问起时，臣会如实与陛下说。”

谢徽禛看着他，“真想去？”

萧砚宁坚持道：“请公主允臣随公主一块前去。”

谢徽禛忽然一抬手，手中的帕子在他额头上轻轻一按。

萧砚宁一愣。

谢徽禛轻声笑，“这些本宫自己不会说吗？行了你别管了，先回去东宫吧。”

“可……”

“回去吧。”

那种莫名的怪异之感又冒了出来，萧砚宁一时想不明白谢徽禛因何坚决不让他跟着，他只得作罢，先去了东宫。

谢徽禛看着他走远，轻舒一口气，回春晖殿换回男装，这才去了皇帝处。

谢朝泠这头已经听谢朝渊禀报了消息。谢朝渊掌管着整个京城的防务，乐平公主带着府兵大张旗鼓地上英国公府搜东西，还带走了英国公世子夫人，这事不可能瞒过他，几乎第一时间就有人禀到了他这里。

谢朝泠刚皱起眉，谢徽禛已主动来求见。

他没有多说废话，开门见山地将萧大姑娘的事情解释了一遍，听罢谢朝渊替谢朝泠问道：“为了替那萧大姑娘出头，带三百府兵去围了英国公府？太子似乎不是这般爱多管闲事之人吧？”

谢徽禛禀道：“先前外头传言他们家发了横财，儿臣有所怀疑，让人去查了查，已大致有了底，才借这个机会带人上他们家，果然在他们家中搜到了当年那批失踪了的铁矿石。”

谢朝泠与谢朝渊闻言同时变了脸色。

谢朝泠沉下声音：“你确定？”

谢徽禛道：“肯定。”

那已经是九年前的事情，当时先帝病重，谢朝泠这个皇太子失踪，逆王勾结世家谋反挟持皇帝，把控京城数月之久。为了对抗勤王军，他们不断招兵买马，甚至从南方的私矿场弄来一大批铁矿石铸造兵器，当时那批铁矿石是走运河水路来的，却在上岸之后运往京城的途中出了岔子，不翼而飞。

那时京中大乱，逆王和一众世家各怀鬼胎、互相猜忌，到最后也没能找回那批铁矿石。谢朝泠带兵回来救驾、解决了所有逆臣贼子后才知晓这事，到如今过去九年了，却也同样没寻到半点线索。先前他与谢朝渊甚至都怀疑，其实根本不存在这样一批铁矿石。

但是现在谢徽禛说，东西一直就藏在他们眼皮子底下，藏在所有人都以为不掺和外事的英国公府里。

谢徽禛解释道：“英国公府上都是些酒囊饭袋，守着这批铁矿石不敢动，若非家里已经到了坐吃山空的地步，他们也不敢打这些东西的主意露了马脚。”

谢朝泠迅速敛回心神，吩咐他：“之后的事情交给你六叔，你不要再管这些了。”

无论如何，谢徽禛这个皇太子都不适合插手这件事。

谢徽禛却跪地，恳求他道：“当年儿臣的父亲被那些人联手陷害，导火索便是南方的那座私铁矿，如今终于有了线索，还请父皇准许，让儿臣亲自彻查此事。”

谢朝泠紧皱起眉，这事他当然知道。当年的先东宫太子因发现那些世家在南边私开铁矿，尚来不及查到确凿的证据，已被他们先发制人地栽赃谋反之名含冤而死。后来他为替兄长平反追查此事，却因线索断了查不到头绪，如今当年那批铁矿重新有了消息，查必是要查的，至于派何人去查……

谢徽禛确实不是合适人选。

谢朝泠想要拒绝，谢朝渊抬手示意，制止了他的话，“陛下，给他个机会吧。”

谢朝泠有些犹豫，谢朝渊冲他点了点头。罢了。

谢朝泠改了口，示意还跪在地上的谢徽禛，“你起来，站着说话。”

谢徽禛起身站直，神色是少见的严肃，谢朝泠心下叹气，提醒他：“这事真要彻查或许得去南边，朕本意是无论如何都不会让你去，但既然你提到你父亲，你六叔也为你说情，朕就遂了你的愿。你可以去查，但明面上的人不能是你，朕会派个人给你，他在明你在暗，你不能对外泄露身份，时刻记得以自己的安危为重。”

谢徽禛郑重地点头，“儿臣谨记。”

不过眼前的事情还得先处置，谢朝泠让谢徽禛先将公主府的侍卫从英国公府撤走，由谢朝渊带人去接替，一切都等审过那一家子人再说。

安排好事情后谢徽禛先行告退，回了东宫。

萧砚宁正心神不宁地听手下禀报事情，听闻太子回来了立刻出门去迎接，谢徽禛见到急匆匆而来的萧砚宁，嘴角衔笑，“刚听乐平说你提前回来了，孤还当是假的，没想到你果真在这里。”

萧砚宁想要请安，被谢徽禛免了，“进去吧。”

进殿后谢徽禛坐上榻，示意萧砚宁也坐，叫人上茶点。

萧砚宁抬眸看他一眼又低了头，谢徽禛见他神情略微怪异，问道：“怎么？”

萧砚宁犹豫道："殿下，您的唇……"

萧砚宁满脸不自在，谢徽禛一挑眉，叫人去拿了面镜子来，一看才发现他方才急着去见皇帝，在春晖殿里更衣时只草草洗了把脸，唇上的红色口脂还在。

他搁下镜子，淡定地解释道："孤嘴唇太干了，叫人拿蜜色口脂来搽，这些人却拿错了颜色，竟也没人提醒孤，还叫孤去父皇和六叔面前闹了笑话。"

谢徽禛身旁的内侍赶紧请罪道："是奴婢们的疏忽，殿下恕罪。"

谢徽禛挥了挥手，叫人下去，拿帕子从容地擦去唇上的口脂。

萧砚宁看着他的动作，心头的怪异之感愈甚，但惦记着别的事情，便忽略了，"殿下见到公主，陛下可有因今日之事责骂她？"

谢徽禛抿了口茶，慢悠悠地问他："你这般担心她？"

萧砚宁道："事情因臣姐姐而起，本不该牵连公主。"

"你放心吧，没什么事，倒霉的反正不是她。"谢徽禛不想听他这些对公主的关心之言，"乐平去英国公府帮你姐姐出头只是幌子，是孤怀疑英国公府包藏祸心，叫她替孤去搜查证据罢了。"

萧砚宁道："公主确实说是殿下您吩咐的，让臣直接来问您。"

"嗯。"谢徽禛点了点头，"你若是想知道，孤便告诉你。"

他将事情原原本本说了一遍，萧砚宁听罢蹙眉，"这事臣曾听父亲提过，竟是英国公府？"

谢徽禛的这番话其实叫他心惊肉跳，若是今日他姐姐没拿到和离书，他们萧王府与英国公府还是姻亲，定要被牵连，这是株连九族的大罪，至少他姐姐是决计逃不过的。即便谢徽禛说不是为他姐姐出头，但想来也是考虑到这一层，才叫公主硬逼着那英国公世子签下了和离书。

谢徽禛倒不意外，道："当年与逆王勾结的朝臣勋贵众多，总有藏得深的漏网之鱼，不光是京中，南边更有不少，这次要彻查，父皇必会派心腹之人前去。”

“殿下当真决定要亲自去吗？” 萧砚宁问他。

谢徽禛道：“担心孤？”

不等萧砚宁说，他又道：“那便随孤一块去。去外头确实有危险，你愿意护着孤吗？”

萧砚宁道：“臣是殿下的亲卫统领，本就该贴身护卫殿下。”

谢徽禛笑了笑。

萧砚宁心中仍有不安，又问他：“殿下打算何时动身？”

谢徽禛道：“没这么快，要先彻查了英国公府，还要些时日。”

萧砚宁道：“可之后天就冷了，现在去，怕是过年之前都不能回来。”

“那就在外头过年。” 谢徽禛不在意道，“你不愿意？是舍不得乐平？”

萧砚宁实话实说：“这是臣与公主成婚过的头一个年，臣本该陪着她，但公务要紧，自然应当以殿下的事为重。”

谢徽禛道：“你当真是这般想的？”

萧砚宁语塞。

他本该这般想的，可他心里仿佛有个声音在说：不是。

沉默片刻，萧砚宁小声道：“臣愿意随殿下去，真的。”

当日夜里，英国公府全家数十口全部下了大狱，谢朝渊亲自审讯，谢徽禛协同，一日一夜才回。

谢徽禛不在，萧砚宁心神不宁，也几乎没合过眼，一直在外亲自带人巡夜。天快亮时听人禀报说太子回来了，他立刻匆忙赶去东宫门口迎接。

谢徽禛远远瞧见萧砚宁，停住脚步。宫灯映着萧砚宁略显焦急的脸，他就这么快步走到谢徽禛跟前来，再仿佛强装镇定一般站定，垂首与谢徽禛见礼。

谢徽禛弯起唇角，“回去休息吧。”

谢徽禛也回到寝殿。

这一觉谢徽禛睡到快晌午，他睁开眼看见萧砚宁守在殿内，用沙哑的声音道：“什么时辰了？”

“午时了。很晚了，殿下起吧。”萧砚宁道。

二人坐上膳桌，谢徽禛先叫人给萧砚宁盛汤，这才跟他说起昨日审讯之事：“那一家子都胆小如鼠，一被上刑就都招了。当年他们府上的老国公跟赵氏就有勾结，因为胆小不敢参与太多，很快被那些世家踢开了，但也能听到些消息。逆王谋反后他们关起府门龟缩不出，只偶尔探听外头的情况。得到那批铁矿石纯属走运，其实是当时那些世家和逆王各怀鬼胎，几拨人都想要独吞，路上派人去劫，最后那些矿石在一片混乱中被人藏进山林里。英国公府收到消息，将经手的知情人杀了，瞒下事情。待到那些乱臣贼子都死了，京中乱象平定后过了几年，他们才将那些矿石以运货之名偷偷运回京中，就藏匿在自己府上。”

萧砚宁不解，问道：“那些铁矿石究竟有多少，值得他们这般争抢？”

谢徽禛报了个数字，道：“熔铸出来的兵器，足够给京畿所有兵卒换上三轮新的装备，你说是否会叫人动心？”

萧砚宁惊愕不已，“竟有这般多。”

谢徽禛继续道：“我们把英国公府半个府邸的地都挖空了，里面全是那些铁矿石，入口就在他们府上园子里的一口枯井下。这些年他们其实一直没敢动那批矿石，直到去年年初淮河涨水，将他们沿河的庄子、铺子都淹了，府上入不敷出，日子实在过不下去，老夫人才做主偷偷送了一些铁矿石出来，卖去了西南边的那些小国。”

萧砚宁闻言瞠目结舌，“私卖铁矿石给他国，岂不是通敌叛国？”

“嗯，他们毕竟是国公府，让手下的仆从以经商为名将东西私运出去并不难，不过他们胆子不大，并没有出手太多。”

“那些铁矿石到底是从哪里运来的，查到了吗？”萧砚宁追问。

谢徽禛摇头，“英国公府不过是个捡便宜的，他们确实不清楚这些。别说他们，便是当年伏诛的那些宗王世家都要么来不及说，要么说不清。陛下派人去南边查过，大致确定应该在江南一带，但具体什么地方，当年那边又有哪些人参与了这事，尚不清楚。

“不过也不算全然没有收获，至少英国公说了一件事，是当年那些人不曾交代的。他说当年被他们杀的知情人，就是从南边将矿石运来的那些人，与南边一个势力很大的镖局有关。所以无论如何，孤都得亲自去南边走一趟。”

萧砚宁听明白了，犹豫地问他：“英国公府最后会如何定罪？”

“抄家灭族自是少不了的。”谢徽禛轻蔑道，“不过为了避免打草惊蛇，陛下会给他们换一个罪名。”

他看了萧砚宁一眼，宽慰他：“你不必担心，你姐姐的事情陛下已经知道了，这事不会牵连到她，更不会牵连萧王府。”

萧砚宁松了口气，“多谢殿下。”

“谢孤什么？”

“想必是殿下帮姐姐和萧王府说了情，才能撇清干系，臣感激不尽。”

谢徽禛却故意问他：“为何不是乐平帮你们说情的？”

萧砚宁道：“公主说了，殿下也定会帮腔，臣也得与殿下谢恩。”

“孤很高兴，你这般相信孤。”谢徽禛笑道，“谢便不用了，若你能对孤多几分忠心，比说多少句谢都管用。”

萧砚宁不知该怎么接这话，犹豫之后他亲手帮谢徽禛盛上一碗汤，推到他面前，“殿下也喝汤吧。”

谢徽禛无奈，又笑了笑，接过汤碗。

萧砚宁低头安静地喝汤，谢徽禛收回视线，不再多言。

今早他回宫与谢朝渊分别时，谢朝渊忽然叫住他，问他打算何时将乐平的事情告诉萧砚宁，当时谢朝渊笑着揶揄他：“你小子差不多行了吧，那萧世子已经对你俯首称臣，你又何必一再捉弄他，不如直说吧，也免得你父皇总担心你扮作女儿家在外头惹是生非。”

他却摇头慢慢道：“我也会害怕，怕他知道真相后不愿再跟随我。”

谢朝渊挑眉，“你不是天不怕地不怕吗？他敢吗？”

他道：“他不敢，可他若假意顺从，又有何意义？”

萧砚宁确实是不敢的，谢徽禛想，可萧砚宁也执拗，面上顺从并非当真软弱。

萧砚宁放下汤碗，抬眼望向面前人，“殿下为何不喝？是不合胃口吗？”

谢徽禛慢条斯理地舀着汤，提醒他：“过几日你回府去收拾行李，保暖的衣物记得多带些，顺便跟家里说一声吧。我们得尽早出发，这次去不会带太多人，你也带上两个自己用得惯的随从好了，怕到了南边不适应，有常用的人伺候会好一些。”

萧砚宁应下。

谢徽禛继续道：“若年前当真赶不回来，你便随孤在外头过年吧，你外祖家不是在江南吗？到时候带孤一块去看看可好？”

萧砚宁愣怔，点了点头。

这是他们小时候约定过的。那时谢徽禛就说过想跟他一块去江南玩，他答应了，到如今才终于兑现，即便是因为公务。

若是谢徽禛想去，他也想履行承诺。

萧砚宁看着谢徽禛的笑脸，道：“好，到时臣带殿下一块去。”

过了两日，萧砚宁提前出了宫，先回了一趟萧王府。

乐平公主大闹英国公府，逼得英国公世子夫妇和离，其后英国公府全家下狱的消息外头早已传遍。这两日萧衍绩和徐氏亦坐立难安，好在有公主府那边递来话，让他们不必担忧，他们才按捺住没有派人去与在宫里的儿子打听消息。

现下看到萧砚宁平安回来，这才彻底松了口气。

“你也太胆大妄为了，怎么能招呼都不跟家里打一声，就跟着公主去英国公府上闹？”

萧衍绩张口便数落萧砚宁，徐氏护着儿子道：“宁儿和公主也是为了他们的姐姐，有什么不对？既然陛下没怪罪，还将那英国公府阖府都下了狱，还有什么好说的，都是他们活该罢了。我们家好好的一姑娘嫁去他家，被他们折腾成了什么样！”

萧砚宁主动请罪，徐氏不让他说，“宁儿你没错，是英国公府那些人不是东西，也难为公主肯为我们出这个头，公主这份恩情不能忘了，你以后更得好生待公主，万不能委屈了公主。”

萧砚宁道：“儿子知道。”

徐氏絮絮叨叨抱怨了几句英国公府，见儿子没事，便也放下心来，又回后院看萧大姑娘去了，留下萧衍绩和萧砚宁父子单独说话。

萧衍绩不似徐氏那般心大，尤有不安，问萧砚宁：“英国公府究竟犯的什么事？若只是偷盗御赐之物，陛下必不会将他们全家下狱，听闻连他家老夫人都一并收监了，半点情面不留，想必不是小事。”

“是犯了大罪，但眼下尚在审讯，不便对外说，父亲便不要多问了。”萧砚宁又提醒他父亲，“是太子殿下让公主特地去他们府上闹这一场的，如今姐姐既已与他英国公府和离，他们的事情便牵扯不到我们。陛下也亲口说了这事与萧王府无关，父亲这些日子低调一些，待这风波过去就好了。”

萧衍绩闻言心里大致有了数，既然萧砚宁这般说，他也不多问，只叮嘱他：“你跟着太子殿下当差，万不可意气用事。这次的事情是太子殿下特地为之，应当也是先与陛下通过气的，那便算了，下次再不可如此冲动了。”

萧砚宁道：“儿子谨记。”

他又提起之后会跟随太子出京办差，可能过年都不能回来，对外只说一直在东宫里，请萧衍绩帮他隐瞒一二，便是在徐氏面前也不要提。

萧衍绩诧异道：“陛下准了太子殿下单独出京办差？”

萧砚宁点头，“是陛下首肯的。”

萧衍绩实在不知怎么说，“也罢，你随殿下去吧，万事以殿下的安危为重，也顾及着自己些。”

萧砚宁受教。之后他没在萧王府久待，与父母交代完事情，便回了公主府。

谢徽禛也才刚回来，正在靠榻上闭目养神，有侍女在旁抚琴。萧砚宁进门问安，谢徽禛睁眼觑过去，随手一指让他坐，“驸马这回怎么提前回来了？”

萧砚宁解释道：“臣要随太子殿下出京办差，给臣放了几天假，让臣回来收拾行李。”

谢徽禛点了点头，并无惊讶。

萧砚宁看着他，“公主早就知道了？”

谢徽禛道：“猜到了，太子必是要亲自去的，可惜本宫是女儿身，做不了什么。”

萧砚宁道：“公主已经做得很好了，不必妄自菲薄。”

谢徽禛嘴角露出笑，“是吗？”

萧砚宁点头，“嗯。”

谢徽禛问他：“驸马在太子面前，也是这般嘴甜的吗？”

萧砚宁顿时语塞，谢徽禛摇了摇头，“算了，本宫本来也想让你顺着他些，嘴甜是应该的。”

之后一整日，萧砚宁陪着谢徽禛听琴、看书、下棋，直至入夜。

二人用过晚膳又喝了半盏茶，萧砚宁起身告辞回屋。

第五章 江南微服

相安无事了几日后，东宫派人来催萧砚宁回去，萧砚宁与谢徽禛告辞，谢徽禛没说什么，只提醒他："跟着太子去了外头好生办差，但也别逞强，万事以自己的安危为先，你能做的事情有限，太子身边护卫众多，少你一个也没事。"

萧砚宁虽不认同这话，但仍点头应下了。

回到东宫时，谢徽禛正在接见官员，皇帝派了位巡察御史给他，将以巡察地方政务为名去南边，配合谢徽禛私下查私铁矿之事。

谢徽禛与他交代事情，萧砚宁打量了那御史两眼，陛下大约是怕殿下与他处不来，特地派了个年轻人给他。共人看着颇为正气，像是好打交道的。

谢徽禛伸手一指萧砚宁，与人介绍他："萧世子是孤的亲卫军统领，孤会带约三十人去，由他统领。此去一路上若是有什么事，文渊也尽可与萧世子商量，他的话便是孤的话。"

他又示意萧砚宁，"这位是巡察御史蒋大人，表字文渊。"

萧砚宁与对方互相行了一礼，那蒋御史听到那句"他的话便是孤的话"，心下骇然，不着痕迹地打量起面前这位少年世子，神色间更多了几分恭敬。

萧砚宁虽无奈，但大约也习惯了谢徽禛说话的调调，并不会拆他的台，与那蒋御史道：“之后要麻烦蒋大人了。”

对方道：“世子客气，我等奉皇命出外办差，都是分内之事罢了。”

二人客套了几句，蒋文渊告退下去，萧砚宁这才与谢徽禛见礼。

几日后，英国公府阖府被以偷盗贡品罪杀的杀、流放的流放，圣旨下得突然，朝野上下尚来不及反应，他一家老小便已被人送上路，再无翻身的可能。

御史蒋文渊赴外巡察地方政务，低调出京。

谢徽禛扮作其师爷，东宫众侍卫皆扮作家丁跟随，在某个尚算风和日煦的清早，一行人悄然出了京。

走上官道后谢徽禛乘车，萧砚宁在外骑马，那蒋文渊纵马上前与他并行，笑言：“听闻世子外祖家是江南人士，世子曾在那边长住过几年，我等此番前去那边查案，怕是要靠世子带路了。”

“应当的。”萧砚宁客气道，又提醒对方，“在外头大人便叫我的名字吧，免得叫人起疑了。”

他年岁尚不及弱冠，还未起表字，家中长辈皆称呼其名，蒋文渊也不推拒，从善如流地改了口：“我痴长你几岁，便厚着脸皮喊你一声贤弟。我倒也并非与你说客套话，此次出京办差，又是随少爷同去，实话说我这心里还真没几分底，之后免不得有诸多要麻烦贤弟的地方，还望贤弟不要觉得我这人啰唆才是。”

萧砚宁发现这人看似稳重，实则有些唠叨，人倒是挺豪爽坦然的，不难相处。

“大人不必在意这些，少爷是好说话之人，出门在外，必不会为难大人。”他道。

蒋文渊赶紧道："少爷是谦谦君子，那是自然。"

提到谢徽禛时，这位蒋大人言语间十分推崇，并非溜须拍马，像是当真这般想的。听他喋喋不休地称赞起殿下，萧砚宁默然一瞬，没有接腔。

殿下是个好人，但绝非温润君子，甚至不合礼教，这些他自然不会说与面前这位蒋大人听。

二人说了片刻话，谢徽禛的内侍过来请萧砚宁过去，说殿下找他。

萧砚宁被请上车，谢徽禛正靠在软枕上，手里捏着本书，看得漫不经心。

见萧砚宁进来，他随口问："你与那蒋文渊在说什么？"

萧砚宁答："没什么，随便聊了聊，蒋大人似乎十分信服殿下。"

"是吗？"谢徽禛不在意地笑笑，"那是孤在人前装得太好了？"

"殿下不必这般说自己，其实您挺好的。"

"好在哪里？"谢徽禛故意问。

萧砚宁说不出，他就是觉得，那个小时候会陪着他玩、一直照顾他的小郎君，即使现在变成了高高在上的储君殿下，也一定是好的。

谢徽禛又笑了一声，没再逗他，目光落回了手中的书册上。

萧砚宁犹豫地提醒他："殿下，山路颠簸，您这样看书不难受吗？不如闭目小憩一会儿吧。"

谢徽禛放下书，"你说得是，那便不看了。"

他歪过身体，脑袋倒向一边，闭了眼睛。

萧砚宁坐着不动，他安静地看了片刻，也闭了眼。

晌午时，一行人在官道上的一处路亭内歇脚，顺便用些膳食。

车一停萧砚宁便睁了眼，方才他迷迷糊糊睡了片刻，保持一个姿势久了，这会儿才觉腿麻，谢徽禛提醒他下车，然后自己先下去了。萧砚宁有些别扭地挪出车外，刚要起身站直，车下的谢徽禛已伸出手，自然地将他扶下去。

才下马的蒋文渊正看到这一幕，愣了愣。

萧砚宁略不自在，谢徽禛在他耳边提醒："别乱动。"再亲手将他扶进了亭中。

二人坐下后，内侍奉来茶再去准备膳食，蒋文渊过来请安，谢徽禛随口道："不急着赶路，文渊也坐下一块喝口茶，用些吃食吧。"

蒋文渊受宠若惊地谢恩，在一旁的石凳上坐下，谢徽禛笑笑提醒他："不必这般拘谨，孤现在还是少爷，待到了南边，就是大人你的师爷了。"

蒋文渊也笑道："殿下说得是。"

他转头见萧砚宁似有不适，关切地问了一句："砚宁贤弟可是身子不爽利？"

谢徽禛听到这几个字时眸光稍顿，又端起茶盏，掩去了眼中的情绪。

萧砚宁道："无碍，有些腿麻了而已。"

蒋文渊提议道："我与拙荆学了两手推拿之法，愿为贤弟献丑一番，贤弟可想试一试？"

萧砚宁尚来不及开口拒绝，谢徽禛忽然出声："不必了，世子年少，不需要这些，自行恢复便可。"

萧砚宁也道："多谢大人美意，我已无碍。"

那蒋文渊还似有些遗憾，接着与萧砚宁闲聊开，听他说江南的风土人情。

谢徽禛安静地听着，没再打断他们。

一行人用过午膳，又在这亭子里歇息了两刻钟，重新上路。

蒋文渊骑了一早上的马也骑不动了，下午打算乘车。先前用膳时听闻萧砚宁学识不错，便热情地邀他共乘一车，说要与他一块研讨经史子集，打发时间。

萧砚宁还未说什么，正要踏上车辇的谢徽禛回头说了一句："砚宁过来，随孤一起。"

萧砚宁赶紧上前。

当日夜里，他们到达最近的驿站落脚。

这驿站小，只剩一座单独的院落，正房自然要给谢徽禛这位“少爷”，蒋文渊向萧砚宁提议一起挤一间厢房，多余些房间给下头人，萧砚宁还未表态，谢徽禛先开了口：“砚宁同孤一间。”他再提醒那蒋文渊，“萧世子在萧王府行二，以后你称呼萧世子二郎便好。”

话说完他提步先走进屋中去，萧砚宁跟上。

用膳时萧砚宁提起明日就要登船改走水路，问谢徽禛是否会晕船，“船行至江南要半月之久，殿下是头一回出京，恐有不适，还须叫人准备妥当些，上船之前先让随行的太医开服药喝了，有备无患。”

“嗯。”谢徽禛随意点头，有萧砚宁在，他并不操心这些，只提醒谢徽禛，“你随孤同乘一条船，别到处乱跑。”

萧砚宁道：“臣领命。”

二人用罢晚膳，又下了两盘棋，夜色沉下时谢徽禛起身，“以后别一口一句臣了。”谢徽禛提醒他，“无人时便你我相称吧，我不自称孤，你也别自称臣，就像小时候一样。”

萧砚宁本想说于礼不合，话到嘴边想想又算了，点了点头。

谢徽禛满意了，叫了人进来伺候。

真正躺在床上，萧砚宁却有些睡不着，心里总不得平静，思绪纷乱、杂念无数。他微微侧过头看着谢徽禛的床榻。

谢徽禛一只手枕在脑后盯着房梁，说道：“睡不着？”

“殿下在看什么？”萧砚宁犹豫着问他。

“房梁上结了蜘蛛网。”谢徽禛笑了一声。

萧砚宁皱眉去看，夜色太暗，根本看不清楚，“出门在外就是这样，总不会像宫里那般讲究，殿下还得适应着些。”

"蜘蛛网其实也没什么。"谢徽禛不以为意道，"小时候我还试过捉蜘蛛烤了吃，跟我六叔学的，砚宁肯定没吃过，那玩意儿又干又硬，还没肉，样子也吓人。"

萧砚宁有点不知该怎么说，半日憋出一句："殿下胆识过人。"

谢徽禛的笑声好似更愉悦了些，"砚宁这是在讥讽我吗？"

萧砚宁微微变了脸色，"我不敢，我……"

"我说笑的。"谢徽禛也转过头，看着他说，"砚宁，其实我的很多毛病都是跟六叔学的。"

萧砚宁更不知能说什么，谢徽禛继续道："如果学他就能得到我想要的东西，我也宁愿和他一样。"

萧砚宁不赞同道："每个人的际遇不同，没有什么事能一概而论，殿下这话太过偏颇了。"

"是不一样。"谢徽禛移开目光，言语中难掩失落。

萧砚宁皱眉，"殿下的话总是叫人听不出哪句真、哪句假。"

"那就不说了，睡吧。"话说完他先闭了眼。

翌日清早登船，出发前随行的众人喝下太医开的晕船药，分乘三艘船，趁着风和日丽、水缓浪平，起锚南下。

登船出发也不过个把时辰，河上忽然起了风，水势不再平缓。风浪渐大，船随波涛起伏，颠簸得有些厉害。

船舱之内，萧砚宁与谢徽禛对坐下棋，谢徽禛落下一子，抬眼见萧砚宁面色有些难看，脸都白了，当下皱眉问："怎么了？"

萧砚宁说不出话来，弯下腰一阵干呕，谢徽禛立刻坐过去扶住他，叫人去传太医来。

"晕船？"谢徽禛问。

萧砚宁狼狈地点了点头，其实他自己才是晕船晕得厉害的那个，当年去江南几乎是一路晕着过去，后来回程他宁可长途跋涉走陆路。本以为这些年身子强健了不少，应当无碍，谁知仍是这般不堪用。

“昨日怎么不说？”谢徽禛有些生气。

“臣……”被谢徽禛蹙眉盯着，他改了口，“我不想耽搁殿下的事情，也没什么大碍。”

“你就是个活该受罪的傻子。”谢徽禛没好气道。

太医与他们在同一条船上，就在后头的厢房里，很快过来，诊脉过后重新给萧砚宁开了药。

谢徽禛问：“为何早上吃了药登船，他还是身子不适？”

太医道：“晕船反应因人而异，世子尤其严重些才会这样。先前风平浪静，船行得平缓还好，这会儿起风了，船行颠簸，所以他反应更大。”

谢徽禛闻言眉蹙得更紧，“何时能好？”

“这个不好说。”太医小心翼翼道，“或许吃过药休息一阵，过几日适应了便好了。臣会一日三趟地来给世子诊脉，殿下可命人给世子做些开胃的吃食，或有益处。”

太医下去亲自熬药，谢徽禛神情依旧不好，“明日若仍是这样，我们便改走陆路。”

萧砚宁赶忙道：“不必了殿下，公务要紧。”

“孤说了算。”谢徽禛换了自称，那便是没得商量了。

萧砚宁只得道：“我会吃药，殿下别担心了。”

谢徽禛面色稍霁，“嗯。”

后来萧砚宁还是吐了一回，抱着痰盂将早上喝下的半碗粥吐了个干净，愈发狼狈。

谢徽禛递帕子给他，再将茶水递到他面前让他漱口，萧砚宁想谢恩，被谢徽禛打断，“行了你，都这样了，还惦记这些礼数。”

萧砚宁有些讪然，点了点头，灌下半碗茶水冲淡嘴里那股恶心的味道。

内侍已将熬好的药送来，谢徽禛示意还有些呆愣的萧砚宁，“趁热喝了。”

萧砚宁不敢拒绝，端起药碗一口气喝了。

午膳萧砚宁也只吃了一点，之后一整个下午都在昏睡，待到日薄西山时醒来，那种头晕目眩的不适感已减退大半。谢徽禛就守在榻边，正在捣鼓送给他的那个香囊。

“给你换了种香料，太医说这个味道可以减轻晕船的症状。”谢徽禛将香囊送到他鼻下，“好闻吗？”

淡淡的薄荷香中掺杂着一些药味，确实还挺好闻的，萧砚宁点头。

谢徽禛看看他的脸色，“还难受？”

萧砚宁道：“好多了。”

谢徽禛道：“那就好，起来吃些东西吧，再过半个时辰到了前边的码头就会停船，明早再出发。”

入夜，梳洗更衣完，萧砚宁垂首，小声道：“我陪殿下下棋吧。”

“不下了，你身子不适，今夜不下棋了，早些歇息吧。”谢徽禛道。

萧砚宁白日里睡得太久，这会儿其实没什么睡意，背对着谢徽禛躺下却睡不着。

谢徽禛轻声问：“砚宁没睡吗？”

萧砚宁翻过身去，说了实话：“睡不着。”

“我也睡不着。”谢徽禛道，“我们说说话吧。”

萧砚宁道：“说什么？”

谢徽禛躺平身，“随便说。”

和昨夜那般，两个人有一搭没一搭地闲聊。谢徽禛说起小时候，问萧砚宁记不记得从前他们还一块在王府庄子上的湖里养过鱼，现在也不知道那些鱼怎么样了。

“鱼还在。”萧砚宁道，“一开始只有几尾，后来泛滥了，几乎整片湖都是，隔几日便会捞一次送去王府里，多的还会叫人拿出去卖了。”

谢徽禛笑笑，“原来都成了盘中餐、腹中食啊。”

萧砚宁也难得地笑了，“嗯。”

萧砚宁眉眼弯弯，笑起来时才终于有一些少年人的鲜活气。

谢徽禛看他这样子，也笑了，继续说那些年少时的往事。

萧砚宁安静地听他说，不时附和，窗外隐约有潺潺水流声，温柔得仿佛情人间的呓语。

之后几日，萧砚宁的晕船症状有所缓解，到底没有改走陆路。

第七日夜里，他们经过一座大的城镇，傍晚在此处的码头停船。河岸上热闹非凡，有一处规模颇大的夜市，天色尚未暗，已有星光初上。

谢徽禛在外间与蒋文渊交代事情，萧砚宁在里间的船舱写信。

他们出来已有数日，萧砚宁想着要给公主写一封家书，他对公主心中有愧，总觉得自己对不起公主。

家书写起来并不顺畅，实在没什么好说的，他与公主只是相敬如宾，并无半分寻常夫妻间的恩爱。

萧砚宁发呆间，笔尖的墨汁滴落在信纸上，他不由得懊恼，又得重新写。

谢徽禛回来时，萧砚宁的家书堪堪收尾，正将信纸装进信封里，谢徽禛扫了一眼他的动作，没说什么，问道：“想不想去岸上看看？听说这里的夜市挺热闹的。”

萧砚宁道：“随殿下的意。”

谢徽禛笑道：“那便先用晚膳。”

天边余晖收尽时，他俩带着三两个侍卫上了岸，谢徽禛叫其他人远远跟着，只让萧砚宁跟在身边，往灯火处去。

萧砚宁提醒他：“少爷，出门在外还是小心一些，别去人多的地方了。”

谢徽禛瞥他一眼，“你别与其他人一样喊我少爷，叫哥吧。”

萧砚宁赶忙道：“这太逾矩了……”

“小时候又不是没叫过，有什么关系？”谢徽禛无所谓道。

萧砚宁摇了一下头，干脆不说了。一行人随着人潮一路向前。

夜市里有卖各种小东西的摊贩，萧砚宁停步在一个卖首饰的摊子前，有些犹豫。

谢徽禛回头看他，“不走了？”

再看向摊子上的东西，顿时了然。

摊主笑着吆喝：“两位小郎君要不要买钗环？送给姑娘家讨人欢心。”

萧砚宁捡起一支发簪，木质的，不值几个钱，但那点缀的鲜花不知是用什么手艺处理过，栩栩如生，竟似不会败，很有几分新奇。

摊主笑道：“小郎君好眼光，这支发簪只要五个铜板。”

谢徽禛似笑非笑，“想买给乐平？她什么好东西没见过，怎么会看得上这个？”

萧砚宁轻声道：“我还从未送过她东西，这个挺好看的。”

说罢他拿出钱袋，递了五枚铜板过去。

谢徽禛转身先走，萧砚宁一愣，抬眼只见到他在灯火阑珊处的背影。

摊主将包好的发簪递过来，萧砚宁回神伸手接了，快步追上去。

谢徽禛的兴致明显没有方才那么高，嘴角的笑意也敛了。

夜市很快就走到底了，谢徽禛道：“走吧，回去了。”

萧砚宁点了点头，跟上他。

上船之后他将买来的那支发簪也装进信封里，吩咐人上岸去驿馆托信差送出去。

谢徽禛冷眼瞧着，并未说什么。

他叫了人进来伺候梳洗，解下腰带时谢徽禛问道：“出门在外也要惦记乐平吗？”

萧砚宁道：“我只是给她报个平安而已。”

后半夜，谢徽禛起身走去外间，他的内侍进来将先前萧砚宁寄出的信递给他。

谢徽禛拆开，先取出了那支发簪，本想叫人拿去扔了，话到嘴边又改了口，只命人收起来。

萧砚宁的家书他一目十行地看完，如萧砚宁所说，确实就是报平安而已。

萧砚宁这傻小子丝毫不懂夫妻间的那些甜言蜜语，对着公主从来都是恭恭敬敬，家书上亦然。

谢徽禛沉默一阵，吩咐人将信和发簪一并收着，返回了里间。

抵江南是半月之后，晌午之时船停泊在流云镇码头，江南巡抚亲自派了衙中属官前来迎接。

蒋文渊任巡察御史，此次来江南名义上是巡察江南政务。他品级虽不高，但是天子近臣可直达天听，这些南边的地方官不敢不给面子，迎接的排场颇大，一大清早就有人在此等候。

下船之前蒋文渊便已换上了公袍，谢徽禛则是一身青衣长衫，尽量往不起眼里打扮，但那身气度在那里，并不怎么能遮掩，萧砚宁见状有些担忧道：“少爷，官场上的都是人精，只怕不会信少爷是蒋大人的师爷。”

“你又叫我少爷。”谢徽禛提醒他，“说了多少次了也不肯改口。”

不待萧砚宁再说，他摇头道：“确实不像，外头那些侍卫看着也不像普通护院。蒋文渊一个家世平平的文臣，出行排场却这般大，傻子才看不出有问题。再说吧，不行就换个说法。”

谢徽禛这么说，萧砚宁便知他已有了主意，点了点头，不再多言。

谢徽禛道："不用担心，一会儿我们跟在蒋文渊后头，那些人的注意力大多还是放在蒋文渊身上，轻易别出声就是。"

萧砚宁道："我都听少爷的。"

谢徽禛无奈道："让你叫句哥就这么难吗？"

萧砚宁低头不语，谢徽禛懒得再说了，提步先走出了船舱。

岸上的人正翘首以盼，船靠岸后蒋文渊昂首阔步地下船，他在人前官威十足，对笑脸迎上来的人不假辞色，与先前比可谓判若两人。

那些衙门属官说十句，他才冷着脸敷衍一句，直叫人听了牙酸。

这些都是先前在船上谢徽禛交代过的，蒋文渊演起来有模有样、信手拈来。

也有人注意到跟在他身后下船的谢徽禛和萧砚宁，他二人气度、容貌都太过出众，由不得人不注意，便有那为首的属官试着问蒋文渊："大人，这二位是……"

蒋文渊轻描淡写道："本官的师爷和随从。"

对方也不知信是未信，又多打量了他二人一眼，萧砚宁目不斜视，谢徽禛坦然迎上目光，那人莫名有些发怵，收回视线不再多问，将他们迎上车。

流云镇是离江南首府寻州府最近的城镇，乘车过去只用半个时辰。萧砚宁与谢徽禛共乘一辆车，上车后不解地问他："少爷为何要让蒋大人叫他们特地出城来接，而不直接行船至寻州府？"

谢徽禛笑笑道："如此才能让那些人以为蒋文渊爱摆官架子，越是这样的人他们会觉着越好糊弄。就让他们以为蒋文渊是借这个机会来江南捞一笔的贪官，满足了他便能相安无事，待那些人放松警惕，我们才好办事。"

萧砚宁有些无语，谢徽禛提点他："官场上的事，须得圆滑变通些，认死理是没用的，你若是不学会这个，便是父皇愿意，我也不放心让你入朝堂。"

萧砚宁道："多谢少爷教诲。"

谢徽禛道："还是不肯喊哥？"

萧砚宁默默咽下更多到嘴边的话。

谢徽禛哼笑了一声，算了。

进城之后谢徽禛推开半扇窗朝外看，寻州府是江南最繁华的州府之一，街上车水马龙，便是比京城也不差，风土人情却格外不同。

他们这一路过来，见识过形形色色的景和物，谢徽禛才觉得从前自己的眼界果然小了，大梁有大好河山，他早该寻机会出来看看。

"砚宁的外祖家是在苍州？离这里有多远？"他问。

萧砚宁道："乘车过去，大约三日能到，若是快马加鞭，不到两日就能抵。"

谢徽禛道："那倒是不远，不过我们出外办差，不宜让太多人知道，便是要去也得等过段时日。"

"一切以公务为重。"萧砚宁道，"便是不去也无妨。"

"不能不去，砚宁答应了我的。"谢徽禛笑着提醒他。

萧砚宁点了点头，他自然没忘，"好。"

后来他们被送去蒋文渊的官邸，蒋文渊要在这边待三个月到半年，巡抚一早叫人安排了一套宅子给他，前头是临时官邸，后边便是住处。

地方还不小，院落足够他们住开。蒋文渊本意是将正院给谢徽禛，谢徽禛不肯，"人多眼杂，还是小心些好，你住正院吧。"

他寻了处景致不错的偏院落脚，简单安顿下来。

忙活完已近傍晚，蒋文渊过来与谢徽禛禀报事情，说方才巡抚派人给他送了请帖，设宴为他接风洗尘，还特地提了请谢徽禛这位"师爷"一起过去。

蒋文渊担忧道："应是殿下您的身份让他们起了疑，想要亲眼见一见您。"

“那便去吧。”谢徽禛倒是无所谓，他也正想会一会这位巡抚大人，“若是他们当真对孤起了疑心，你便透露一点给他们，就说孤是你妻舅，萧世子是孤的表弟，我二人不务正业惯了，跟着你乔装打扮来南边是来经商的，如此多带些随从和护院便也不稀奇了。”

这蒋文渊虽家世普通，妻子却出身世家，家中是世袭的伯爵，他当初是被他岳父大人榜下捉婿的，因此娶了一门好妻室。谢徽禛应该是早就想到这一桩，今日才说出来。

蒋文渊想想亦无不可，他妻子家中也确实有好些个纨绔兄弟，南边这些人压根不可能认识，并不会穿帮，这便应下了。

说完事情，蒋文渊先行离开，谢徽禛问萧砚宁：“这边有人认识你吗？”

萧砚宁迟疑道：“当初是算命先生说这边风水好，适合我养身子，母亲才将我送来外祖家住了几年。我平日里几乎不出门，念书也是在外祖家的家学里，苍州那边或许有人认得我，在寻州这里应当是没有的，那些官员更不会记得我这样一个小人物。”

谢徽禛放下心，示意他道：“去换身衣服，一会儿跟我一起出门。”

红霞布满天际之时，他二人随蒋文渊一同出门。巡抚那头特地派了车来接，设宴的地方在当地一家十分出名的酒楼里，这里已经清了场，只有他们这一桌，摆在三楼临水的厢房内。

在座的大多是江南官场的要员，有巡抚、布政使、按察使……最次也是这寻州府的知府，个个品级都比蒋文渊高。

但蒋文渊是不怵的。且不说他是跟着储君出来的，便是因着他巡察御史的身份，这些个人品级再高也得对他俯首帖耳。

蒋文渊端着架子，与巡抚说话时也有几分傲气，被人客气地请入座。

谢徽禛与萧砚宁随他一同坐下。

那些个人不着痕迹地打量他俩，萧砚宁面色淡淡的、不吭声，谢徽禛也漫不经心地打量他们。巡抚刘颉长相富态，笑眯眯的，看似是个好相与的，那寻州知府对他点头哈腰、十分听话，应该是跟他一派的。

另外两位布政使和按察使，一个是瘦高个，看着像个斯文书生，话也不多，一个则生得魁梧，不怒自威，看起来很有几分气势。这二人皆是与巡抚平级的封疆大吏，虽都来赴宴，但这些人之间的交情如何，还有待商榷。

只有总督不在，总督府在苍州，蒋文渊便是再有面子，总督也不可能特地赶来寻州这里见面。

刘颉先笑道："文渊兄远道而来，听闻是第一次来这江南，先要尝一尝这江南的名酒美人醉，才不显得我等怠慢了客人。"

这人也是不拘小节，这便与蒋文渊称兄道弟起来。

蒋文渊骄矜地点了点头，"多谢。"

侍者逐一为他们斟酒，轮到萧砚宁时，身边一直未出声的谢徽禛道："他不胜酒力，给他倒小半杯叫他尝个味道便可。"

说完，刘颉的目光落过来，依旧是那张标准的笑脸，问他："听闻这位小郎君是文渊兄的师爷，不知该如何称呼？"

谢徽禛淡定道："鄙姓钱，单名一个珲字。"

他用的便是蒋文渊妻舅的名字。

刘颉道："钱小郎君年纪轻轻就能入了文渊兄的眼，想必本事不错，日后说不定会有大出息。"

"借巡抚大人吉言。"谢徽禛也笑，"但愿吧。"

刘颉不再多说，使了一个眼神，很快有三个美貌的侍女进来抚琴、吹箫，给这酒宴更添了些风月之意。

蒋文渊故意多看了几眼那些侍女，那刘颉看在眼中，脸上的笑容又加深了几分。

之后众人推杯换盏，席间甚少说话的按察使江统铭忽然问萧砚宁："这位小郎君是……"

萧砚宁道："在下徐宁。"

他用的是自己母亲的姓氏，谢徽禛接腔道："他是我表弟。"

谢徽禛在席上一直表现得颇为高傲，比蒋文渊有过之而无不及，他故意这般欲盖弥彰，为的就是让蒋文渊透露他是伯府世家子时，这些人对他不再怀疑。

那蒋文渊喝高了，话反而多了起来，一杯接着一杯地喝酒，言语间不时漏出一两句京中官场上的事，其余人见他如此，更觉这是个好应付的，桌上的气氛也愈发轻松。

夜幕低垂，酒酣饭足，蒋文渊说着该回去了，摇摇晃晃地起身，被人扶下楼。仍是他一辆车，谢徽禛与萧砚宁一辆车。

蒋文渊与刘颉等人告辞，寻州知府赵文德瞧一眼后边的谢徽禛与萧砚宁，状似不经意地与醉醺醺的蒋文渊道："钱师爷看着倒不像个寻常书生。"

蒋文渊醉眼蒙眬，早没了先前来时的那股傲慢劲，随口嘟哝："什么师爷，那是我祖宗，家里婆娘的兄弟，非要跟着我来南边经商，我拗不过家里的婆娘，只能把他带来。"

那几人听了面色各异，蒋文渊似浑然不知自己说了什么，又嘟哝了几句有的没的，上了车。

回到官邸，谢徽禛叫人去煮醒酒汤，那叫美人醉的江南名酒后劲还挺大，萧砚宁只喝了半杯回来就吐了，他自己也有些不适。

"以后不叫你喝酒了。"见萧砚宁皱着眉不舒服的样子，谢徽禛有些后悔，就不该让他尝的。

萧砚宁摆了摆手，接过醒酒汤。

他二人说话间，蒋文渊苦着脸过来，这人倒是一点醉意都无，先前在外头都是装的，神情里满是尴尬，与谢徽禛禀报："殿下，刘巡抚将那几个抚琴的姑娘都给臣送来了，臣实在是……若是被臣的妻子知道了，回京以后臣怕是别想再进家门了。”

他今日的种种表现都是谢徽禛提点的，谢徽禛要他装个庸官，他只能照办，但没想到这些江南官员如此大手笔，那般天仙一样的姑娘，还是三个，说送就都给他送来了。

“你收了不碰便是，免得叫他们起疑。人好生养着，别叫她们往外递消息就行。”谢徽禛不在意道。

蒋文渊领命退下。

清早萧砚宁先醒了，外头天还未亮。

守夜的内侍在悄悄打瞌睡，听到房门打开的嘎吱声，一个激灵醒来，见他出来刚要请罪，被萧砚宁挥手打断，他低声道：“殿下还在睡，声音小一些，我一个人走走。”

萧砚宁独自走进庭院中，四处高挂的绢灯投下层叠的光影，映在结了寒霜的青石板地上。他安静地看着，想到远在京城的妻子，只余叹息。

谢徽禛辰时才起，萧砚宁在外练剑，谢徽禛更衣时听到窗外挑剑的声响，问身侧的内侍：“世子什么时候起的？”

内侍答：“回殿下的话，世子爷五更刚过便起了，洗漱、更衣过后就一直在外头练剑。”

谢徽禛更衣完走出屋子，站在门廊下抬眼看去，萧砚宁正腾空而起，挥出凌厉一剑，持剑的少年眉目却平静柔和，周身并无半分盛气凌人之势，是他一贯的模样。

萧砚宁收回剑时对上谢徽禛温和带笑的目光，插剑入鞘，上前来与他问安。

“砚宁怎么这么早就起了？”谢徽禛问。

萧砚宁低声答：“睡不着就先起了。”

谢徽禛扬了扬眉，“为何睡不着？”

萧砚宁不太想说，岔开了话题："殿下用早膳了吗？"

谢徽禛打量着他的神情，没再追问，"进来吧，等你一起。"

接下来几日，谢徽禛便带着萧砚宁在这寻州府的大街小巷到处转悠，既然说了是来江南做生意的纨绔世家子，便要表现出这样的架势来。二人非常高调，见着什么好东西都要出手，一掷千金，眼睛都不眨。

很快便不再有人将注意力放在他身上，毕竟不过是伯府的纨绔而已，若非是跟着蒋文渊这个巡察御史来的，那些盘踞一方的江南官员根本懒得正眼瞧他。

三日后，蒋文渊来禀报查到的江南官场的大致情况："巡抚刘颉与寻州知府赵文德家中是姻亲，是一派的。刘颉这人心眼多、狡猾、八面玲珑，政绩倒是不错，短短几年就从从前的灞州知府做到了江南巡抚的位置；布政使陈文炳与总督王廷走得更近些，王廷为人据说比较刚直，民间风评不错，与刘颉井水不犯河水；至于按察使江统铭，虽担着按察使的职位，却甚少得罪人，也是个圆滑的，与王廷或刘颉的关系都还行。"

谢徽禛闻言道："当年帮着赵氏的那些世家与他们其实是合作关系，藏得很深，开采出的私铁矿卖去西琉，卖得的钱与赵氏他们平分，赵氏帮其在朝廷瞒天过海。当初便是乾明朝旧太子察觉到这事却也奈何不了他们，但赵氏伏诛之后，江南这边却只揪出了几个小角色，背后之人并未找到，连那铁矿也至今不见天日。你觉得，这些人里头，谁最有可能与这事有干系？"

蒋文渊斟酌道："陛下当年查到的线索应是在灞州一带，刘颉这个从前的灞州知府可疑，可这私铁矿至少十五年前就已经在了，刘颉那会儿在灞州还只是个小官，即便参与其中，怕也不是这背后之人。王廷当年就已是江南布政使，后来还做过巡抚，到如今的总督，能力、品性都是为人称赞的，只听这名声，不像是会做这等通敌叛国之事的人。当然知人知面不知心，也不好说。陈文炳是王廷一手提拔起来的人，与其秉性相近。江统铭则是这些年才从外调来的，更像是与这事无关。臣还查过十五年前至十年前当时的江南官场的要员履历，大多要么年老病亡，要么因一些事情获罪。这些人陛下当年应该都细查过一遍，并不像可疑之人。”

蒋文渊说着有些汗颜，好似查来查去，其实什么线索都没查到。

谢徽禛倒没怪罪他，“也不急，且先看看再说。另外孤这几日命人去查那崇原镖局之事，本想以走镖之名让他们带路去一趟灞州，看有没有机会摸清他们的底细。不过这个镖局架子还挺大的，并不买孤的账，他们只接江南商会内的单子。听说刘颉的妻舅就是江南商会里的人，你去跟刘颉说说吧，就说孤有一批货物要运去灞州卖，只要刘颉开了口，必会让那镖局接下孤的单子。”

蒋文渊不放心地问他：“殿下要亲自去灞州吗？恐怕有危险……”

谢徽禛道：“无事，孤心里有分寸，只是去灞州看看而已，不会有什么事，你照孤的话去办吧。”

蒋文渊只得领命。

待人退下后，谢徽禛见萧砚宁眉头紧锁着，问他：“在想什么？”

萧砚宁迟疑道：“这里的人藏得这么深，而且事情过去这么多年了，连陛下那边也查不到这背后之人，殿下想要将人揪出来，想来不容易。臣其实最疑惑的是，当年陛下派人来南边查，从那以后就再也没有了那私铁矿的消息，仿佛凭空消失了一般，那么大一座铁矿，他们到底是怎么将之藏起来的？”

“那要去灞州仔细找找才知道。”谢徽禛沉声道，他比萧砚宁更想知道事情的真相。

“殿下当真决定了要亲自去灞州吗？”萧砚宁的想法和蒋文渊是一样的，谢徽禛的安危才是重中之重，他不该以身涉险，但谢徽禛显然已下定了决心。

谢徽禛不在意道：“砚宁若是不放心，随我一块去便是。”

萧砚宁看着他，谢徽禛敛回情绪，回以微笑。

萧砚宁有些难受，谢徽禛身世坎坷，父母早亡，先帝甚至不知道他的存在，从小在尔虞我诈中艰难度日，能有今日实属不易。他方才提起乾明朝旧太子时云淡风轻的语气，更叫萧砚宁听了心下不是滋味。

明明是亲生父亲，却不能认，甚至不能表露出过多的哀思，牺牲掉这些才能换得如今的地位。

萧砚宁走上前，亲手帮谢徽禛将放凉了的茶换了一杯，递到他手边，“殿下别一直说话了，喝口热茶吧。”

谢徽禛笑着偏头，“砚宁这是怎么了？”

四目相对，他从萧砚宁的眼神里看懂了萧砚宁的心思，不禁哑然失笑，“砚宁这是心疼我？其实乐平与我一样吧，你是不是也心疼她了？”

萧砚宁想了想，道：“公主比殿下幸运些。”

谢徽禛稍稍意外，“何出此言？”

萧砚宁道：“公主从前是郡主，现在是公主，至少先帝是知晓她的存在的，也没有亏待过她，她还能光明正大地祭奠父母。殿下却在十二岁之前都没有正式的身份，如今即便贵为太子，也无法认亲生父母，连想给他们上一炷香都成了奢望。”

萧砚宁说完又有些后悔，他说得太直白了，怕会让谢徽禛听了难过。

谢徽禛瞧见他脸上的懊恼，眼中的笑意更浓，心下却有些感慨。

萧砚宁还真是心疼他了，甚至已经在他和乐平之间偏向了他。

“乐平代我给父母上香也是一样的，有得必有失，至少我现在是大梁的储君，有何不好？”谢徽禛道。

萧砚宁点了点头，“殿下能想开便好。”

第六章 崇原镖局

又过了两日，蒋文渊那边来回报，说已经通过刘颉跟那崇原镖局打了招呼，他们答应了接谢徽禛的单子，约了转日派人过来签订镖单。

谢徽禛派人递话过去，说他的货物十分重要，他不放心，想要亲自去他们镖局里走一趟，拜会堂主，好当面签下镖单。

之后那边答应了他的请求，定了见面的时间。

翌日，晌午之时用过膳食，谢徽禛带着萧砚宁和两个侍卫出门，去位于清水街的崇原镖局的寻州府分舵。

清水街是寻州府最热闹之地，毗邻运河，沿街各样的商铺一家挨着一家，茶寮、酒肆随处可见。崇原镖局在此盘下了一处大的院了作门头，装潢得十分气派，不愧有“天下第一镖”的名号，寻州府这里的即便只是分舵，也能叫人窥见其底蕴。

谢徽禛的车停在镖局门口，他与萧砚宁一同从车上下来，门外有几个伙计正忙着搬运货物，谢徽禛随意打量了几眼，那些伙计穿着一样的黑布衣，背后印有崇原镖局的标识——纹路十分怪异的红色图案，看着有些瘆人。

萧砚宁则在抬头看门上的牌匾，“崇原镖局”几个字龙飞凤舞、气势十足，在日光下甚至有些刺目。

见他目不转睛地盯着那牌匾，谢徽禛问：“在想什么？”

萧砚宁迟疑道：“不知道为什么，总觉得这几个字瞧着有些眼熟。”

谢徽禛道：“嗯？以前见过？”

萧砚宁摇了摇头，眼熟归眼熟，却无什么头绪。

“崇原镖局的总舵在苍州，许是你从前在苍州时见过吧。”谢徽禛不在意道，“我倒是觉得，这些人衣裳后面的标识挺有意思的。”

“有意思？”萧砚宁不解。

谢徽禛道：“说不上来，直觉吧，这崇原镖局看起来确实有些怪异。”

他二人小声说了几句话，里头有人出来迎接，来的是个管事模样的人，赔着笑，嘴上说着“贵客光临，有失远迎”，将他们迎进门。

堂屋里一身材魁梧、面覆络腮胡的中年男子正在等他们，待谢徽禛和萧砚宁进门，笑着请他们坐，命人奉茶来。

“鄙姓张，单名一个骏字，先前钱小郎君递单子过来，是下头人有眼不识泰山，推了钱小郎君的单子，还望钱小郎君勿怪。”

这人说话不亢不卑，态度十分自然，便知道之前是他们故意不卖面子，谢徽禛也只能附和道：“张堂主说笑了，我也是来了这江南才知道这边做买卖有这般多规矩。要不是有人提点我若运货去灞州，最好求你们崇原镖局帮忙，只怕我贸然过去，就算把东西平安运过去了，到了那边也难卖出好价钱。”

崇原镖局厉害就厉害在他们不但能摆平各路流寇贼匪，还与各地商会都有交情，外地人来江南想要做生意，若不能与这些当地势力交好，赔得血本无归都是轻的。

便是京中伯府出来的又如何，江南这边并不会卖这些北边勋贵世家子的面子，谢徽禛今日能走进这镖局里，其实全靠蒋文渊这个巡察御史的关系。

张骏道："钱小郎君客气，因之后要签下镖单、做保价，在下便冒昧问一句，钱小郎君这批货大致都是什么？为什么想到要去灞州卖？"

谢徽禛豪气道："这有什么不能说的，都是我从北边弄来的珍贵毛皮，听说这边能卖出好价钱，特地运来南边卖的。我本来还想去湖广一带，但蒋大人有公务在身，我也不好一个人过去，只能算了。灞州临近那边，听闻那边有这江南最大的集市，才想去凑个热闹，指望能大赚一笔。"

谢徽禛言语间表现得十分不知天高地厚，外人对他的怀疑便又打消了几分。他与人畅想着之后能赚到大钱，回京城还要从江南带一批好东西去卖。那张骏只是听，面带微笑，萧砚宁却从他的眼神里看出了不屑，谢徽禛说得兴起，仿佛浑然不觉。

谢徽禛又说到要趁着这些时日在江南，多跑些地方做买卖，还得请崇原镖局为他的商队保驾护航，张骏满口答应下来："钱小郎君放心便是，有需要尽管差遣我们，此去灞州，在下会派出最得力的镖队给你们，确保万无一失。"

谢徽禛十分满意，痛快与人签了镖单，出手也大方。

待事情定下，有人进来与张骏附耳说了什么，张骏面色微变，"一会儿再说。"

谢徽禛和萧砚宁起身告辞："张堂主还有事，我等便不打扰了，先走了。"

张骏也道："好，后日清早辰时之前镖队就会去钱小郎君住处，护卫你们的商队上路，钱小郎君若是不放心，也可以带上自家的护院。"

谢徽禛笑着应下，便与萧砚宁离开。

走出镖局大门，他脸上的灿烂笑容瞬间尽收。

萧砚宁神色有些怪异，上车后谢徽禛问他："怎么了？"

萧砚宁轻咳一声，"我就是没想到，少爷扮作那不知事的纨绔，竟也惟妙惟肖。方才那个堂主应该是老江湖了，竟也被少爷唬住了，之后托他们多走几趟镖，是为了叫他们彻底放下戒心，或许他们真能从这镖局入手，揪出背后之人。”

谢徽禛不以为然道：“再老江湖也不过是个走镖的，眼界能有多高？朝堂上那些浸淫数十年的老家伙不也一口一句本殿下有先贤之风，即便是拍马屁，孤要是太不像样了，他们也说不出口。”

萧砚宁哑口无言。

在他面前，谢徽禛确实没有掩饰过自己的真性情，若非亲眼所见，他也想不到皇太子殿下其实是这般个性的。

但于谢徽禛而言，能活得恣意随性一些，未尝不是件好事。

谢徽禛随手推开车窗，朝外望了一眼，与萧砚宁提议：“既然出来了，我们下去逛逛吧。”

萧砚宁无可无不可，谢徽禛既然提了，便随他一块下了车。

他们前几日就来逛过一回清水街，那次是在西街，这回来的是东街，街上店铺林立，卖什么的都有，不少江南这边产的好东西在京中确实是稀罕货。

在一家卖文房器具的店里，谢徽禛看中了一套上等的文房四宝，直接叫人包起来。

萧砚宁有些意外他会买这个，谢徽禛笑着解释：“买给家中老爷的，下回他老人家过寿送给他，省得再费心筹备寿礼。”

那掌柜的闻言又顺势给他推荐了一套紫檀木制、瑞兽花纹的笔搁，说这个贵气、矜重，最适合孝敬上了年纪的长辈。

谢徽禛看了觉得确实不错，便也一并收下了。

萧砚宁有些无语，家中那位“老爷”，其实还不及而立吧……

那掌柜的是个话多的，帮他们将买下的东西打包，嘴上还在与谢徽禛说话，问他是不是北边来的，谢徽禛随口应下，再与对方打听起那崇原镖局之事。

萧砚宁瞧见旁边有家卖饰品的铺子，和谢徽禛说了一声，走了过去。进门之后首饰铺掌柜见他衣着不俗，殷勤地迎上来问他想买什么，萧砚宁犹豫了一下道："发簪。"

掌柜的道："小郎君您是自己用，还是送人？"

萧砚宁道："送人的。"

"好嘞，您请这边，这姑娘家用的发簪都在里间。"

那掌柜的热情地将他往里头迎，萧砚宁神情略尴尬，赶紧道："男子用的，束发的簪子，式样简单大气一些就行。"

掌柜的讶异了一瞬，随即脸上又堆起笑，"那您随小的来这边看，什么式样的都有，您尽管挑。"

送男子发簪虽不常见，但在江南也不算太稀奇，这掌柜的也是见多识广的，只要能有生意做，便见怪不怪。

只见琳琅满目的发簪，各种质地、式样，萧砚宁挑花了眼，直到谢徽禛派人进来喊他，他才拣起一根样式简单、刻有如意纹的玉簪，付了钱将东西收起来，匆匆离开。

谢徽禛就在店铺外头等他，见到萧砚宁出来扬了扬眉，萧砚宁略有些不自在，走上前，"少爷……"

"走了，回去了。"谢徽禛言罢先转身上了车。

萧砚宁一愣，反应过来谢徽禛误会了，大庭广众下也不好说什么，匆忙跟上去。

车上萧砚宁问起谢徽禛有无打听到什么，谢徽禛随口道："也没问出什么，只说了那崇原镖局几十年前就有了，势力颇大，一般人惹不起。他们似乎甚少与官府打交道，但这些年一再壮大，背后肯定是有人的。"

萧砚宁道："刘巡抚打个招呼就能叫他们买少爷的账，也不算不与官府打交道吧？"

谢徽禛哂笑了一声，"给面子是一回事，他们与那刘颉是不是当真有深交却不好说。”

萧砚宁点了点头，现在说这些还为时过早。

谢徽禛看着他，语气淡淡道：“你方才又去给乐平买首饰了？”

“不是。”萧砚宁将那根玉簪递到谢徽禛面前，低了头，“送给少爷的。”

“送我的？”

“嗯。”

谢徽禛这下是当真惊讶了，“真是给我买的？”

萧砚宁点了点头，“怕少爷看不上眼，特地挑的，少爷别嫌弃。”

谢徽禛将那玉簪接过去，捏在手里拨了一下，然后笑了，“砚宁今日怎么了，还想到给我买这个？”

萧砚宁皱了一下眉，解释道：“怕少爷因为上次的事情不高兴……”

谢徽禛问他：“这玉簪多少钱？”

萧砚宁道：“二两银子。”

谢徽禛满意了，“送给乐平的发簪是五个铜板，给我的是二两银子，那还是我这根贵重些。”

萧砚宁不知该怎么接话，原本还没什么，谢徽禛特地比较一番才叫他觉得羞愧，他竟然给公主和殿下送了同样的礼物，这般做派，便是真心也变成了假意。

其实方才他走进那家铺子时并未想太多，只想送个礼物给谢徽禛而已，鬼使神差地选了这个。

谢徽禛却很高兴，道：“你放心，我不会告诉乐平。”

萧砚宁实在不知当说什么好，“多谢少爷。”

出发那日清早下了雪，是这边入冬之后的第一场雪。

早起听闻镖队已经到了，谢徽禛点了点头，转身提醒正在更衣的萧砚宁：“外头下雪了，衣裳穿暖和些。”

萧砚宁朝窗外看了一眼，叹道："这里的雪不如京城那般大。"

谢徽禛笑笑，"你在这里待了几年，不是早见识过了？"

"少爷不是第一回见吗？"萧砚宁问他。

谢徽禛道："京城里的雪都千篇一律，来了这外头，才瞧出些新意来。"

用罢早膳，镖队的人已经帮他们将打包好的货物装车。崇原镖局按照货物的保价价格安排了一支二十人的镖队，领队的镖头看着三十几岁，高大魁梧，话亦不多，先前过来与谢徽禛确定了出发时间，并无过多寒暄。

谢徽禛自己也带了二十个侍卫随行，出发前他问萧砚宁："你觉着那位杨镖头如何？"

萧砚宁想了想道："人看起来挺沉稳的，是个练家子。这二十人的镖队个个看着都像是有真本事的，不似乌合之众，不愧是天下第一镖。"

谢徽禛继续问："砚宁对他们评价这么高？你手下这些人打得过吗？"

"打得过。"萧砚宁笃定道，这点自信他还是有的。

谢徽禛点头，"那便行了。"

之后便不再耽搁，上车出发。

自寻州往灞州有四百多里路，走得再快也得有个四五日，加上下雪山路难走，谢徽禛特地命人放慢了行进速度，这一走便走了足足七日。

途中谢徽禛让手下寻机与那些镖师拉近些关系，效果却不如他所愿，这些人纪律严明，且自负食宿，不占谢徽禛半分便宜。若非必要都很少与谢徽禛的人说话，可谓泾渭分明。

谢徽禛便也不急，徐徐图之便是。

路上起初几日还算顺风顺水，到了第五日傍晚终于碰上了麻烦。当时他们已在荒无人烟的山路上走了一整日，这一带周围都是深山老林，前不着村后不着店，还要再走小半个时辰才能赶在太阳落山前到达前头最近的一个镇上，偏这个时候碰上了一帮山匪拦路。

按说一般的匪寇看到走镖的是崇原镖局的人不敢动手，但这些山匪是前不久才因旱灾落草的流民，饿得都吃不饱饭了，哪还管得了那么多，道上的规矩他们也不懂，这么一支规模颇大的商队就在眼前，岂有放过的道理。

两边很快起了冲突，崇原镖局的人在前，谢徽禛的侍卫殿后，谢徽禛仍坐在车驾中，冷眼观察外头的情况，神色不动半分。

萧砚宁想要下车去，被谢徽禛按住，“不慌，对方人虽多，但手中连件像样的兵器都没有，杨镖头手下那些人训练有素，足够解决了。”

萧砚宁略微犹豫，又坐了回去。若真要轮到他们自己人动手，他也肯定会挡在谢徽禛前头。

果不其然，不出一刻钟，那些山匪伤的伤、跑的跑，很快便一哄而散了。

事情解决后，杨镖头回来与谢徽禛复命，又道：“因方才之事耽搁了些时间，关城门之前我等应是赶不到前方的镇上了，不如趁着现在天未黑先寻处落脚之地暂歇一晚，明日再继续上路，小郎君若是觉得可以，在下这便派人先去前方探路。”

谢徽禛没什么意见，“有劳。”

两刻钟后，他们在这附近山间的一处荒庙中落脚，生火做吃食，山庙后头还有条溪流，有干净的水。虽然天冷，这两日雪却是停了，在这荒山野岭也勉强能过一晚。

荒庙里只有一间屋子，谢徽禛的人和崇原镖局的人各占据半边，互不打扰。

在外头没有那么多讲究，萧砚宁本以为谢徽禛会不习惯，没想到他干粮就着热汤，吃得还比其他人都香。察觉到萧砚宁的目光，谢徽禛笑看向他，抬了抬下巴，“看着我干什么，你东西没吃几口，吃不下吗？”

萧砚宁摇头，赶紧将干粮塞进嘴里，再喝了口热汤，即便确实难以下咽，但谢徽禛都能吃，他也不想表现得太不中用。

“你吃慢些吧。”谢徽禛笑道，“将干粮饼子泡软一些再吃，不会那么刮喉咙。少爷我从小是吃过苦的，不像你从小锦衣玉食，吃不惯这些正常，忍一忍，明日到了前边镇上，我们再去吃顿好的。”

萧砚宁有些窘迫，“也没有吃不惯。”

谢徽禛“啧”了一声，明明就食不下咽，还不肯承认。

填饱了肚子，谢徽禛派人去将那杨镖头叫来，像是好奇一般随口问他：“今日究竟为何会碰上山匪？寻州府与灞州府都是富庶之地，怎么竟会有这么多落草为寇的流民？”

杨镖头道：“这段时日不太平，入秋以后这边多地闹旱，许多农户家里颗粒无收，官府的税却不能不交，逼不得已只能走上这条路。那些人藏在深山中，官府想要围剿也不容易。”

谢徽禛闻言挑眉，“这么说来这里的地方官不怎么样嘛，我还道刘巡抚他们是有本事的，结果不但把良民逼成流寇，还不能善后，那要他们这些当官的有什么用？”

杨镖头默然，不再接话。

谢徽禛笑了笑，又说起别的：“再过两日就能到灞州了，待将我们送到那里，杨镖头你们便直接返回寻州吗？”

对方道：“我等会在灞州的分舵里待上几日，若小郎君回去的时候还有东西要运，可再找我们。”

谢徽禛问：“到了灞州，我这些东西当真能卖出去？我东西这么多，贸然来这儿，不会因为抢了别人生意，被当地势力排斥吧？”

杨镖头道：“小郎君放心好了，您是我们崇原镖局护送进城的，到了灞州便不会有人找你们麻烦。”

谢徽禛的内侍泡了茶来，问谢徽禛要不要烧水来洗把脸，谢徽禛随意“嗯”了一声，叫那杨镖头也喝茶。

杨镖头与谢徽禛道谢，目光不经意地在他的内侍身上转了一圈，端起茶碗一口气喝了。

放下后他稍顿了顿，接着道：“小郎君若想多赚些钱，不如去灞州下头的黑水县碰碰运气。那里也有个市场，不比灞州府的大，但规矩少一些，需要缴纳的摊位费也低，连商税都收得比灞州府要少，有不少外来商人怕被灞州当地商会找麻烦，都会去那里做买卖。”

谢徽禛略意外，这还是杨镖头第一次主动与他表现善意，他本可以不说这些事情。

“那我是得去看看，多谢提醒。”谢徽禛笑道。

后头便没再多说，杨镖头又回了他自己那边去，安排人守夜。

萧砚宁目送着他的背影，片刻后转头小声与谢徽禛道：“少爷，方才杨镖头似乎注意到德善了。”

德善是方才来奉茶的内侍的名字，谢徽禛这回来灞州就带了这么一个伺候的人，但宫里出来的公公，总归与一般仆从不同，有心之人大约能瞧出端倪来。

能用内侍的只有皇家和各王府、公主府，钱珲这个伯府出来的少爷是不能用的，但谢徽禛倒不担心这个，“他疑心归疑心，难不成还能掀了德善的裤子看？”

萧砚宁不知应当说什么。

谢徽禛道：“明日叫德善画些青渣到脸上，打消他的疑虑便是。德善最擅长为人伪装容貌，应当不难。”

萧砚宁闻言好奇，问道：“少爷的身边人为何要伪装容貌？”

谢徽禛轻咳一声，没多解释，“偶尔为之。”

倒不是伪装容貌，是帮他化装而已。他年岁渐长后面部线条逐渐变得硬朗分明，再想扮作姑娘家并不容易，全靠德善这双化腐朽为神奇的手，这些是不好说与萧砚宁听的。

好在萧砚宁并非刨根问底之人，谢徽禛不多说，他也不再问。

之后德善帮他们在草垛上铺开被褥。

萧砚宁睡得却不踏实，毕竟是在外头，且这荒庙四处漏风，哪怕生了好几个火堆也冷得很。半夜萧砚宁从睡梦中醒来，不知是什么时辰了，荒庙中寂静无声，只有守夜之人偶尔的私语，大多数人都在酣睡。

萧砚宁怕吵醒谢徽禛，没敢动。他觉着冷，小心地动了动身子。

对面传来谢徽禛的声音："砚宁，你做什么呢？大半夜的不睡觉？"

萧砚宁不太好意思，"好像有些冷。"

谢徽禛陡然变了语气："冷？"

萧砚宁只得说了实话："是有些冷。"

"先前怎么不说？"谢徽禛坐起身。

他动静一大，躺在不远处浅眠的德善也醒了，过来问谢徽禛有什么吩咐，谢徽禛叫他去烧了壶热水，给萧砚宁灌了个汤婆子，再叫人多拿了床被子来。

萧砚宁有些汗颜，大半夜的他也不想这般折腾，无奈他这身体实在不争气。

看到萧砚宁将汤婆子抱入怀，谢徽禛紧蹙起的眉头稍松，问德善："什么时辰了？"

"回少爷的话，刚至寅时。"那内侍道。

"还早。"谢徽禛示意萧砚宁，"躺下再睡一觉。"

萧砚宁点了点头。

冬夜沉寂，再无人说话，只余火星舔吻枯柴偶然发出的噼啪声响。

到灞州后这一趟走镖就算是结束了，谢徽禛付了尾款，之后便与镖队分道扬镳。

他们在灞州府里待了几日，基本在那个集市上转悠，买了些看得上眼的小东西，但没下大笔的订单。有人因瞧见他们是由崇原镖局护送来的，来打听他们做的是什么买卖，但谢徽禛没给人套近乎的机会。

他的那些手下则悄无声息地出城，分成几路去灞州治下的各处地方，搜找那凭空消失了的铁矿。

仍是一无所获。

傍晚之时，又一队人从外头回来，禀报的消息与前几日一样，未有所得。谢徽禛免不得有些失望，语气也更严厉了几分：“那便继续去找，别说这些没用的。”

萧砚宁自院子里进屋，一走进门就听到谢徽禛拔高的声音，他看一眼那些低头挨训的侍卫，吩咐道：“你们先退下吧。”

那几人领命退了下去，萧砚宁亲手倒了杯茶，递到谢徽禛面前，“少爷别动怒了，这事本也急不来。”

其实之前谢徽禛的心态一直很平稳，到了灞州这里才变得有些心浮气躁起来，萧砚宁看在眼中，心知这事长久以来压在他心里，这么多年没个结果，即使面上不说，想必也是耿耿于怀的。

谢徽禛接过茶喝了，神色已恢复如常，“嗯”了一声，又问萧砚宁：“我方才动怒了吗？”

萧砚宁看着他，“没有吗？”

谢徽禛轻咳一声，解释道：“不是与你动怒。”

那些人毕竟在名义上是萧砚宁的下属，真要责罚他们，萧砚宁这个统领也难辞其咎，谢徽禛怕他多想，特地解释了一句。

萧砚宁道：“少爷便是与我动怒也是应该的，出来这么久，我也没帮上少爷什么忙。”

谢徽禛道：“别说这些有的没的。”

萧砚宁点点头，问他：“后面少爷打算怎么办？一直在这灞州待下去也不是办法，时日长了，怕会惹人怀疑。”

谢徽禛皱眉，道：“明日去那杨镖头说的黑水县看看吧，左右无事。”

之后便不再说这些，他问萧砚宁："你方才在外头做什么了？"

萧砚宁解释道："去客栈掌柜的那里订了些酒菜，少爷晌午便没什么胃口，没吃几口东西，晚膳得多用一些。"

谢徽禛顿时笑了，"你怎么还把德善的活儿给抢了？"

"少爷说笑了。"

谢徽禛招手将他叫到跟前，"因为看我中午胃口不好，所以特地去叫了我喜欢的酒菜？"

萧砚宁问他："少爷愿意晚膳多用一些吗？"

"行啊，越来越会说话做事了。"谢徽禛笑道，"我给你这个面子便是。"

萧砚宁点头，谢徽禛肯吃饭就好。

之后谢徽禛心情一直很好，饭也吃了两大碗，夜里早早便歇下了。

翌日清早出发，谢徽禛只带了萧砚宁和几个侍卫，骑马去往黑水县。黑水县虽在灞州治下，却是离灞州府最远的一个县城，清早从灞州出发，骑快马也得晌午之时才到。

到地方后谢徽禛先吩咐人找客栈，这县里最好的客栈就在杨镖头说的那个市场旁，没有单独的院落，他们要了几间上房。

"这个市场似乎不如杨镖头说的那般热闹。"谢徽禛站在客栈二楼的窗边朝外看，顺嘴说道，不过他们本也不是来做买卖的，倒也无妨。

萧砚宁仔细看了看，道："听说这附近的村庄都遭了大旱，应是受影响了。"

这条街的街尾便是这座县城的城门，谢徽禛朝城门那头瞧了瞧，见到有不少提着祭品的人出城，心下疑惑，派了人出去打听。

很快便有手下来回报，说这县城外头有一座土地庙，当地人十分信奉，他们是出城去拜祭土地神，求旱灾早些过去的。

"此次旱灾十年不遇，听说城外的地皮已经干得龟裂了，连当年被江水淹了的村庄的残迹都重新露了出来。”

萧砚宁闻言问道：“这里的村子被江水淹过吗？什么时候？”

“十年前，江洪冲垮了这附近的一段堤坝，淹了七八个村子。”侍卫道。

谢徽禛一挑眉，“十年前？”

十年前，正是谢朝泠派人来这边查那铁矿之时。

事情有些巧合，谢徽禛当即道：“先吃些东西，一会儿我们也出城去看看。”

几个侍卫继续出去打探消息，很快将当年的情况问了个七七八八。当时连夜暴雨，江水猛涨，某个夜里临近这黑水县的一段刚修成不久的堤坝突然被冲垮了，洪水倒灌进来，一夜之间淹了七八个村落，死伤无数。

“刘巡抚当时是这灞州府的一个地方官，因决堤之事，灞州当时的知府和黑水县的知县都被陛下处置了，刘巡抚顶了知府的位置，之后才一路扶摇直上。但是卑职等打听到，当时的监工其实是刘巡抚，只因他不是主官，才托关系逃脱了责罚。”

萧砚宁疑惑地问谢徽禛：“修缮堤坝不是由工部负责吗？为何会是当地的地方官监工？”

谢徽禛解释道：“堤坝修缮之时正值朝局动乱、逆王谋反，朝中六部自顾不暇，哪管得了这事，便全部放手给了地方上。地方上也借机问朝廷讨要银子，乱得很，后头逆王倒了，陛下接管朝政，才逐渐遏制了这些乱象。”

萧砚宁有点不知说什么好，朝政从来不清明，他并非不懂，只是知道得越多，心里越不得劲而已。

出县城时已是申时末，那土地庙就在城外不远的地方，远远能看到跪拜祭祀的民众。这边倒是不见什么流民，听说黑水县的知县还有几分本事，当地灾民都妥善安置了。

谢徽禛带人绕过那土地庙，直奔当初被江水淹了的那一段堤坝处。

后来朝廷派人来重新修过了堤防，被淹没的那几个村庄则变成了一座内湖，连着附近的山脉，但因这两个月大旱，水位已下降至不及成人小腿深，大片湖床暴露在外，当年那些被淹了的村庄的残迹也露出了大半。

放眼尽是萧条残景，寒风凛冽，更叫这本就荒凉之地显得森冷。

他们沿着河岸边的山道往前走，几个侍卫在前头开路，这里荆棘遍布、杂草丛生，可谓寸步难行。

萧砚宁一个不注意被枯枝刮伤了手背，他甩了甩手，不甚在意。

“再往前走一段，我们便回去。”谢徽禛道。

萧砚宁道：“我无事，继续往前走吧。”

谢徽禛特地亲自来这里，应是觉得十年前的事情有些蹊跷，想要来一探究竟。他自己其实也有某种预感，他们或许能在这里发现什么，就这么回去了便是白来了。

萧砚宁的注意力被分散了须臾，脚下突然踩空了，身体往后栽去，谢徽禛反应极快地用力将他拽回来，动作过大，自己反摔了下去，他松开了拽着萧砚宁的手臂，狼狈倒地，一路滚下了河床。

一众侍卫大惊失色，一个接一个跳下去，萧砚宁更是立刻不管不顾地朝着谢徽禛扑过去，但没将他拉住，和他一起狼狈地滚落到早就干涸了的河床上。

脚踝处袭来一阵钻心疼，萧砚宁额上的冷汗立时就下来了，他艰难地坐起身，想要动腿时被身边刚爬起来的谢徽禛按住。

“别动。”谢徽禛蹙眉，脸色也不好看，他身上的衣裳刮破了，发髻散了，脸上还有泥灰，仪态全无，神情更有些凶狠。

萧砚宁微微讪然，不敢再动，谢徽禛没好气道：“逞什么强！”

萧砚宁道：“少爷方才不该拉我的，少爷若是有个三长两短，我万死难辞其咎。”

谢徽禛瞪他，“你觉得我高兴听你说这个？”

“谢谢。”萧砚宁改了口。

谢徽禛帮他脱去靴子，掀起裤腿，他左脚脚踝上一片红肿，应是扭到了。

“不知道骨头有没有错位，回去县城得立刻找大夫。”谢徽禛粗声粗气道。

萧砚宁其实已经痛得麻木了，点了点头。

谢徽禛抬起手，萧砚宁注意到他右手手掌上擦伤了一大片，提醒他：“你的手……”

谢徽禛浑不在意，是方才滚下来时手掌正巧撑在一块石头上擦出来的伤，侍卫过来蹲下为他包扎。

萧砚宁盯着看，忽然伸手过去，在谢徽禛擦伤的地方轻轻抹了一下。

谢徽禛抬眼看向他，萧砚宁神情有些迟疑，盯着手指上抹到的粉末看了片刻，再伸手摩挲了一下，回身想去找那擦伤谢徽禛的石头。

“你别动。”谢徽禛再次皱眉提醒他，“你找什么？”

“石头，刚才擦到少爷的那块……”

萧砚宁才说完，已有机灵的侍卫帮他找着了，递过来给他看。萧砚宁接到手中细瞧了瞧，呼吸急促了几分道：“这个似乎是铁矿石。”

谢徽禛当下变了脸色，将那石头接过去，看了一阵又递给其他人，谁都不敢确定，但质地、颜色和形状，确实像是他们要找的铁矿石。

谢徽禛站起身举目四眺，放眼望去只有大片已接近干涸的湖床，更远一些的地方是起伏的山脉，在黄昏下显得格外苍凉。

当年那座自他父亲起就在追查的铁矿，真的就在这里吗？

那一瞬间谢徽禛脑子里闪过许多年幼时的往事，最后一幕是他的父亲将他送出东宫，与他说完“不要怕”，转身决然而去的那个背影。

这么多年他只是想要一个答案，弄清楚当年害他家破人亡的背后，究竟还有多少未知的真相。

萧砚宁抬起头，他看到谢徽禛在残阳下格外冷肃的侧脸，棱角分明，凌厉而沉重。

萧砚宁仿佛感知到谢徽禛所想，心里不好受，但没有出声打扰他。

片刻后谢徽禛转回头，当机立断道：“我们先回去。”

若东西果真在此处，他过后还得再派人来细查。

有侍卫想要将萧砚宁背起来，谢徽禛走过去搭上手，“孤来。”

萧砚宁没有拒绝，更没有再说这样做不合规矩、不合礼教。看着谢徽禛在他身前弯腰蹲下，忽然就想起当日在北海别宫中看到的那一幕，他愣神片刻，向前趴到了谢徽禛宽阔的肩背上。

谢徽禛避开他受伤了的脚踝，小心翼翼地托住他的腿将他背起。

之后一路走得更加谨慎，萧砚宁小声问背着自己的人：“少爷是不是有心事？”

谢徽禛反问他：“问这个不觉得逾矩了？”

不待萧砚宁再说，他又道：“没什么，一时有些感慨而已。”

“会好的。”萧砚宁慢慢道，“少爷有上天庇佑，所愿、所想皆能如愿以偿。”

谢徽禛道：“真的？”

萧砚宁道：“真的。”

谢徽禛终于笑了，脚步也更轻松，“嗯，借你吉言。”

再回到寻州是大半个月之后，萧砚宁的脚伤好得差不多，能动之后他们才起身返程。

这段时日谢徽禛的一众手下都留在黑水县那头，在仔细搜找过那个几近干涸的内湖后，基本可以确定他们要找的矿脉就在那里。十年前矿脉随那七个村庄一并淹没在江洪中，到如今才有了重见天日的机会。

且那铁矿脉的规模比谢徽禛之前预想的还要大得多，当初运去京中的那些，其实不过九牛一毛。

回到寻州已是十二月隆冬时分，天愈发冷了。离年节还有一个月，这段时日寻州、灞州这一带却不太平，入冬之后只下了那一场雪，旱灾未有缓解，饿死、冻死的流民无数。有蒋文渊这个巡察御史在，刘颉等人对赈灾之事格外上心，奈何天公不作美，城外仍不停有流民死去，这个年注定是过不好了。

谢徽禛以钱珲的名义自掏腰包捐了一笔银子救济灾民，有他这位巡察御史的小舅子带头，那些地方官也不得不叫家里人掏出银子来，城中富户争相效仿，捐钱捐粮，总算没叫事态更加恶化。

谢徽禛这回去灞州确实赚了钱。做戏做全套，他特地从京城带来的那批毛皮在黑水县高价脱了手，再从灞州进了一大批能卖去北方的货物，俨然是来这南地倒买倒卖的客商。

之后他还叫自己手下那些侍卫分成几队，以采购为名，雇崇原镖局的镖队去往江南各州府甚至江南以外的其他地方，大肆采买货物，借此摸一摸这崇原镖局的底。

“崇原镖局的势力不只在江南，整个南边都有他们的镖队，甚至北方一部分地方也有，只是还未把生意做到京城而已。从那些镖师偶尔透露的只言片语看，他们整个镖局的人数加起来怕有数万人，上一回我们去灞州时，苍州府的总舵主突然来了这里，当时那张堂主说有事，应该就是这个事。”

说起下头人禀报来的消息，谢徽禛的语气略冷，萧砚宁闻言则心惊不已，数万人？一个镖局竟然养得起数万人之众？而且这数万人还大多是会拳脚的练家子，大梁不许普通百姓配兵器，但某些特殊的行当像镖局这样的，只要拿到官府的凭证，镖师走镖时便可配刀和剑。虽有诸多限制，如一支镖队单次走镖最多不可超过百人、进城时便得卸下兵器等等，但这数万人又确实是被同一股力量攥在手里，且他们还居心叵测，与那铁矿脉有牵连，与当年谋反的逆王和那些世家有牵连，怎能不叫人心惊？

萧砚宁忧心道：“少爷现下有何打算？”

谢徽禛反问他：“你这两天一直在看灞州当年的晴雨录，可是发现了什么？”

萧砚宁点头，因脚上受伤尚未痊愈，自灞州回来后他便在这官邸里，不再出门，想着能帮谢徽禛一点是一点，托蒋文渊去找来了十年前灞州府留存的晴雨录，和当时修缮堤坝时的一些资料细致阅读，果真叫他发现了一些古怪之处，“我父亲有个好友出身工部，是水利方面的行家，从前我研读过他写的书籍，略有心得。这几日我按照这晴雨录上记载的当时那场暴雨的雨水量、黑水县那一段江河每年涨水时的水位，以及那堤坝修缮时留下的资料仔细测算过，按说当时下的那场雨应当不至于冲垮那段堤坝才对。”

谢徽禛听明白了，“你是说当年之事很可能不是天灾而是人祸，或许是有人在修缮河堤时偷工减料，甚至故意毁坏了河堤，引江水淹了那七座村子？”

萧砚宁一愣，他只想到前者，谢徽禛却说是有人故意为之……可能吗？

那可是七座村子，上千条人命。

可事情偏偏那般巧，那座铁矿就在那一带，事情正发生在陛下当年派人来这边查那矿脉之事时。决堤的江水淹了那七座村庄连同那条矿脉，陛下派来的人才会无功而返，若非恰逢今岁大旱，当年被淹了的地方重见天日，他们这回来江南，说不定什么都查不到。

萧砚宁心里不由得涌起一阵悲凉，他宁愿相信是有人想贪银子，而非为了遮掩罪行而罔顾人命，丧心病狂至此。

谢徽禛按了按他的肩膀，“别想太多。”

萧砚宁敛下情绪，问他：“当年负责监工的人是刘巡抚，无论如何，这事与他脱不了干系，少爷打算怎么做？”

谢徽禛道：“我已让蒋文渊将刘颉赈灾不力之事写了奏疏上报，这边旱灾发生了几个月，刘颉这老小子一直压着不报，够他喝一壶的。等陛下派的钦差过来，先摘了他的乌纱帽，之后我等便可顺势审问他当年之事。”

萧砚宁总觉得事情不会这般顺利，犹豫道：“少爷先前说，他就算参与这事，也可能不是背后之人。”

"先看看他能交代什么吧。"谢徽禛道，"背后之人无论是谁，看到当年被淹没的地方因为干旱重新显露出来，说不定会有所动作，我等先看看再说。朝廷就算要派钦差过来，估计也得等年后，不急。"

当日随口说的在外过年，如今却成了真。

萧砚宁不知当说什么好，点了点头。

"不说这些了。"谢徽禛叫人来，收拾起萧砚宁那摊了一案头的文稿，"你熬了好几日，一直看这些，眼睛不疼吗？"

谢徽禛不说倒还好，这一提萧砚宁果真觉得自己眼睛干涩得厉害，下意识地多眨了几下。

谢徽禛提醒他："走吧，趁今日天气晴好，我们去外面走走，顺便买些年货。"

萧砚宁面露尴尬之色，"我……想把给公主的信写了，一会儿去街上好顺便寄出去。"

谢徽禛神情顿了顿，"一定要写？"

"不会很久。"萧砚宁降低声音，"少爷去换身衣裳，我应该就写好了。"

谢徽禛问他："我们来江南这么久，乐平给你回过信吗？"

"没有。"萧砚宁不自在道。

谢徽禛嗤笑，"你倒是按时给她写信，一封不落，她却压根不搭理你，这样你还要继续写？"

萧砚宁摇了摇头，"公主不想回信便算了，我应该写的。"

自出来以后他每十天会给公主写一封家书，报平安，说一些琐事，虽然公主一次没有回过信。萧砚宁却始终觉得这是他为人夫的责任，好叫在家中的妻子放心，他不能不做。

他其实并无失望，大约因为他也不曾期望过什么，只想做好自己分内之事而已。

谢徽禛气道："你就是个傻子。"

萧砚宁坚持道："我应该做的。"

谢徽禛懒得再说，萧砚宁只当他是答应了，铺开信纸，提笔写起来。

谢徽禛也没走，就站一旁看着。萧砚宁写得很快，在信中提醒乐平天冷了记得添衣、注意身体，言辞恭敬，并无半分暧昧。

片刻后，谢徽禛问："写完了吗？"

萧砚宁点点头，最后收尾落款，轻出一口气，搁下笔等之晾干。

"你打算一直与乐平这样到几时？"谢徽禛忽然问他。

萧砚宁怔了怔，"少爷何意？"

谢徽禛道："你与她夫妻不似夫妻，就这么不清不楚的打算到几时？"

萧砚宁一时语塞，"我……没想过。"

谢徽禛却道："我要你想呢？"

萧砚宁答不上来，他确实没想到谢徽禛会问这个，他自己也从未想过这些，既已是夫妻……还能改吗？

谢徽禛丢下一句"你好好想想"，回了屋里去换衣裳。

申时他二人乘马车出门，先去驿馆，萧砚宁要将他写的信寄出。

外头冷，谢徽禛没叫他下车，让他把信递给下头人，他们就在车里等着。

谢徽禛坐着没动，靠着车壁闭目养神，萧砚宁几番犹豫，主动开了口："少爷，你方才说的事情，我之前确实从未想过。"

谢徽禛"嗯"了一声，"现在想明白了吗？"

萧砚宁小声道："我与公主是先帝指的婚，即便没有夫妻之情，也该相敬如宾地过下去。"

谢徽禛终于睁眼觑向他，"这就是你的答案？"

"我所学浅薄，只能想到这个。"萧砚宁迎视他的目光，平静地问道，"少爷觉得我说得不对吗？"

二人对视一阵。

萧砚宁嘴唇翕动，不等他说，谢徽禛又道：“没想过与乐平和离？”

“和离”两个字让萧砚宁微微变了脸色，“不……不能。”

谢徽禛道：“为何不能？你姐姐都能与那英国公世子和离，你为何不可以？”

“姐姐是姐姐，我是我。我与公主的婚事是先帝定下的，我若是与公主和离，是我们萧家辜负了皇恩，我不能叫父母因我受过。”萧砚宁声音干涩地说道。

他等了片刻，听到谢徽禛极轻的一声笑。

外头人来回报已经将信寄了，谢徽禛漫不经心地吩咐：“走吧。”

马车重新动了，往清水街去，谢徽禛不再纠结之前的话题，靠回车壁，继续闭目养神。

萧砚宁看着他，神情黯淡，到嘴边的话终是没说出口。

到了清水街，这边却很热闹，买年货的人络绎不绝。

下车后谢徽禛带着萧砚宁兴致勃勃地逛街，见着什么新奇的都想买。他看中了一对红灯笼，叫萧砚宁一起来看，回头见萧砚宁有些神思不属，喊了他一声：“砚宁，想什么呢？”

萧砚宁回神，“没什么，少爷有何吩咐？”

“你过来看看这个灯笼怎么样！”谢徽禛示意他。

萧砚宁走上前，仔细看过后说道：“挺好的。”

谢徽禛看着他，“真觉得好？”

萧砚宁道：“挺好的。”

谢徽禛瞥了他一眼，说：“方才在车上那些话别往心里去了，出来买年货，高兴一些吧。”

萧砚宁一愣，点了点头，“好。”

谢徽禛直接叫人付了银子，再拉他，“走吧，我们去前头的成衣店瞧瞧。”

他说的成衣店就在前边街上位置最好的地方，占了两间铺子，规模颇大，卖的都是名贵料子的成衣，大约因衣裳样式好、绣工也精致，生意很是火爆。卖男装的这边人稍微少些，他二人进去，立刻有店掌柜迎上来，问他们想买什么样的衣裳，好给他们推荐。

谢徽禛随意扫了一眼，各样款式、颜色、用料的衣裳挂满了整间铺子，琳琅满目。

他问道："只有这些？"

"小郎君若是没有瞧上眼的，这里还有几本画册，什么样式的衣裳里头都有，您可以慢慢挑。"那掌柜的笑眯眯说道。他一看便知面前这二人都是富贵人家的少爷，来买成衣想必是心血来潮，画册里还有更贵、更好的衣裳没挂出来，这二人必买得起。

便有两个跑堂的将画册送了过来，谢徽禛随手拿起一本翻了翻，画这画册的人功底大约不错，一件件衣衫画得十分细致，细节之处亦清晰明了。

萧砚宁低声问他："少爷，你要买衣裳吗？"

谢徽禛挑中了一件绛紫色绣流云暗纹的直襟长袍，问那掌柜的："这件，他可穿得？"

谢徽禛说的是萧砚宁，不等掌柜的回答，萧砚宁先皱了眉，"少爷不必给我买……"

"过年当然得穿新衣裳，少爷给你买不应该吗？"谢徽禛说完再次问那掌柜，"他穿得了吗？"

掌柜的笑着点头，"穿得，当然穿得。这位小郎君身形挺拔，这件袍子穿在他身上应当正好，小的这就叫人去拿来给小郎君试试。"

衣裳很快送来，谢徽禛坚持要萧砚宁试，他只能换上。

萧砚宁甚少穿这般色彩艳丽的衣衫，有些不适，谢徽禛却很满意，"你就该多穿颜色厚重些的衣裳，好看，别成日里穿得那般素净。"

萧砚宁不知当说什么好，干脆不说。

一旁的掌柜的将他夸得天花乱坠，哄得谢徽禛高兴了，再多买了几件衣裳，萧砚宁劝不动，只能算了。

说话间又有人进铺子里，忽然喊道：“砚宁？”

萧砚宁惊讶地抬眼，来人脸上露出笑，走上前来，“我还当是看错了，竟真的是砚宁，你几时来了江南，怎么不与家里说一声？”

萧砚宁回神拱了拱手，“见过表兄。”

那掌柜的亦惊讶万分，“少东家，您认识这位小郎君？”

来人笑道：“自家人，砚宁是来买衣裳的吗？挑中了哪件尽管拿走便是，自家的铺子付什么钱。”

萧砚宁刚想说不用，他身边的谢徽禛开了口，问他道：“砚宁，他是谁？”

萧砚宁赶紧与他介绍道：“少爷，这位是徐家表兄，是我舅舅的长子。”

听到“少爷”二字，来人神情一顿，不着痕迹地打量了一眼谢徽禛，面上多了几分恭谨之色，转身向他拱手行了一礼，“在下徐长青，见过公子。”

谢徽禛心知对方已猜到他的真实身份，面色淡淡，随意点了点头，“嗯。”

之后那徐长青说请他们去对面的茶楼说话，掌柜的已将谢徽禛为萧砚宁挑中的几件衣裳包好，徐长青再次说不必付银子，谢徽禛没听他的，让身后的内侍按原价给了钱。

一刻钟后，他们坐上对街茶楼二楼的雅间，徐长青要与谢徽禛行大礼，被谢徽禛免了，“孤这次来江南是微服前来，外头人都不知道，你莫要说出去。”

对方郑重应下。

之所以不瞒着徐家人，实则也是瞒不住。萧砚宁入东宫当差之事他们都知道，更别提徐长青的父亲之前还是京官，几个月前才调回江南任学政一职，徐长青虽一直在江南这边念书，没去过京里，他父亲从前却日日上朝，不可能不认识谢徽禛。

谢徽禛让徐长青坐，徐长青也不推辞，与他们一同坐下了，并无拘谨。他问起萧砚宁来了南边怎么不回苍州看看，萧砚宁看了一眼正淡定喝茶的谢徽禛，解释道：“殿下来此是同巡察御史蒋大人一起来考察江南政务，是陛下给他的历练。殿下的身份不便对外透露，我须护卫殿下，公务在身走不开。原是想等过年前几日再回去一趟，没承想今日会在寻州府这里碰上表兄。”

这套说辞是先前谢徽禛教给他的，即便是对徐家人，查找铁矿之事也不便明着说，免得不慎走漏风声。

“原来如此。”徐长青了然道，“我来此是趁着年节之前拜访一位同窗，也不承想会碰上砚宁你。倒是巧了，前几日祖母还念叨着你，这回你回去家里过年，她老人家一准高兴，正巧我还要在这里多待几日，要不等过几日你随我一同回去吧？”

谢徽禛微不可察地蹙眉。面前这位徐家表兄年不及弱冠，样貌斯文俊秀，听闻学识也好，小小年纪就已过了乡试，家里有意压了一压，才叫他等到后年才进京参加会试，前途应是不可限量。先前谢徽禛曾想过这样的人或许可以收为己用，但如今真正见了人，却打消了心思，若要说原因，大约是这人看着莫名叫他不痛快。

萧砚宁尚在犹豫是否要应下，谢徽禛搁下茶盏，冷淡地打断了他们的对话：“砚宁晚几日再去，免得他与你同行被人瞧见，猜出孤的身份。”

谢徽禛这么说了，萧砚宁便也道：“表兄你的事情办完便先回去吧，年前我自会去苍州看望外祖母。”

如此徐长青自然说不得什么，他看着萧砚宁道：“若是天冷路不好走，到时候我派车来接你。”

萧砚宁点头，“多谢表兄。”

之后他们又说了些有的没的，有谢徽禛在，聊家常也不合适，气氛一时有些尴尬。

他们喝了半盏茶，谢徽禛提醒萧砚宁："走吧，我们回去了。"

他说完先站起身，提步离开，萧砚宁赶紧跟上。

徐长青陪同他们一块下楼，恭恭敬敬地将谢徽禛送上车，刚要与萧砚宁告别，车中的谢徽禛喊了一声："砚宁，上来。"

萧砚宁来不及跟徐长青多说，上了车。

谢徽禛的车驾很快走远，徐长青垂首静默片刻，抬眼望向前方街头马车消失的方向，面无表情地转身。

回到官邸，下头人奉来茶水，谢徽禛啜了一口，慢悠悠道："都说这江南的名茶好喝，可孤还是觉着从京里带来的茶叶喝得惯些。"

他这话仿佛意有所指，萧砚宁大约觉出他对徐长青的冷淡，犹豫道："少爷是对徐家表兄不满吗？"

谢徽禛瞥他一眼，问他："你与他关系很亲近？"

萧砚宁解释道："我在苍州外祖家住了四年，其间表兄对我多加照拂，关系自是近的。表兄他为人纯善、一心向学，恐不善言辞，若是言语间有得罪了少爷的地方，还请少爷大人有大量，莫要与他计较。"

"纯善？"谢徽禛掂量着这两个字，"何以见得？"

萧砚宁道："外头人都是这般说的，他是外祖家小辈中的楷模，舅舅对他寄予很大期望。表兄他十七岁便过了乡试，我不如他。"

"何必妄自菲薄。"谢徽禛不以为然，"再者说，别人嘴里说的也许不准，外人还道本少爷贤德呢，本少爷是吗？"

萧砚宁道："少爷也不必妄自菲薄。"

谢徽禛哼笑，"所以你说这些，是怕我对他生了芥蒂，耽误了他的前途？"

萧砚宁愣怔，不知该说什么好。

谢徽禛道："算了，你别说了，也别在我面前再提你那位表兄，我不想听他的名字，他确实得罪我了，我看他不顺眼。真不想误了他的前途，就少替他在我面前说好话。”

萧砚宁哑口无言。

谢徽禛道：“砚宁是否觉着我霸道不讲理？”

萧砚宁话到嘴边，到底没说出口。

谢徽禛坦然承认：“是啊，砚宁不会今日才知道我是个霸道不讲理之人吧？”

萧砚宁道：“少爷息怒，我以后再不提了就是。”

谢徽禛没好气道：“没生你的气，不用说这种话。”

“那苍州还去吗？”萧砚宁小心翼翼地问。

谢徽禛反问他：“你能不去吗？”

萧砚宁有一些迟疑。既已来了南边，尤其还碰到徐长青了，他若是不去，外祖母说不定会亲自来寻州，这大冷天的让她老人家特地赶来，若是路上有个三长两短，他的罪过可就大了，“我去给外祖母拜个年就回来，不会耽搁太久……”

“想去就去，我跟你一起去。”谢徽禛打断他的话，“没拦着不让你去外祖家，你把我当什么了，我在你眼里是恶人吗？”

萧砚宁赶忙道：“不是，少爷是好人。”

从一开始他就认定了谢徽禛是好人，现在也不会改。

“我是好人？”谢徽禛扬了扬眉。

“是。”萧砚宁从前与公主是这么说的，现在当着谢徽禛的面仍是这般说，他不会撒谎。

谢徽禛摆了摆手，“过几日，说好了我同你一起去，等小年前吧。”

第七章 苍州徐府

小年前一日，萧砚宁带着谢徽禛和几个侍卫、内侍，低调地抵达苍州府。

徐府一早派了人到城门口迎接，萧砚宁来之前并未说谢徽禛会与他同行，这会儿到了苍州府门口，才提醒来人说“少爷”随他一同前来，来接人的徐府管事闻言急忙要派人先回去禀报，萧砚宁又叮嘱道：“别闹太大动静，跟舅舅他们说到二门上迎接便可，别叫太多人知道了。”

管事满头大汗地应下。

半个时辰后，谢徽禛的车驾停在徐府正门外，出来迎接的果真只有徐长青和几个下人。

谢徽禛抬眼望向徐府门上的牌匾，眸光微顿。

徐氏是江南一带的望族，百年书香世家，到了徐长青父亲徐黔生这一辈更是出息，徐黔生现今才三十有五，已官至正三品的江南学政，前途无量，在这江南官场里亦是数得上的人物。

被徐家人迎进门时，谢徽禛心里忽然生出一丝疑虑，徐氏这般清贵人家，当年怎会与萧王府那样处境尴尬的异姓王府联姻？

还不止，他隐约记得，先帝后宫里也有位出身江南徐家的妃嫔，但不得宠，膝下没有一儿半女，早年就病逝了。

世代朗清的书香门第，却将女儿嫁进高门世家甚至嫁进皇家，委实叫人不解。

他漫无边际地想着这些事情时，已迈过正门，徐氏众人以徐老夫人和徐黔生为首，俱在二门上等着。他们也是知事的，没叫女眷和小辈都来，免得有嘴不严的过后说漏了谢徽禛的身份。

便是谢徽禛说了不必多礼，这些人依旧跪地行了大礼。

谢徽禛朝着徐老夫人虚伸了伸手，“老夫人免礼，起来吧。”

他再示意萧砚宁，萧砚宁上前去将他外祖母扶起身。

徐老夫人年近花甲，一头鹤发梳成髻，抹了头油，熨帖得一丝不乱，她面色红润带着笑，眼神却十分坚毅。

谢徽禛只听她说了两句话，便知这位老夫人非泛泛之辈。

徐老夫人有四子三女，皆已成家。除了嫁出去的女儿，四个儿子仍住在这徐家大宅里，并未分家，便是徐黔生已官至三品学政，依然对老母亲俯首帖耳、恭顺至极。

“先前不知殿下驾临，有失远迎，还请殿下恕罪。”徐黔生小心翼翼地与谢徽禛请罪。

谢徽禛对这位徐学政其实并无太大印象，徐黔生先前在翰林院当差，他最不耐烦的就是与那些酸儒打交道，故而除了朝堂之外的地方从未见过他。但这人的才学之名却如雷贯耳，不但是徐黔生，他的几个弟弟也在江南这边为官，都是才识了得之人，且徐家还在江南一带广开书院，备受天下读书人的推崇。

谢徽禛又想到，徐氏在这边美名之甚，先前他与他父皇怎么会觉得这家人低调？

谢徽禛笑了一笑，“徐大人客气，在外头便不必称殿下了，免得叫人疑心。我此番是以忠义伯府钱小郎君的身份来的，事先未说一声，便厚着脸皮随同砚宁登门打搅，叨扰了你们才是。”

他这么说徐家人只能应下，徐黔生又说了些“蓬荜生辉”的话，谢徽禛听得腻味，脸上的笑容却不减。

徐黔生身后的徐长青神色微微一顿，目光在谢徽禛与萧砚宁之间转了一圈，垂了眼帘。

徐家人将他们迎进正院，陪着谢徽禛喝茶吃点心，晌午时又设酒宴，桌上徐老夫人问起萧砚宁能在家里待几日，不待萧砚宁说，谢徽禛替他答道：“过了十五再回去。”

萧砚宁眼中有转瞬即逝的讶异，看了谢徽禛一眼，谢徽禛嘴角含着浅笑，说得仿佛理所当然：“我随砚宁一起，还望老夫人别嫌弃我给你们添麻烦了。”

徐老夫人笑吟吟道：“小郎君愿意在徐家过年，是徐家莫大的福分，何来添麻烦一说，小郎君客气了。”

谢徽禛又笑了笑，举杯将酒倒进嘴里。

先前来时他与萧砚宁说的是初三便回寻州，如今忽然改了口。不怪萧砚宁惊讶，谢徽禛是临时改的主意，至于原因，他自己也说不清，就当是心血来潮，直觉告诉他或许可以在这徐家多待上几日。

反正之前京城已经来了消息，钦差要在正月十五之后才会到寻州。

用过酒宴，徐黔生请谢徽禛就在这正院里住下，谢徽禛直接拒绝了道：“我与砚宁是来做客的，哪有抢了主人家住处的道理？再者说这段时日过年，贵府怕是日日有客上门，我若是住了正院，岂不叫人多想？我的身份不便对外透露，还望贵府帮忙隐瞒一二，也不用张罗什么，砚宁说他先前在这边时一直住在后头园子里的翠木居，我便与他一块住那里好了。”

徐黔生犹豫道：“翠木居地方小，小郎君与宁儿一块住，怕住不开……”

“不会。”谢徽禛摆了摆手，“我不在意这些，就这样吧。”

既然谢徽禛坚持，徐家人便也不好说什么，好在先前知道萧砚宁会来，翠木居早已修整、清扫过，可以直接住下。

他二人一路从寻州过来这会儿也累了，宴席散了便先去了住处歇下。

他们才搁下东西说了几句话，又有人进屋来禀报，说徐郎君在外头，想与萧世子说几句话。

谢徽禛正在看墙上挂的一幅画，闻言瞥了萧砚宁一眼，再问来传话的人："他想与世子说什么？"

下头人道："徐郎君没说，只说请世子出去说话。"

谢徽禛轻嗤。

萧砚宁说了句"少爷，我去去就回"，见谢徽禛没反应，只当他是答应了，出门去。

徐长青就站在院子里，抬眼时看见萧砚宁走出来，他身上穿着当日在他们家的铺子里买下的衣裳。

徐长青迎上前，"那日匆匆一见，也没机会单独跟你说话，先前你成了亲，我远在江南这边，不能当面去与你祝贺，委实是件遗憾事，这些日子你过得可还好？"

"我很好，多谢表兄关切。"萧砚宁语气温和道。

徐长青打量着他的神色，萧砚宁应当确实过得不错，气色都比从前好了不少。

徐长青眸光顿了顿，又道："我给你送了些香料来，是你从前惯常用的。"

萧砚宁不想显得过于生疏，没有拒绝，再次与他道谢。

徐长青问他："这里的正房只有一间屋子，你住厢房吗？"

萧砚宁含糊地"嗯"了一声。

徐长青皱眉道："住厢房哪能行，要不我叫人给你们换个大一些的院落吧，或者你去我那院子里住，正房有两间，住得开。"

"我得贴身护卫少爷，换地方也不必，太麻烦了。"萧砚宁道，"我刚看了，厢房也挺好，挺整洁的，反正等十五过后我们就走了。”

徐长青道：“不是很麻烦……”

“少爷已经安顿下来了，不好让他再换。”萧砚宁坚持道。

他这么说了，徐长青只得作罢，又提醒他：“那便算了，若是有什么缺的，你随时与我说，我叫人给你送来。”

萧砚宁与他道谢。

“你我表兄弟，都是自家人，不必如此客气。”徐长青无奈道，“对了，明日起西大街的灯会便开了，以往我们每年都一块去的，赶巧你今年也在这里，想去吗？”

萧砚宁有些犹豫，灯会上人太多了，又是夜里，他与谢徽禛来这里没带几个人，谢徽禛毕竟身份特殊，容不得有半点闪失，那种地方并不适合他们去。

见萧砚宁面露难色，徐长青还欲再说什么，有人打断了他：“砚宁进来，天冷，别一直站外头吹风。”

萧砚宁闻声回头，谢徽禛站在窗边，冲他抬了抬下巴，“过来。”

他连正眼都未瞧那徐长青，说完又阖上了窗子。

萧砚宁小声与徐长青说了句“我先进去了”，转身回去了屋里。

谢徽禛坐上榻，手里捏着枚棋子，示意萧砚宁也坐过来。

萧砚宁身后的内侍手中提着方才徐长青送的香料，谢徽禛瞥了一眼，问萧砚宁：“那是什么？”

萧砚宁道：“表兄送的香料，之前我在这边时惯常用的，能提神醒脑。”

谢徽禛叫人拿过去，打开随意闻了闻味道，再扔去一边，“这味道闻着不太好，别用了，就用太医给你开的那些。”

萧砚宁应下：“我知道了。”

谢徽禛叫下头人将香料拿去分了，萧砚宁没说什么。

下棋时谢徽禛随口问起：“你母亲出身江南书香门第，为何会嫁去了京城的高门世家？”

萧砚宁道：“我也不知，从前只听母亲提过几句，当年是外祖偶然看中了来江南会友的父亲，才有了之后的事情。”

谢徽禛道：“你外祖家里还有嫁进宫的女儿？”

萧砚宁道：“是有，听说是我外祖的小妹妹，不过红颜薄命，进宫没几年便去了。”

萧砚宁说完，微微皱眉，犹豫问道：“少爷为何会问起这些？”

谢徽禛道：“随便问问罢了，徐氏四兄弟都挺有本事的，徐长青这个后起之秀也不遑多让，徐家如今门楣兴旺，难免叫人侧目。”

“舅舅他们也不过是坚守读书人的己心而已。”萧砚宁解释道。

谢徽禛笑了笑，“砚宁倒是心向着他们。”

萧砚宁道：“我也只是说句公道话罢了。”

谢徽禛不再说，继续落下一子。

片刻后萧砚宁又问他：“少爷当真打算在这边待到十五之后才走吗？”

“啊。”谢徽禛漫不经心地点头，“左右这段时日是做不了正事的，寻州官邸里到底不如这徐家府上舒坦，不如就留这边过完上元节再回去吧。”

谢徽禛都已决定了，萧砚宁也不好再多说什么，应下了。

谢徽禛手里捏着枚棋子慢慢摩挲，一直垂眼注视着棋盘上的走势，萧砚宁看着他，心神微动，问了一句：“少爷，从明日小年夜起一直至十五，苍州这边最热闹的西大街都会有灯会，你想去看吗？”

谢徽禛抬眼望向他。

萧砚宁又问一遍：“少爷想去看吗？”

谢徽禛笑道：“先前徐长青问你去不去，你没应，我还当你是担心出门人太多，不愿让我去，怎的这会儿竟又主动提了？”

萧砚宁不自在道：“少爷听到了我与表兄说的话？”

谢徽禛道：“不能听？”

萧砚宁道："我确实觉着灯会那种地方不适合少爷去，但少爷好不容易来一趟江南，若是没见识过江南最有名的苍州灯会，总是个遗憾。让跟着的人谨慎一些便是，我也会随侍少爷左右。"

"不用你随侍左右。"谢徽禛道，"你与我同去看灯，你邀我，我赴约，仅此而已。"

萧砚宁点了点头，"好。"

翌日清早，谢徽禛和萧砚宁才用罢早膳，徐家就派人送了灶糖过来。

"今日是小年，灶糖定是要吃的，这些都是刚做出来的，请小郎君和表少爷一块尝个鲜。"来送吃食的管事笑眯眯道。

东西呈上来，谢徽禛一看笑问他："这是灶糖，还能做出这些花样来？"

灶糖谁没吃过，但像徐府这样做成各种颜色、样式的他还是第一回见。

那管事笑着解释："府上每年的灶糖都是夫人、姐儿们自己做的，今年这些是大姐儿带人做的，这些花样巧思也是大姐儿想出来的。"

谢徽禛一挑眉，问萧砚宁："他说的是谁？"

萧砚宁道："应当是明慧表妹，她向来擅长这些。"

谢徽禛随口一问而已，没往心里去。

后头二人便一起出了门，但没去外头，就在这徐府的园子里逛了逛。

徐府后边这座园子是典型的江南园林风格，建造得十分别致精巧，很有看头。他们走到一处临水的游廊下，听到前边有欢笑声，放眼望去，是徐家的一众小辈聚在那边玩耍，有男有女，很是热闹。

谢徽禛瞥了一眼，似笑非笑道："徐家这些小辈们果真有精力，这么冷的天还聚在水边玩耍。"

徐长青也在那群人中间，远远看到萧砚宁和谢徽禛，迎了过来，说他们在玩投壶，问他二人要不要去看看。

"弟弟、妹妹们不知道小郎君的身份，小郎君在这里不必觉得不自在。"

徐长青笑道。

谢徽禛漫不经心地点头，“那便去看看吧。”

水边聚集了七八个少男少女，身后跟了一堆仆从，围着他们玩投壶。中间蒙着眼睛站于壶瓶前的是一正值妙龄的姑娘，碎花短袄，下着青绿色长裙，梳了个简单的随云髻，另一侧垂肩的长发衬出少女轮廓柔美的下半张脸，即使用绸布蒙了眼睛，也瞧得出这姑娘长相必定不俗。

少女手中捏着的却不是箭矢，而是一枝梅花。

谢徽禛与萧砚宁走过去，徐长青与他们解释：“投壶是他们时常玩的，已没了什么新意，这才换了花枝代替箭矢。”

他话音刚落，少女手中的梅花枝掷出去，却偏了方向，堪堪砸在刚走近的谢徽禛的衣裳下摆上，再落至他脚边。

周围响起低呼声，少女一手揭下绸布，如盈盈秋水一般的双眼望向了谢徽禛。

少女看清楚自己砸中了何人，似微微愣怔，她身旁一个更小一些的小姑娘咋咋呼呼地冲谢徽禛喊：“你是谁啊？大姐姐的花砸中了你，你快帮大姐姐将花捡起来啊。”

谢徽禛垂眼看向地上的梅花枝，目光一顿，脸上看不出情绪。

少女低声责备身旁的小姑娘：“三妹不得无礼。”

她走向谢徽禛与萧砚宁，福了福身子，“昨日听母亲说萧家表兄与好友来了家中，原来是真的，明慧见过表兄、钱小郎君。”

萧砚宁温声问候了一句：“许久不见，表妹可还安好？”

少女笑道：“一切都好。”

谢徽禛却未吭声，目光落在少女脸上，似在打量她，眼神里却没什么温度，全无其他人初见她时的惊艳。

若是换个知礼数的人，这时也该寒暄两句，再帮之将花捡起来。但谢徽禛没有，他就这么大大咧咧地看着面前的徐明慧，既无避讳也不出声，气氛一时有些说不出的尴尬。

萧砚宁欲弯腰去捡那花枝，被谢徽禛拦住了，他示意身后的下人捡了还给徐家小姐，从头至尾一句话也未与她说。

“走吧，我们再去别处看看。”谢徽禛转身示意萧砚宁。

徐明慧轻咬住唇，徐长青有心想说点什么，但谢徽禛没给他机会，只道：“你们玩吧，我与砚宁去别处再转转。”

萧砚宁也有些尴尬，走远之后小声与谢徽禛道：“明慧毕竟是姑娘家，少爷就算不喜表兄，也不该这般。”

谢徽禛斜他一眼，“砚宁，你是忘了孤的身份吗？”

他突然变了自称，萧砚宁一愣，随即白了脸，后退一步拱手请罪道：“臣说错话了，臣不该这般逾矩，殿下恕罪……”

“行了你。”谢徽禛打断他，“逗你的，你还当真了。”

萧砚宁低着头没动，谢徽禛无奈道：“好吧，是我说错话了，不该故意吓你，你胆子怎么这么小，我随便说一句，你又开始君臣那一套，累不累。”

萧砚宁没什么底气地争辩：“我没有。”

“你说我为何不给你表妹面子？”谢徽禛问他。

萧砚宁道：“我猜不到少爷心中所想。”

“你太天真了，猜不到的事情多了。”谢徽禛轻嗤，“这般冷的天，特地聚在水边玩投壶，倒是有兴致得很，那几个小点的孩子鼻子都冻红了，徐长青这个当兄长的可当真是一点都不体谅人。”

萧砚宁听不明白谢徽禛到底想说什么，也不敢再为徐长青说话，沉默不语。

谢徽禛看他一眼，摇头道：“算了，走吧，去前头看看。”

傍晚，西街上灯会开市，徐长青再次来邀，说家中小辈都打算去，请他二人一起。

萧砚宁转达了谢徽禛的意思，说他们用过膳食后再出门，让徐长青带其他人先去，徐长青只得道：“那一会儿你们过来了，在街上见。”

萧砚宁道：“好。”

他二人出门时，夜火已上，天边最后一丝夕阳的余晖业已收尽。

西大街上一路明灯，望不到头。

下车后他们顺着人潮往前走了一段，便听见前面传来阵阵喝彩声，谢徽禛派内侍去看，片刻后内侍过来回报说是前头有人在对对子，只要对出来便可拿一盏花灯，有人已连续拿下了六七盏，“是徐府的大小姐，那些对子又刁钻又怪异，只有她对得上，许多人在围观。”

萧砚宁尚未说什么，身边的谢徽禛忽然笑了，萧砚宁看向他，就听他道：“这徐家人，还真有些意思。”

他说的不是徐明慧，不是徐长青，是徐家人。

萧砚宁不解道：“少爷何意？”

“今日一日之内，少爷我已听人提了三回这徐家大小姐，次数多了便不是巧合了，徐家人就这般迫不及待地想攀龙附凤，要将女儿嫁进宫？”谢徽禛道。

萧砚宁陡然变了面色，解释道：“不是，舅舅他们绝不是这样的人……”

“为何不是？”谢徽禛目露不屑之色，“清早先是派人送来灶糖，做得那般别出心裁，特地让人提是出自徐明慧之手，是告诉我这姑娘贤惠，让我对这个名字留下些印象。接着我们逛园子时碰上他们玩投壶，大冷天的不在屋子里烤火，跑去水边玩是故意在等我们经过，那枝梅花砸在我身上，是暗示我与她有缘，少爷我若是个好色之徒，见到徐明慧那样貌的，说不定惊鸿一瞥就晕头转向了。这会儿在这灯会上她再展现出这样出众的才情，更会叫人刮目相看，试问有才、有貌又贤惠且出身书香世家的姑娘，太子妃当不当得？”

萧砚宁面色几变，接不上话，谢徽禛好笑道：“我说你天真，现在信了吗？”

“他们未必知道我们这个时候过来，且正巧就能看到明慧表妹在与人对对子。”萧砚宁仍不愿相信，“再者说，也未必就是舅舅他们的意思。”

谢徽禛却道：“我们方才是坐徐家安排的车过来的，什么时候到，在哪个地方下车，他们都能提前得知，至于说不是你舅舅的意思，你觉着说得通吗？徐明慧是如何知晓我的身份的？今日之事徐长青也参与其中，若非他爹授意，他敢这么做？”

萧砚宁哑口无言，舅舅与外祖母他们是贪图权贵、攀龙附凤之人吗？他不敢信，他遍寻自己的记忆，似乎找不出半点端倪，难道真是人不可貌相吗？

他们就站在人来人往的街头，身后的灯火映着萧砚宁逐渐黯淡的神情，谢徽禛没再多言，徐长青已带着一帮弟妹朝他们走了过来。

每人手里都提着一盏花灯，徐长青还递了两盏过来给谢徽禛和萧砚宁。萧砚宁伸手接了，打起精神与他寒暄：“表兄你们怎么买了这么多盏花灯？”

“不是买的。”徐长青笑道，“是明慧方才跟人对对子赢的。”

那几个小些的孩子跟着附和：“大姐姐好厉害，帮我们赢了好多花灯。”

萧砚宁看向徐明慧，少女画了桃花妆，面纱遮了半边脸，但挡不住她灿若晨星的眼睛，夜火下她笑得格外动人，目光几次晃过谢徽禛。

萧砚宁心思一沉，终于不得不承认谢徽禛说的是对的，徐明慧在人前向来骄矜傲气，不会如现在这般。即便是少女怀春、情窦初开，若无家人默许，她不敢这样。

徐长青问他们要不要去街边茶楼坐一会儿喝口茶，谢徽禛道：“我与砚宁才刚来，先走走。”

徐长青犹豫道：“我随小郎君您与砚宁一起吧，灯会上人多眼杂，父亲先前交代过，让我一直跟着您，小心一些总是没错的。”

谢徽禛意味不明地扯了扯嘴角，“随你。”

徐长青安排了下人带一众弟妹去茶楼，自己跟着谢徽禛与萧砚宁一起。

谢徽禛兴致勃勃地逛起来，这灯会还挺有意思，规模不输京城的上元节灯会，风情却截然不同，来这一趟确实不亏。

萧砚宁却有些心不在焉，一直沉默不语，徐长青几次看他，问道："砚宁，前头有你喜欢吃的甜糕，我去给你买些来吧？"

萧砚宁尚未开口拒绝，他身旁的谢徽禛先道："好啊，我也想尝尝，麻烦徐表兄跑这一趟了，我们在这儿等你。"

萧砚宁便也点头，"有劳了。"

徐长青说了句"你们稍等一会儿"，往前走去。

他二人站在街边，身后是一道暗巷，萧砚宁仍有些神思不属，谢徽禛忽然将那两盏花灯交给身后的侍卫，拉着他走进了暗巷里。

谢徽禛在拐角处停下，问："不高兴了？"

萧砚宁看了片刻头顶的月色，再看向谢徽禛的眼睛，轻声道："即便舅舅他们真想让明慧表妹嫁进东宫，她也是合适的人选吧，少爷不愿考虑一下吗？"

谢徽禛笑道："为何要考虑？她是长得不错，不过美人我见多了，她还不及乐平呢。"

"殿下说笑了。"

"没有说笑。"谢徽禛道，"别人硬要塞给我的，我偏不要。"

萧砚宁心里浮浮沉沉，有些说不出的滋味。

谢徽禛提醒他："你当他们是一家人，他们心里未必没藏着别的想法，别太相信人了。"

"毕竟是我外祖家。"萧砚宁叹道。

谢徽禛道："记住你自己姓萧不姓徐，别人的事情跟你无关。"

萧砚宁还想说什么，暗巷外忽然有脚步声，再是徐长青的声音："砚宁，你们在里头吗？"

他的心跳得很快，徐长青的脚步声越走越近，仿佛下一刻就会出现在他们眼前。心跳到嗓子眼时，外头的声音终于停住，片刻后再响起，却已是折返逐渐走远的声音。

暗巷之外，谢徽禛带出来的两个侍卫等在旁边的铺子门口，徐长青进去又出来，再次问萧世子与那位少爷去了哪里，回答他的依旧是俩人面无表情的冷脸。

徐长青低了头，用力攥紧拳头，眼里有一闪而过的狠戾。

之后萧砚宁与谢徽禛便安心在徐家住下了。转眼到了年后，徐府收到总督府送来的帖子，总督府的老夫人八十大寿，设宴摆酒，广邀宾客。

“时间是初九那日，你舅舅方才过来问我们去不去。”谢徽禛随口将消息说与萧砚宁听。

萧砚宁问他：“少爷打算去吗？”

谢徽禛道：“自然是要去的，我们一直留在苍州这边，为的不就是探一探那位江南总督的底，如今有机会光明正大地进他府上，岂能放过。”

萧砚宁犹豫道：“总督府老夫人做寿，怕是江南官场的官员都会去捧场，我们若是跟着舅舅去了，要如何说少爷你的身份？”

“就按一直说的说便是。”谢徽禛并不担心这个，“我仍是忠义伯府的钱小郎君，你是徐氏旁支，我的表弟，我父亲与徐大人是好友，知道我们来江南，徐大人特地邀请我们来家中做客，如此就算有人从前在徐家见过你，也说得通。”

萧砚宁点头，也只能这样了，好在他在这边时本就甚少出门，念书也是在徐氏家学里，外头人并不认识他。

他们说着话，走到了园子中的演武场里，徐长青正带着几个小弟弟在这边练剑。

徐长青演示了一遍剑法，其他人跟着学，与萧砚宁先前在东宫里舞的是同一套剑法，但徐长青的一招一式更刚劲，不如萧砚宁身姿灵逸、矫健飒爽。

谢徽禛看了几眼，问身边人："你从前舞的那套剑法是在徐家学的？"

萧砚宁道："是跟着外祖学的，这套剑法也是外祖自创的，外祖还在世时时常会指点我与表兄，我也不过学了些皮毛而已。"

谢徽禛闻言略意外，"你外祖不也是名文臣，竟还会这个？"

萧砚宁道："闲时爱好罢了。"

谢徽禛的目光再次落回演武场上，"这套剑法你比这徐长青舞得好看。"

"少爷谬赞了。"

"实话。"

谢徽禛又似笑非笑地感叹了一句："徐家人的作风倒当真是出人意料，分明是书香门第，家中却有演武场，一众小辈自幼习武，竟还有家传的剑法。"

萧砚宁听罢轻轻皱起眉。

"砚宁在想什么？"谢徽禛问他。

"没有。"

他也说不清，自从来了这里，似乎从前觉得很正常的事情，接连变得不正常起来。

那边徐长青已开始挨个指点幼弟，谢徽禛没兴趣再看下去，"走吧，回去了。"

萧砚宁赶紧跟上去。

谢徽禛先回了翠木居，萧砚宁去徐老夫人处问安，碰上徐黔生也在这里，之后他二人一同从老夫人处出来，徐黔生与萧砚宁说起话，言语间有些迟疑："宁儿，你与那位……这些日子在家里住得可还习惯？"

萧砚宁以为他是想问谢徽禛对徐府满意否，便道："一切都好，少爷并非骄奢之人，舅舅你们待客周到，少爷心里是知道的。"至于谢徽禛对徐长青和徐府的那些不满，萧砚宁并未说出来，也不好说。

徐黔生打量着他的神情，欲言又止。

转眼到了初九那日。

清早用过早膳，徐黔生那边派人来翠木居，请示谢徽禛他们几时出门，谢徽禛道：“让徐大人再等片刻。”

他再叫了个个子不算高、长相也清秀的侍卫进门来，示意德善，“去帮他化装更衣，别弄得太扎眼了。”

德善与那侍卫应下，一起去了厢房。

萧砚宁不解，问谢徽禛：“少爷是要做什么？”

谢徽禛喝着茶，慢悠悠地解释道：“总督王廷当年就已是江南布政使，若说谁最有可能与当年之事有关，非他莫属。既有机会去他府上，自得好生查探一番，内宅女眷那边也不能放过，今日那些官太太们应当都会去贺寿，也可以借机试一试她们。我们此番出来没带得用的丫鬟，要混进后宅，只能用点非常手段了。”

萧砚宁仍未听明白，“少爷的意思是？”

谢徽禛镇定道：“叫下头人扮作姑娘家与我们同去。”

萧砚宁一愣，“扮作姑娘家？”

谢徽禛道：“有何不可？你且看着便是。”

两刻钟后，德善回来复命，其后一阵香风扑面，便见一姑娘跨进门来，身量高挑、面若桃李，分明与方才那随德善同去的侍卫一个样貌，可任谁看这都是位姑娘家。

“姑娘”行了个标准的万福礼，开口时音色稍低，确实是女声。

谢徽禛笑道：“平身吧。”

那“姑娘”这才站直身，与门外的其他侍卫是一样的站姿，认真聆听谢徽禛交代的事情，“一会儿去了总督府，你的身份是徐家旁支女，孤已同徐黔生说了，你跟随徐老夫人她们一起便可，找机会与那些官太太接触接触，看能不能探听到些有用的消息，小心一些行事，别被人发现了。”

“卑职领命。”对方应道，这一次是铿锵有力的男声。

萧砚宁目瞪口呆，下意识转头看向谢徽禛，谢徽禛一颔首，解答他的疑问：“男扮女装，德善擅长为人伪装，如此做方便行事。”

“他的声音……”

谢徽禛解释道：“用的伪声，你知道外头跑江湖的口艺人吗？他们都学过，可男可女、可老可少，也可模仿其他各样的声音。”

说话完他站起身，“走吧，不耽搁了。”

到了正院，那化名春娘的侍卫走去与徐老夫人她们问安，徐老夫人仍是那副惯常的笑脸，将之介绍给家中其他女眷，余的人虽有疑虑，到底没说什么，徐明慧几个小辈还听话地喊了“姐姐”。

萧砚宁远远看着，见徐家人只是疑惑春娘的来历，却无人看出他是男扮女装，松了口气的同时心里隐约又冒出一个古怪的念头，稍纵即逝。

之后便一齐出发，他与谢徽禛仍乘同一辆车，路上萧砚宁一直心不在焉。

谢徽禛笑吟吟道：“你发什么呆？”

萧砚宁道：“没有，我就是有些意外，没想到少爷竟能想出这样刁钻的法子。”

谢徽禛笑笑道：“有些时候姑娘家的身份办事方便些，这也是逼不得已才出此下策。”

萧砚宁点头，“是个好法子。”

“不觉得怪异吗？”谢徽禛问他。

萧砚宁道：“少爷也说了，是逼不得已，只要有用就行。”

谢徽禛看着他，片刻后笑着移开了眼。

他其实是故意的，当着萧砚宁的面安排这些事情，是想看一看他是否会察觉到什么，但显然萧砚宁并未过多联想。

乐平毕竟是先帝封的郡主、当今陛下封的公主，萧砚宁这般循规蹈矩之人，只怕想都不敢想这竟会是一个弥天大谎。

除非他亲口告诉萧砚宁。

再说吧。

辰时方过，总督府上已门庭若市、宾客如织，来参加寿宴的马车自府门口一路停到了街尾。

徐家的车马到时，便有府上管事迎出来，帮他们开出了一条道，好让徐府的车驾直接行至府门外。

王廷的几个儿子都在门上忙着迎接客人，听闻徐家人到了，立刻出门迎了上来。

谢徽禛和萧砚宁走在后头，并不显眼，徐黔生甚至未特地介绍他们，带着家小送上备好的寿礼，与王家那几个儿子客套了几句后，提步进门。

女眷们被引去后宅的女宾席，余的人随着徐黔生由王廷的大儿子引去了正院。踏进正院大门时，王廷匆匆而来，徐黔生迎上见礼，恭祝老夫人大寿，王廷笑着叫他不必客气。二人寒暄了几句，王廷的目光落向徐黔生身后，徐黔生的兄弟子侄一并上来见礼，再是走在最后的谢徽禛他们。

谢徽禛与萧砚宁毕竟面生，徐黔生见王廷注意到他们，便解释了一句：“这位是京城忠义伯府的钱小郎君，忠义伯与下官是故交，小郎君这回来江南做生意，在下官家中做客，今日便跟着一块来凑个热闹。”

至于萧砚宁，一个不起眼的小辈而已，并无与王廷介绍的必要。

江南这些官员或多或少都听说过钱珲的名字，知晓他是跟着巡察御史来的，且这段时日不断大手笔地在江南各地大肆采买货物，很是叫人侧目，因而进进出出听到徐黔生说这话的人，都免不得多瞧了谢徽禛一眼。

谢徽禛老神在在，不将周围各式打量的视线放在心上。

那王廷脸上端着笑，不等谢徽禛拱手与他行礼，先道："来者都是客，小郎君便吃好喝好，玩高兴了再回去。"

谢徽禛亦笑道："多谢总督大人美意。"

王廷还要去招呼其他客人，他们一众人被迎入席，错身过时萧砚宁回头朝后看了一眼，王廷并未走远，就站在原地似还在看谢徽禛，在他目光转过去时却又迅速瞥了一眼，去与后面进来的其他人说话，王廷仍在笑着，但萧砚宁总觉得那笑容不是那般自然。

"怎么了？"谢徽禛问。

萧砚宁收回视线，摇了摇头。

坐下后萧砚宁小声问谢徽禛："蒋大人今日没来吗？"

谢徽禛道："说也收到请帖，但没过来，他是京里来的巡察御史，不好掺和这种场合。不单是他，巡抚刘颉也没来，听说只叫人送了份礼过来。"

这倒是不奇怪，总督和巡抚向来关系平平，井水不犯河水，送份寿礼过来已是礼数周到。

宾客陆续到齐后，便开了席，谢徽禛自顾自地吃喝，不时给萧砚宁夹菜。

这寿宴上半数都是江南官场上的官员，再不济也是地方望族、豪绅，个个都是人物，便不再有人将注意力放到他们身上。谢徽禛仿佛当真是来吃酒席的，吃得高兴了还跟着台上唱戏的人哼几句，十分自得。

萧砚宁则分了心思，打量着周围来来往往、形形色色的人，看他们谈笑风生、推杯换盏。

王廷也在人群之中，不时有人去与他敬酒，他似乎心事重重，笑容看着总有些勉强。喝酒时一个不慎，半杯酒水泼洒到自己身上，王廷尴尬地与客人道歉，回后头更衣。

萧砚宁目送王廷走远，才收回视线。

"这位王总督看起来不怎么高兴。"身边的谢徽禛忽然丢出这句，依旧盯着台上正在唱的戏子。

萧砚宁略意外，他还以为谢徽禛一直在专注吃喝听戏，并未注意到这些。

“砚宁也看出来了吧？”谢徽禛转头看向他。

萧砚宁点了点头，“他似乎格外在意少爷，方才有意无意地看了少爷好几回，少爷你的身份……”

未说的话谢徽禛自然知晓是何意，他一摇头，“无事。”

两刻钟后，后院忽然有仆从惊恐万分地跑出来，到王廷的大儿子身旁快速禀报了一句什么，王廷儿子面色陡然变了，慌慌张张地朝后头跑去。

眼见王家的下人进进出出乱成一片，酒宴上也不再平静，周遭议论声四起，陆续有人派人去后院看，徐黔生也派了人过去。

很快便有尖叫声传出：“不好了！总督……总督大人悬梁自缢了！”

有杯碗落地，一片哗然。

萧砚宁愕然，谢徽禛则瞬间沉了脸。

所有人都蒙了，谢徽禛已站起身，“我们也去后头看看。”

王廷确实死了，吊死在了自己的书房内。这边院子里已彻底乱了，王廷的几个儿子都是不顶事的，跪在地上除了哭便不会做别的。混乱中谢徽禛带着萧砚宁走到了书房门口，正看到王廷被人架着从房梁上卸下来，已经断气了。

谢徽禛眉头紧皱，面色难看至极，萧砚宁拉了一下他的袖子，提醒他：“少爷叫人看看，王大人有无留下什么遗言。”

谢徽禛吩咐自己的侍卫拦住书房的门，不让闲杂人等进去，再命人去将跪在地上哭哭啼啼的王廷的大儿子架过来，“去看看你爹有无留下遗书之类的东西。”

大儿子这才如梦初醒，赶紧派人进去搜找。

王廷的尸身被人抬出来，搁置在门外廊下，谢徽禛的侍卫上前去细看了看，回来禀报："没有可疑之处。"

萧砚宁也想过去看，被谢徽禛拦住，"别看了，晦气。"

再问下头人："确定是自缢而亡？"

侍卫道："应当是的。"

那边王家下人也出来禀报给大儿子，他们已在书房里搜了个遍，什么都没找着。

周遭是各样嘈杂的声音，谢徽禛面色更沉，不欲再久待，示意萧砚宁道："我们回去。"

出门上车后徐黔生派人来问，谢徽禛道："没事，跟徐大人说先回府再说。"

阖上车门，转头见萧砚宁面色有些白，谢徽禛问他："吓到了？"

萧砚宁摇了一下头，"没有，没想到会发生这种事而已。"

"见多了便不奇怪了。"谢徽禛语气淡淡的。

萧砚宁一愣。

他忽然想起谢徽禛以前说的，小时候亲眼看到乳母为了保他自缢而亡，见多了……是这个意思吗？

谢徽禛似有所感，冲他笑了一下。

萧砚宁低头，到嘴边的话没有问出口。

江南总督王廷在其母八十寿宴当日于家中书房悬梁自缢，未留下只言片语。一夕之间总督府喜事变丧事，寿宴提前结束，宾客散去。

消息传出，众人皆骇然。

傍晚之时，徐黔生将外头传来的消息禀报给谢徽禛，仵作已经去总督府仔细查验过，王廷确实是自缢身亡，王家人似乎也接受了这个结果，已经闭了府，开始准备丧事。事情不日就会呈上京报与陛下知晓，因王廷是朝廷命官，又是二品大员，按惯例朝廷会再派钦差来细查其死因，不会这么快发丧。

谢徽禛没多问，将人挥退了。

侍卫“春娘”也来禀报了一件事，他在宴席上注意到总督夫人柳氏曾离席了一阵，回来后神色看起来有些不对劲，像在强颜欢笑，后头便传出了王廷的死讯，柳氏或许知道些什么。

谢徽禛沉吟一阵道：“先盯着王家，余的等钦差来了再说。”

人都退下后，他有些疲惫地坐下，揉了揉额角。

萧砚宁去倒了杯水来，温声提醒他：“少爷中午喝多了酒，晚上吃些暖胃的，一会儿早些歇下吧。”

谢徽禛看萧砚宁一眼，将水喝了，不再言语。

之后都没再提这些糟心事，二人用过晚膳，下了两盘棋，早早便睡下了。

萧砚宁睡得不太踏实，他觉得谢徽禛自从从总督府回来后便格外话少，像是有心事。他有心想安慰，但无从开口。

后半夜萧砚宁终于迷迷糊糊要睡沉时，听到谢徽禛那边忽然尖叫了一声。

萧砚宁瞬间清醒过来，急忙起身，“少爷？”

谢徽禛满头大汗醒来，骤然瞪大眼，死死盯着头顶的房梁。

守夜的内侍闻声也进来问，萧砚宁叫人点了灯，看到谢徽禛双眼空洞地睁着，他再次喊他：“少爷……”

谢徽禛的眼珠子终于动了动，望向他。

深不见底的浓黑沉在谢徽禛眼底，二人无声对视片刻，萧砚宁低声道：“你做噩梦了？”

谢徽禛眸光闪动。

萧砚宁道：“做了什么噩梦，能告诉我吗？”

片刻后，他听到谢徽禛哑道："梦到上吊死掉的人，我的乳母，还有……我娘。"

"你娘？"

"嗯。"谢徽禛闭了闭眼，"我娘在我爹死后跟着上吊了，就在我面前死的。"

萧砚宁皱了皱眉，又道："都过去了，别想了。"

萧砚宁有些难受，谢徽禛是堂堂大梁的皇太子，却在这寒夜时分从噩梦中惊醒，以这般脆弱姿态。

他不该这样。

"别想太多了，睡吧。"

安静了一会儿，直到烛台上的灯芯骤然炸响，谢徽禛坐起身倚着床头朝外看去，"什么时辰了？"

见谢徽禛似已恢复正常，萧砚宁松了口气，道："应该还不到寅时，还早，再睡一会儿吧。"

"方才吓到你了，抱歉。"

"少爷不用跟我道歉。"萧砚宁小声道，"我也安慰不了少爷什么。"

谢徽禛轻轻"嗯"了一声，"你留在这里陪着我就好。"

江南总督王廷死了，还死得格外蹊跷，叫人费解。

事情报上朝廷，很快皇帝下了旨意，命大理寺的官员为钦差，前来江南彻查王廷的死因。

加上一个还在寻州没走的巡察御史蒋文渊，一时间江南官场的一众官员人人自危，所有人都夹起了尾巴做人，年节还未结束，皆缩回了家中闭门谢客，连与同僚拜年都免了。

谢徽禛与萧砚宁又在徐家多待了几日，上元节一过便告辞离开，打算回寻州的官邸。

走的那日徐长青送他们出城，到了城外最近的路亭，谢徽禛叫人去打发徐长青回去，徐长青过来说想单独与萧砚宁说几句话，就站在马车之外，大有萧砚宁不下来便不肯走的架势。

萧砚宁推门下车，与徐长青走到一旁无人处，徐长青犹豫地问他：“这回回去寻州，之后还会来苍州这边吗？”

萧砚宁道：“应当不会再来了，少爷的身份不方便，最好一直留在寻州那边，我要跟随左右，等蒋大人公务了了，我们便会回京。”

“那我过些日子再去寻州看你。”徐长青立刻道。

萧砚宁轻皱起眉，“表兄，若无必要，你还是别过来吧。少爷毕竟是同蒋大人一块来考察江南政务的，我是少爷身边的人，之前是年节期间便算了，如今若是再与你和舅舅频繁往来，恐有瓜田李下之嫌。”

徐长青握了握拳头，“我不在意这些。”

萧砚宁道：“舅舅应当也是这个意思。”

徐长青咬牙道：“砚宁，你说句实话，你是当真这般想的，还是根本是那位少爷不肯让你跟我们走动？”

萧砚宁面色微变，“表兄慎言。”

“为何不能说？”徐长青激动道，“是不能问还是你不敢说？你娶了公主，还攀上了那位少爷，你究竟想做什么？你是这样的人吗？是不是他逼迫你？你为何要怕他？他上头还有皇帝，以你父亲在皇帝心中的分量，皇帝能偏袒他吗？你怕他作甚？”

萧砚宁错愕地看着面前人，因为激动，徐长青的神情甚至有些狰狞，他从未见过这样的徐长青，在他印象里，徐长青一直是谦逊有礼的温润君子，从不会像现在这般，目眦尽裂到近乎失态。

他下意识地后退了一步，徐长青欲上前继续说，身后出现另一只手将萧砚宁拉开，谢徽禛上前一步，挡在了他身前。

徐长青猛地顿住，脸上的表情却没有立时收敛，死死地瞪着突然出现在眼前的谢徽禛，眼神格外阴鸷。

谢徽禛倨傲地冷睨向他，轻蔑一哂，只吐出一个字："滚。"

徐长青的脸色瞬间变得难看至极。被人像以看蝼蚁之姿居高临下地蔑视，对方甚至多说一个字都仿佛是恩赐，这样的羞辱叫徐长青气怒交加、愤恨难消，偏又什么都不能做。

谢徽禛没再搭理他，回头冲萧砚宁示意，"几句话说完了，走了。"

他先回去了车上，萧砚宁最后看了一眼低头阴着脸、死死攥紧拳头的徐长青，实在不知能再说什么，留下句"表兄你回去吧"，回身跟上了谢徽禛。

车驾重新出发。

谢徽禛沉默不言，萧砚宁想要请罪，刚抬起手便听谢徽禛道："你若是敢替他请罪，孤立刻叫人去将他押来，治个大不敬之罪。"

萧砚宁坐了回去，"少爷别生气了。"

"现在知道什么是人不可貌相，知人知面不知心了？"谢徽禛问。

萧砚宁点头，有些艰难道："我也没想到他会这般激动，甚至对少爷出言不逊，他从前不是这样的人，是我太想当然了。"

"以后离徐家人远些。"谢徽禛道。

他说的不是徐长青，是徐家人。

萧砚宁稍微迟疑，点了头，"好，我听少爷的。"

谢徽禛这才放缓声音道："你听我的没错，我不会害你。"

谢徽禛的语气颇严肃，萧砚宁看向他，见谢徽禛点了点头，萧砚宁心头一松，"嗯。"

翌日，他二人返回寻州的官邸。

刚进门蒋文渊便过来禀报事情，将陛下的密信递给谢徽禛，说是昨日才收到的，请殿下亲启。

谢徽禛随手拆了，一目十行地看下去，看到后头忽然皱了眉，脸色有些难看。

蒋文渊见状小心翼翼地问："殿下，可是有不妥？"

"无事。"谢徽禛将信纸摁下，问他，"这段时日刘颉那边可有什么动静？"

蒋文渊道："并无，照常过年，看不出什么异状。"

蒋文渊弹劾刘颉赈灾不力是密奏，并未传出风声，皇帝本就要派人来查他，如今出了王廷的事，便交给大理寺一块查了。

钦差这会儿还在路上，只等人来了就能将刘颉押下，之后便可一并审问。

谢徽禛吩咐了蒋文渊几句，将他挥退下去。

方才一直未出声的萧砚宁这才问他："陛下是交代了什么让少爷为难的事情吗？"

谢徽禛嘴上说无事，可萧砚宁瞧他的神情，分明是遇上了不痛快之事。

谢徽禛冷着脸道："陛下在信上说，乐平会来。"

萧砚宁愣住，"公主要来？何时？"

谢徽禛生平第一回生出了头疼之感，蹙眉道："嗯，得了陛下恩典，同驸马一块来江南省亲，会住在寻州这边的江南别宫里，已经动身了，大约只比钦差晚个几日到。"

萧砚宁这才从公主要来的惊讶中回神，不解道："陛下此举是何意？"

谢徽禛看他一眼，无奈地解释道："当年我父亲派人来江南查铁矿之事，一开始是查到了些线索的，后头大约走漏了消息，不但线索断了，派来的人也死在了这边。但当年提供线索的知情人说不定还有活着的，如今铁矿重现，乐平是我父亲明面上唯一的女儿，她在这个时候出现在江南，若真有知情人，兴许会找上她。"

萧砚宁听明白了，陛下是想让公主来做这个引子，他有些担忧道："可若是这样，这事背后的人或许也会这般想，担心自己有什么把柄将落到公主手里，会不会对公主不利？"

谢徽禛道："担心乐平？"

萧砚宁没否认，"这事总归是危险的，公主一个女儿家孤身来江南，牵扯进这些事情里，我没法不担心。"

"砚宁倒是挂心她。"谢徽禛的语气莫名有些恼怒之意。

萧砚宁不知应当怎么说，"少爷，公主她毕竟是少爷的妹妹。"

谢徽禛轻眯起眼，"砚宁这是怪我没有手足之情？"

萧砚宁赶紧道："不是，我知道少爷不是那样的人，我只是……"

"她来了这里，你便得随她去别宫里，轻易也不能再出门，免得被外头人瞧见对你起疑，你还是先担心担心你自己吧。"谢徽禛没好气道。

萧砚宁沉默了一下，低下声音道："我不去别宫里，我就跟在少爷身边，护卫少爷是我的职责所在。"

谢徽禛唇角上扬，拖长了声音道："哦？现在不担心乐平的安危了？"

"别宫里很安全，公主想必是有分寸的，不会到处乱跑，只要小心一些应当无事。"

"砚宁……"谢徽禛的语气中多出一丝迟疑。

萧砚宁看向他。

"罢了，回京后再说吧。"

谢徽禛话到嘴边想想还是算了，便等回京之后吧。

第八章 雌雄难辨

上元节过后几日，大理寺的钦差抵江南，直奔寻州的巡抚府上，当堂拿出皇帝圣旨，诘问刘颉数条罪状，刘颉匍匐在地、汗流浃背，一句话答不上来，当场便被拿下了。

消息传出，再次哗然一片。

钦差到了江南，先去的地方却是寻州，不与任何当地官员接触，直接住进了巡察御史暂住的官邸。江南官场上的这些人如梦初醒，先前他们都被蒋文渊唬住了，以为他是个容易糊弄的，岂知他不声不响地就将刘颉这些年做过的事情查了一遍，还全部捅到了御前，如今连钦差都已到了。

一时间，整个江南官场更是风声鹤唳、人心惶惶。

官邸之内，钦差胡田学正在与谢徽禛禀报刘颉交代的事情："他说当年他监工修建那段堤坝时，确实贪墨了一部分朝廷拨下的银子，偷工减料了。可他也没想到会发生那等祸事，洪水竟会一夜之间就将新修建起的堤坝冲垮。"

"没想到？"谢徽禛问，"没想到是何意？"

胡田学解释道："他坚持说他贪也不敢贪得太多，事先已请人仔细测算过，虽说是用了次料，但那堤坝才修成，用个八年十年的绝不是问题，不该那般容易就被冲出一个决口，更像是有人故意为之，在坝上动了手脚，引洪水决堤。”

谢徽禛冷下声音：“他可有证据？”

胡田学抹了抹额上的汗，继续道：“他也只是猜测。但他说事情发生之前，当时还是布政使的王廷曾数次派人去询问筑修堤坝之事，像是十分关心，他觉得奇怪，这事并非王廷的职责范围，不知王廷过问这些是何意。且出事前两夜，他手下人还曾发现有人鬼鬼祟祟地趁着夜色去坝上不知道做什么，一开始他也没在意这些，后来决堤之事发生，他才越想越可疑、后怕，但只敢在心里怀疑，并不曾与任何人提过。”

谢徽禛哂道：“王廷如今毙命了，他是觉得一个死人说不了话，所以干脆把事情往王廷身上推？”

“这事实在骇人听闻得很，臣亦不敢轻信他，毕竟他口说无凭。”胡田学也不知当怎么说，若说官员因贪墨而导致这等天灾发生，虽叫人义愤，但这种事历来就不少。可故意在坝上动手脚，引江水淹没数座村庄、几千条人命，如此丧心病狂，委实叫人无法想象。

谢徽禛紧皱起眉，吩咐道：“先去查查王廷那边，他死得蹊跷，就算真是自缢了，总有个由头，偏在这个节骨眼上死了，说不定事情真与他有关。他夫人也细查一查，寿宴当日究竟发生了何事，他夫人或许知晓。”

胡田学领命下去了，谢徽禛再问那蒋文渊：“你怎么看？”

蒋文渊斟酌着道：“若刘颉所言当真，王廷或许确实与当年之事有关，可能就是那背后之人，在这个时候突然自尽了，或许是他已经发现了殿下的身份，知晓您已找到了那铁矿，因害怕东窗事发，干脆死了一了百了，如此死无对证，还能保全家里人。”

谢徽禛眉头未松，看向了一旁若有所思的萧砚宁，“砚宁以为呢？”

萧砚宁迟疑道：“王廷应当确实与这事有关，但说他就是背后之人，我总觉得不像。当年既然敢勾结几大世家私开铁矿卖去西琉，连这通敌叛国之事都做了，如今又怎会才发现朝廷要重查旧事，便急忙畏罪自尽了？”

谢徽禛点头道：“砚宁说得有理，王廷这人确实不大像是当年之事的主使，且再看看吧。”

蒋文渊也离开后，谢徽禛还要再说什么，他的内侍进来禀报，说公主两刻钟前已经到了别宫，传话来请驸马爷过去。

谢徽禛再次望向萧砚宁。

“少爷要一同去吗？公主来了这里，说不定也想见见少爷。”萧砚宁犹豫地问他。

谢徽禛道：“你要我随你一块去别宫？”

萧砚宁解释道：“我以为少爷会想见公主。”

谢徽禛淡下声音：“不去了，你与她名义上总还是夫妻，你早去早回。”

萧砚宁面露尴尬之色，“那我去去就来，傍晚回来陪少爷用晚膳。”

谢徽禛也挪开眼，漫不经心地“嗯”了一声。

萧砚宁后退一步，拱了拱手，转身离开。

江南别宫离官邸不远，在寻州最大的内城湖边上，依山傍水，是早几代大梁皇帝来南边时所建，也有些年头了。

萧砚宁乘车从侧门低调进去，下车后又走了一段才到了公主所住的寝殿。

内侍进去禀报，请他在外稍待片刻。

谢徽禛也刚回来，他走的是近道，自另一侧的偏门入宫，车驾直接停在了寝殿外，这会儿刚上完妆、换了衣裳。

他对着镜子看了看自己施了粉黛的脸，顺手将萧砚宁当日寄给他的簪子插进发髻间，再一撇嘴，让人去叫萧砚宁进来。

萧砚宁进门，恭恭敬敬地行礼问安，口称臣，礼数一样不落。谢徽禛看着，感觉萧砚宁对他这位“发妻”比之前更生分了些，心下好笑。

“数月不见，驸马在这边过得可还好？”谢徽禛开了口。

萧砚宁答：“劳公主挂记，臣一切都好。”

他垂着眼帘，说话时并不看自己，谢徽禛见他这般有些想笑，想到以后或许没机会了，又起了逗逗他的心思，将他叫上前：“驸马你过来。”

萧砚宁踌躇地上前了一步，谢徽禛问他：“说话为什么低着头？你抬起眼来看本宫，本宫会吃了你吗？”

萧砚宁这才抬了头，对上谢徽禛含笑的眼，却有一瞬间恍神。

公主与那个人长得过于像了，连笑起来的神态都一般无二，与谢徽禛朝夕相对这些时日，如今乍一见到公主，他甚至有种错觉，觉得此刻站在他面前的就是谢徽禛本人。

稍纵即逝的荒谬念头很快被他从脑海中屏除，萧砚宁敛回心神，被谢徽禛盯得略不自在，“公主……”

他看到谢徽禛发间插着的发簪，又是一愣。

他原以为公主从不回他信，是不在意这些的。

谢徽禛道：“怎么？”

萧砚宁移开眼，“这支发簪不值钱，没想到公主会戴出来。”

谢徽禛扶了扶头上的发簪，“还挺好看的，驸马眼光不错。”

“公主喜欢就好。”

谢徽禛道：“你好像又瘦了些，是在外头不适应累到了吗？气色看着倒是不错。”

谢徽禛示意萧砚宁也坐，“你别觉着本宫来这里给你添麻烦了就成。”

萧砚宁赶紧道：“不会，公主是奉皇命来这边，岂有添麻烦一说。”

谢徽禛笑了，“若只是我自己想来这边玩呢？这么突然来了，你是不是就嫌我烦了？”

“不会。”

“本宫怎么就不信呢？你这模样分明也没有多想见本宫。”谢徽禛道。

萧砚宁不知该怎么说，重复那句“公主恕罪”。

“罢了，本宫逗你玩的，不用解释了。”谢徽禛又笑了笑，终于放过他了。

萧砚宁稍微松了口气，与他说起自己舅舅得了消息，过两日会带着家里人来别宫拜见公主，谢徽禛随意点了点头，心里却是一阵不痛快。

他并无兴趣再见徐家那些人，偏他这个公主是得了皇帝恩典陪着驸马来江南省亲的，虽不必纡尊降贵亲自去徐府，人总得见一见。人家都自己上门来拜见了，他也不能将人拒之门外。

“来便来吧，本宫会叫人好生接待他们。”谢徽禛道。

萧砚宁放下心，又与他道谢，至少在这方面，公主要比殿下好说话些。

萧砚宁喝过一盏茶，起身告辞，说要回官邸，谢徽禛像有些意外，“驸马才来就要走？不随本宫留在这别宫里吗？”

萧砚宁低声解释：“臣须得回殿下跟前当差，尤其现下在外头，殿下的安危容不得有闪失，还请公主体谅。”

“是太子的意思？”谢徽禛问他。

萧砚宁道：“臣职责所在。”

谢徽禛看着他，再次道：“你过来。”

萧砚宁只得又走上前，谢徽禛轻声道：“是不想跟本宫待一块吧？驸马才来见了本宫就想走了，本宫如今在驸马心里，便是连一丝一毫的地位都没有了。”

谢徽禛这话听不出有无伤心难过，又或是随口一句的戏言，萧砚宁沉默不语。

谢徽禛从他的神情里猜出了他的心思，难得有些心虚。

他好像欺负人太过了。他甚至不知道之后要如何跟萧砚宁说，才能让萧砚宁在知道真相时，不会因这些欺骗而过于伤心。

谢徽禛不再多言，帮他将腰间那有些歪了的香囊拨正，“你回去吧。”

萧砚宁看着他的动作，忽然注意到他左眼尾下那一颗小巧的黑痣，愣了愣。

太子殿下眼尾处也有这样的痣，与公主的长在同一个位置，先前他从不敢仔细打量公主的面容，所以一直未发现这个。

谢徽禛抬眸望向他，见萧砚宁一直盯着自己，问他："怎么了？"

萧砚宁回神，意识到自己失态了，尴尬地说了实话："公主左眼下的痣和殿下的生得一个样。"

"是吗？"谢徽禛镇定道，"本宫与他本是双生子，一样的也不奇怪。"

萧砚宁点了点头，隐约觉得有些奇怪，但没再多问。

谢徽禛亲自送他出殿门，提醒他："天晚了，要回去便早些回去吧。"

萧砚宁也叮嘱他："公主一路舟车劳顿也累了，用过膳食也早些歇下吧，这边不太平，无事尽量不要去外头，若有什么事便派人传个口信去官邸那边，臣会立刻过来。"

谢徽禛道："好。"

萧砚宁告辞，走下长阶后似有所感，又回头望了一眼，谢徽禛仍站在原地，目送他离开。

萧砚宁心里不舒服，愧疚和自责又冒了出来。

他闭了闭眼，收回视线，大步离开。

过了几日，徐黔生带着家小抵达寻州，翌日前往别宫拜见乐平公主。

谢徽禛清早便先回了别宫，萧砚宁过来时他已梳妆完毕，还换了全套的公主宫装，优雅地端坐殿中。萧砚宁进门行了礼，被谢徽禛叫去身边坐。

谢徽禛瞧见他身上穿簇新的衣衫，笑了笑，道："驸马这身袍衫还挺好看的，是在这边做的吗？"

萧砚宁身上穿的是之前谢徽禛给他买的衣裳，这还是他第二回穿，今早出来得匆忙，下头人给他拿了这件，他便直接换了。

萧砚宁含糊地"嗯"了一声，谢徽禛便也不再问，只道："你穿这个颜色好看，以后多穿穿。”

萧砚宁点头，只觉得公主说这话时的语气与那位少爷一样。

辰时末，外头人进来禀报，说徐家人已经到了，正候在殿外求见公主和驸马。

谢徽禛随意一点头，“请他们进来吧。”

徐家一大家子人都来了，连老夫人也在，老老少少十几口人进门便一齐规规矩矩地与谢徽禛行了礼。

谢徽禛叫人给他们赐座奉茶，寒暄了几句：“本宫听驸马说，年节期间他一直住在徐府上，叨扰了你们，本宫这次来江南给各位带了些见面礼，也算是感谢徐府多年来对驸马的照拂。”

谢徽禛示下，便有内侍宫女将东西捧出来，送到每人手中。

给徐老夫人准备的是一尊玉观音，给几位徐大人的是全套的文房器具，给女眷们的是头面首饰，给小辈们又是其他的东西，无一人落下。

徐家人欢欢喜喜地接下，与谢徽禛谢恩。

有不知事的小孩拿到了好玩的玩具，高兴之下趁着大人没注意，跑去了萧砚宁身边，一脸天真地问他：“为何表嫂与宁表哥的那个好朋友钱哥哥长得一个模样？”

萧砚宁面露尴尬之色，不知要如何解释，小孩已被家中长辈呵斥了回去，不情不愿地嘟着嘴往回走时还在偷偷打量谢徽禛。

谢徽禛笑了一声，倒没说什么。

徐黔生起身请罪，被他挥手打断，“徐大人坐吧，小孩子的童言无忌而已，本宫不会计较这些。”

其实不单是那孩子，徐家这些人，知道谢徽禛是那钱小郎君的，好奇公主竟与太子殿下这般相似，不知道的则更是心下嘀咕不停，只不敢说而已。

徐长青几次不着痕迹地打量主位上的谢徽禛，有些狐疑，又低了头，没在人前表现出来。

晌午他们就留在这别宫里用膳，谢徽禛设宴招待徐府众人。

席间说到萧砚宁的小舅母刚有了两个月身子，萧砚宁闻言赶忙说过后会再送一份礼过去，谢徽禛接话：“本宫也会叫人准备一份礼物，与驸马的一块送去府上，提前恭喜府上又要添丁了。”

徐老夫人笑道：“家里孩子多，也算不得什么，待到公主与宁儿也传出喜讯，那才真正是大喜了。”

萧砚宁红了脸，徐家人以为他是害羞，其实是窘迫，也接不上话。

谢徽禛反而笑吟吟道：“承老夫人吉言。”

徐家人便又说公主与驸马这般恩爱，必能早日诞下麟儿。萧砚宁闻言愈发不是滋味，举杯倒了口酒进嘴里，谢徽禛偏头看他一眼，没管他，继续去与徐家人说话。

酒过三巡，向来十分克制的萧砚宁喝醉了，谢徽禛叫人扶他去后殿歇下，也让徐家人去偏殿歇息片刻，等稍晚些时候再出宫回去。

徐家人再次谢恩，退了下去。

萧砚宁闭着眼侧身靠在榻上，谢徽禛坐去他身边，拿了热帕子亲手给他擦脸。

“不会喝酒还喝这么多做什么？徐家人又不是没见过，就有这般高兴？”谢徽禛教训着他，下手的力道有些重。

萧砚宁迷迷糊糊间睁了眼，模糊的视线里只有谢徽禛压抑着气性的那双眼睛，他呆呆地看着，轻轻喊了一声：“少爷。”

谢徽禛皱眉，醉得有这般厉害吗？

“你喝醉了。”谢徽禛提醒他，“以后少喝些酒。”

萧砚宁迷瞪着眼睛看向面前人，略微红了眼，“我喝了酒才敢与少爷说这些，我一见到公主就难受、愧疚，从前祖父教导我做人要顶天立地、问心无愧，我做不到。”

谢徽禛不再说，扶着他躺下，“别想太多了，睡吧。”

萧砚宁阖上眼，无声无息地睡了过去。

谢徽禛盯着萧砚宁过于安静的睡颜看了片刻，有内侍进来小声禀报：“殿下，徐郎君在外头，求见世子。”

谢徽禛皱眉，“去问他有何事，世子睡着了，不方便见他。”

徐长青就候在殿外，小心翼翼地抬眼朝里头看，隐约能看到谢徽禛的身影。

谢徽禛的内侍出门来，原封不动地转告了谢徽禛的话，徐长青面色稍沉，道：“方才驸马的这个香囊掉了，我恰巧捡到了，来还给驸马……”

他话未说完，内侍已伸手将香囊接了过去，动作极快，丝毫不客气。

徐长青愕然一瞬，像是没想到公主跟前的内侍竟这般无礼，那内侍也不欲与他多说，道：“多谢徐郎君送回东西，徐郎君请回吧。”

徐长青恨得咬了咬牙，一个阉人而已，竟也敢给他脸色，偏他还得赔笑脸！

对方欲要转身进去殿内，徐长青上前一步将人拦住，“我要求见公主。”

内侍皱眉，徐长青又道：“劳烦公公再进去说一声，我有要事要与公主禀报。”

一刻钟后，徐长青被请进门，上前与谢徽禛见礼。

谢徽禛仍坐在榻边，萧砚宁睡在他身侧，他的注意力全放在睡着的人身上，并未看徐长青。

徐长青低下头，恭恭敬敬道：“公主对驸马呵护有加、关怀备至，岂知驸马这些日子跟随太子殿下经常出入不雅之地，做出那等背叛公主的事情，丢尽了公主您与萧王府的脸。”

谢徽禛漫不经心地听，并未如徐长青期待的那般变了脸色，半日才将目光转向他，不紧不慢地问：“是吗？你说的有要事要禀，就是这个？”

徐长青摸不准他的意思，小心翼翼地回道：“小子所言句句属实，决不敢欺瞒公主殿下。”

谢徽禛轻蔑哂笑，徐长青心下惴惴，又有些恼，一样是居高临下地蔑视他，这乐平公主竟连神态都与那位少爷一模一样。

“不知徐郎君特地来与本宫说这些是何意？你不是驸马的表兄吗？怎么跑来本宫面前搬弄是非了？”谢徽禛问他，言语间尽是嘲弄。

徐长青忍耐着道：“小子并非搬弄是非，小子父亲先前也劝说过驸马，不要做这等累及自身清誉、叫世人不齿之事，奈何驸马一意孤行，并不听劝，小子才不得不来禀报公主殿下。还望公主殿下能劝驸马悬崖勒马、回头是岸。”

谢徽禛微眯起眼，已然对面前这人动怒。

徐长青对上他的眼神，心下一凛，还要说什么，睡榻上的萧砚宁轻轻翻了个身，身上的毛毯滑落了一半，谢徽禛伸手过去，帮他将毛毯重新拉上。

徐长青抬眼看过去，眼瞳猛地一缩，落在了谢徽禛因拉毛毯而露出的一截手腕上。

那里有一道划痕，是剑伤所致，徐长青错愕的目光骤然落回谢徽禛脸上，谢徽禛似有所觉，转眼看向他，双眼里有不加掩饰的厌恶。

徐长青立刻低了头，背上冷汗涔涔，心头惊涛骇浪。

萧砚宁与谢徽禛离开徐家前一日，徐长青曾去翠木居想单独再与萧砚宁说几句话，却没碰到人，萧砚宁被老夫人叫走了，只有谢徽禛一个人在院中练剑。他停步看了一阵，走上前说想讨教一二，当时谢徽禛轻蔑地看他一眼，准了。

他二人便交起手来，说是讨教，其实针锋相对、互不相让，他没想到谢徽禛的剑术甚至在他之上，谢徽禛像故意戏弄他一般逼得他只能狼狈应对。后来谢徽禛大约烦了，随手一刺，剑刃狠狠划破了他的手臂，他当时心头怨恨累积，也发了狠，不管不顾地横剑扫向谢徽禛，却只在谢徽禛手腕上划破了点皮。

谢徽禛的侍卫当场就要上来拿人，谢徽禛当时没说什么，似全然不在意，放他走了。此番作态却更叫徐长青觉得屈辱，时刻记着。

但是现下，同样的剑伤出现在乐平公主的手腕上。

原来如此，原来如此。

之后谢徽禛再说什么徐长青都不再争辩，很快告退，转身时用力握紧了双拳，快步而去。

谢徽禛没再理会，帮萧砚宁将身上的毛毯掖平，阖目养神。

萧砚宁睡了一个时辰才醒，谢徽禛正坐在一旁煮茶，见他睁开眼，回头冲他笑了笑，“醒了？”

萧砚宁愣了愣，方才他醉迷糊了，似乎看到了殿下，是他的错觉吗？

“驸马方才喝醉了，一直在说胡话，现在酒醒了吗？”谢徽禛问他。

萧砚宁坐起身，十分汗颜，已不记得自己说了什么，但必是在公主面前失态了。

谢徽禛倒了杯茶递给他，“睡了一觉舒服些了吗？润润嗓子吧。”

萧砚宁端起茶杯抿了一口，尴尬道：“臣先前失态了，若是说了什么不好听的话，公主别往心里去。”

“没有说不好听的。”谢徽禛道，“本宫不会与一个醉鬼计较。”

萧砚宁还欲再说，谢徽禛打断他道：“本宫不往心里去，驸马也不必往心里去。”

他拿起先前徐长青还回来的香囊，帮萧砚宁挂到身上，“太子送的礼物，驸马别再弄丢了，否则太子知道了得不高兴了。”

萧砚宁也想不起来几时将这个弄丢了，有些紧张地仔细将东西系紧。

谢徽禛见状微微一笑，“驸马倒是珍惜太子送的东西。”

萧砚宁手指一顿，轻轻点了点头。

谢徽禛眼中的笑意加深，不再多言，提醒他：“喝茶吧。”

傍晚，萧砚宁辞别谢徽禛，出宫回官邸。

车驾出别宫门走了一段，被在此等候已久的徐长青拦住，萧砚宁只得下车去与他说话。

“砚宁，你与公主成婚多少时日了？”徐长青张嘴便问。

萧砚宁不解其意，“有几个月了……”

徐长青看着他，“你与公主圆房了吗？”

萧砚宁一愣，慢慢皱起眉，“表兄问这个是何意？”

徐长青从他的神情里得到了答案，冷声道：“没有，你没有与公主圆房。”

“这些事情不该表兄过问。”饶是萧砚宁脾气再好，听到徐长青用这种语气说起自己的私事，嗓音也冷硬了几分，“我也不必与表兄交代这些。”

徐长青道：“你这种语气是心虚吗？被我说中了？”

“还请表兄慎言。”萧砚宁提醒他，“公主不是你能议论的，不想给家里添祸事，最好还是谨言慎行。”

“砚宁，你几时学得狐假虎威、仗势凌人了？”徐长青嘲弄道。

萧砚宁变了脸色，头一次觉得他这位表兄如此不可理喻，不欲与他再说，留下一句“我先回去了，还要当值”，转身便走。

身后徐长青拔高声音追问了他一句：“你就这般信任那位少爷，若是他欺骗你呢？”

萧砚宁顿住脚步，又摇了摇头，径直离开。

他信任谢徽禛，谢徽禛不会骗他。

萧砚宁回到官邸时，谢徽禛已在这边听胡田学禀报事情。

这几日钦差一直在苍州那头办案，将王府上上下下查了个遍，可以确定王廷是自缢的，死因无疑点，但王廷究竟为何自缢，他们查了寿宴当日所有与王廷接触过的人，仍没有什么头绪。

“当日寿宴上往来之人众多，但大多只是在大庭广众下与王廷寒暄、敬酒，并没有多打交道。据一直跟着王廷的仆从交代，王廷的衣裳被酒水打湿去后院换衣裳，后来又去了书房，将下头人挥退了，也没有看到其他人进去过，再后来他们见王廷一直在书房中没出来就去找他，才发现他已经悬梁了。”

谢徽禛皱眉问：“他夫人呢？可有问过？”

“问过。”胡田学汗颜道，“王夫人坚持称当时并未去过书房，也是后来才听人禀报王廷上吊了，其他的她什么都不知道。她一个刚刚丧夫的寡妇，一说起这些就泪水涟涟，臣等实在不好过多逼问。王家上下所有人，臣都已叫人仔细盘问过了，并无可疑之处。”

也不是他们办差不力，若是王廷还活着，有刘颉交代的事情，他们大可将人扣下严审，可如今他人已经没了，单凭刘颉的一面之词，实在做不了什么，连过多逼问他家里人都显得没道理。

谢徽禛的神色有些难看，一旁的蒋文渊道：“如今看来无非有两种可能，其一，铁矿之事背后之人就是他，他怕东窗事发，以此方式保全家人；其二，事情与他无关，但他被人拿了什么把柄，如今他死了，铁矿之事栽到他身上，背后之人好逃出生天。若是查不到其他线索，这事怕是到此就断了，最终也没个结果。”

谢徽禛自然知道这些，沉吟片刻忽然问：“当日他见到孤的神态，分明是认出孤了，他究竟何时见过孤？又或者说，是谁告诉的他钱小郎君是孤？”

蒋文渊与胡田学对视一眼，皆不知要如何作答，这事他们也同样疑惑不解。

谢徽禛想到什么，神色微黯，外头人适时进来禀报，说世子回来了。谢徽禛便没再多言，吩咐蒋文渊、胡田学二人先下去，交代他们继续去查案。

萧砚宁进门，先上前规规矩矩地与谢徽禛行了礼。

谢徽禛无奈道：“说多少次了，不需这些礼数，这里连外人都没有，你怎么就是改不了？”

萧砚宁也不说那“礼不可废”的话，脱下了身上的大氅，随手交给谢徽禛身边的内侍。

谢徽禛笑了笑，其实还是改了不少，至少现在萧砚宁在他面前已比从前要随性得多。

谢徽禛在萧砚宁身边轻嗅了嗅，萧砚宁皱眉，“少爷做什么？”

“你喝了多少酒？身上都是酒味。”谢徽禛道。

萧砚宁低头也闻了一下，尴尬解释：“也没多少……”

谢徽禛被他的动作逗笑，“说实话。”

“真没多少。”

“砚宁是要我去叫乐平身边的人来问话？”谢徽禛轻轻眯起眼。

萧砚宁只得说了实话：“今天确实多喝了几杯，喝醉了，在公主那里睡了一个时辰。”

“为何会喝醉？”谢徽禛问他，再吩咐人晚膳准备些清淡点的吃食。

萧砚宁道：“没什么，就多喝了几杯而已。”

谢徽禛“啧”了一声，“总不至于是因为和徐家人吃酒才如此吧，不是才从徐家回来吗？”

“不是，少爷别问了。”萧砚宁实在不想说这个。

“不问便不问吧，你去那边坐。”谢徽禛伸手一指旁边的坐榻。

萧砚宁乖乖走过去坐下。

谢徽禛道：“以后即便心情不好也别在外头醉酒，喝酒误事，小心被人乘机占便宜。”

萧砚宁道：“公主如何会乘人之危？”

“所以今日确实是不高兴了？谁又惹你不高兴了？”谢徽禛话锋一转。

萧砚宁哽住。

谢徽禛道：“不能说？”

萧砚宁心头蓦地一松，便不再想这些有的没的，“少爷，我们去用膳吧。”

谢徽禛道：“肚子饿了？”

萧砚宁诚实地点头，他晌午便没用多少东西，光喝酒了，这会儿确实饿了。

用晚膳时萧砚宁问起方才胡田学来禀报的事情，谢徽禛摇头，“钦差那边依旧没查到什么有价值的线索，王廷夫人的嘴也撬不开，她若是打定主意什么都不说，也不好一直逼问。”

萧砚宁担忧道：“那少爷打算如何办？”

谢徽禛想了一下，笑道：“女人的问题还是叫女人来解决管用些。”

萧砚宁道：“少爷的意思是？”

谢徽禛道：“让乐平来撬开她的嘴吧。”

他说着又看了萧砚宁一眼，继续道：“若是乐平能将事情办好，我以后就对她客气些，让着她些；若是办不好，她便是个没用的，丢了我们家的脸，以后也别在外头说是本少爷的妹妹了。”

萧砚宁试图劝他：“少爷不必待公主太过苛刻了，少爷毕竟是她兄长，公主也十分尊敬少爷。”

“我若不是她兄长，她还能如今日这样过得这般潇洒自在？”谢徽禛道。

萧砚宁顿时语塞。

谢徽禛给他夹菜，又笑了，“逗你的，吃东西吧。”

萧砚宁吃着东西，心思却有些飘忽，谢徽禛嘴上说是逗笑，可他听得出来，谢徽禛或许当真是这般想的。

谢徽禛总是这样，笑嘻嘻地说着似真似假的话，叫人辨不清。

他不期然又想起先前回来时，徐长青问的那句“若是他欺骗你呢”，一闪而过的念头被萧砚宁下意识地屏除。

不会，萧砚宁再次在心里说。

谢徽禛不会的。

过了几日，乐平公主广发请帖，邀请江南各府的命妇前来别宫参加百花宴，时间定在十日之后。

不两日回帖便陆续送到了别宫，收到请帖之人莫不欣然应邀。乐平公主虽非当今陛下亲生女，却是陛下唯一亲封的公主，无人会不给她面子。

且能有机会到别宫参加宴席，于各府命妇们而言，本也是天大的荣幸。

萧砚宁过来别宫问安时，谢徽禛正在看那一张张的回帖。

“只有王府没回帖子，他府上刚办完丧事，不适合来这种场合，应是不会来了。”谢徽禛道。

萧砚宁闻言问他：“可公主不就是想借此机会，会一会那位王夫人吗？”

“是啊，太子交代的事情，不能不办，他让本宫试着打进江南的命妇圈子，本宫才想着办这百花宴。”谢徽禛说罢摇了摇头，“王夫人不来也得来，本宫会叫人将她‘请’来。”

萧砚宁道：“辛苦公主了。”

谢徽禛抬眼望向他，“辛苦本宫？”

“嗯，辛苦公主了。”

谢徽禛笑问：“驸马这话是替太子说的？他可没这般好心，你倒是不必替他说这个。”

萧砚宁有些无奈，“公主与殿下一样伶牙俐齿，臣说不过你们。”

谢徽禛笑了一声，心说傻子。

“你坐吧。”谢徽禛收起调笑之言，示意他坐下，“本宫正要与你说，宴席那日你得随本宫一起，要不别人还道本宫的驸马见不得人。”

萧砚宁犹豫道：“可先前已有人见过臣，恐有不便……”

“无事。”谢徽禛不以为意，“如今所有人都知道钦差来这边要查那铁矿之事，太子的身份也已有人发现了，就算让更多人猜到也无妨，说不定还有当年之事的知情人会找上门来。”

萧砚宁觉得这样于谢徽禛而言到底有些危险，但也只能点头。

这本也是谢徽禛的意思，既然查不到别的线索，干脆不再遮掩，叫钦差放出了风声，让所有人都知晓当年失踪了的铁矿已重见天日，且陛下已下了旨意要重查当年之事，以此催这背后之人有所动作。

谢徽禛看出萧砚宁心中的忧虑，宽慰他道："不必担心，本宫不会有事，太子更不会有事。"

萧砚宁闻言心头微动，莫名觉得公主连说这些时的语气也与那位少爷一个样，一样的从容自信，不将外物放在眼中。

双生子竟会相像到如此地步吗？

谢徽禛见他又发起呆，问他："驸马想什么呢？"

萧砚宁回神，低眸道："没有，就是觉得，公主与殿下脾性相类，不愧是一母同胞的兄妹。"

谢徽禛打量着他的神情，萧砚宁并未起疑心，只是疑惑而已。

"嗯。"他随意一点头，"以后你便知道了。"

萧砚宁一时没听明白，知道什么？

谢徽禛也不解释，留他用了顿午膳，晌午过后便让他回去了。

谢徽禛身边的内侍送萧砚宁出门，提醒着萧砚宁下台阶小心，萧砚宁见这人与德善长得有些像，多问了他一句，对方笑眯眯道："奴婢与德善是亲兄弟，他伺候太子殿下，奴婢伺候公主殿下，奴婢的本事与德善却是一样的。"

萧砚宁有些疑惑，那内侍又道："奴婢平日里负责为公主上妆。"

他与德善都有双巧手，谢徽禛留着他们也不单是为了扮作女儿身，有时还要叫身边人改变容貌在外头好办事，谢徽禛用德善用得多，便将他留在了东宫，德善这个兄弟则带去了公主府。

萧砚宁没有想太多，只觉着公主与殿下的关系有些微妙，不似一般的兄妹那般亲密，却又似乎格外信任对方，连贴身内侍都用的是一双亲兄弟。

又忆起他与公主成婚这么久，公主与殿下好似从未私下见过，即便都来了江南，一个不肯来别宫，一个也不去官邸，互不打扰，若有什么消息却又能第一时间互通有无，这般相处之道，还挺有意思。

萧砚宁道："你与德善各为其主，不必攀比，干好差事便成了。"

那内侍笑着应："驸马爷说得是，奴婢们从不攀比这些。"

萧砚宁点点头，上车离开。

回到官邸刚至申时，萧砚宁进门后便将公主的意思转达给了谢徽禛，谢徽禛没说什么，只道："那日你便也去吧。"

萧砚宁有些意外，他还以为谢徽禛又会不高兴。

"少爷答应了？"

谢徽禛好笑道："我能不答应？少爷我不是那般公私不分之人。"

萧砚宁闻言放下心，"多谢少爷。"

两人正说着话，外头来人禀报，崇原镖局刚把他们去隔壁府县买的货送了回来，这次负责走镖的又是那杨镖头。这段时日杨镖头的镖队帮他们前前后后走了七八趟镖，算起来他们已经是崇原镖局的熟客了。

谢徽禛与萧砚宁道："随我去外头看看吧，这次买了不少瓷器回来，你看看有无喜欢的。"

这段时日他叫手下那些人到处去进货，虽是为了探这崇原镖局的底，但江南这边物产丰富，好东西也着实不少，买来的东西运回京城都能卖出大价钱，算起来这买卖他们并未吃亏。

谢徽禛说要看便去看了，货物都开了箱晾在外头院子里，杨镖头带着手下的镖师还在院子外卸货，跟他们的人做交接。

见谢徽禛出来了，杨镖头便带着两个副手进来与他行了个礼，谢徽禛点了点头，客气道："这一路辛苦了，现在时候还早，卸货不着急，我叫人给你们煮了些甜汤，都进来喝一口解解渴吧。"

杨镖头他们道了谢，跟着下人去了隔壁的屋子里吃东西。他们在走镖的路上确实不会占雇主便宜，不过如今这一趟镖已经结束，几碗甜汤而已，算不得什么。

谢徽禛和萧砚宁仍在院子里看那些晾开的货物，确实都是上好的瓷器，比之送进宫的贡品也不差。

这些东西在这边也得有钱还有门路才买得到，谢徽禛纯属靠了蒋文渊这个巡察御史的面子。

“砚宁看看喜欢什么，回去后直接送你那去。”谢徽禛笑道。

萧砚宁拿起一个花瓶，细看了看瓶底的印记，踌躇道：“这些瓷器应该是出自徐家的窑厂，徐家的瓷器生意做得很大，几乎占了江南的半边天，这边好些有名气的瓷器铺子卖的东西都是徐家的窑厂产的。”

谢徽禛一挑眉，“是吗？我还以为他们家只是盘了些铺子做小买卖，竟然还开了窑厂？”

萧砚宁点头道：“徐家旁支负责经商，打理这些事务，我也是从前在这边时偶然听表兄提过几句。”

“徐家果真不似一般的酸儒，竟还有些头脑。”谢徽禛这语气听着却不像是夸赞，似乎也没什么兴趣多说这个，萧砚宁便也不再多言，继续去看那些货物。

走到院门边上时，外头传来说话的声音，萧砚宁分神听了一耳朵，是几个镖师，杨镖头留了几个人盯着还未卸完的货物，他们便坐在车边喝汤歇息、闲聊起来，言语间说起最近这边不太平，可能镖局的生意都要缩减了。

其中一人道：“听说总督在家里上吊了，巡抚被朝廷派来的钦差押下狱，灞州的黑水县那边还发现了什么铁矿，钦差似乎是来查这个事情的。我婆娘家里认识在衙门里当差的，说最近官场上风声紧得很，怕不是要出大事。”

有人附和：“可不是，本来每年开春是生意最好的时候，今年眼见镖单比以前少了不少。”

一人问道："什么铁矿？怎么会在黑水县？"

第一个说话的人回答他："不清楚，据说是旱灾之后，十年前被江洪冲毁的村落重新露了出来，下头发现了铁矿，还有人说那铁矿跟当年京里的逆王谋反案有关。"

"真的假的？那难怪官场要变天了。"

几个人压低声音啧啧称奇，先前问话的那个惊疑道："我老家就是黑水县那几个被淹了的村子里的，村子被淹之前我爹娘就没了，我就是从那里出来了，才留了条命，我那时候还小哩，倒是没听说过什么铁矿。不过我记得那会儿我们村子里多了好些个看着眼生的外乡人，像是从北边来的，还是里正带他们进来的，被我看到了。那些人鬼鬼祟祟的，就住在村子旁边的山里，也不知道那些人后来死了没有……"

立刻便有人提醒他："这话你可别去外头说，小心惹上祸事。"

那人像是吓到了，赶忙道："我以后再不说了。"

那几个镖师议论了几句便岔开话题说别的去了，萧砚宁转眼看向走到自己身边来的谢徽禛，谢徽禛朝门外看了一眼，那几人似乎未发现他们，最后说话的那个是镖队中年纪最小的，只有十几岁，他记得是那杨镖头的徒弟。

谢徽禛一个眼神示意，他二人一起回了屋子里去，片刻后杨镖头过来说货物都卸完了，跟谢徽禛告辞。这人神色恭谨，仍是那副不亢不卑的态度，谢徽禛打量着他，微微笑了笑，叫人带他下去结账。

等人走后，他又叫了几个侍卫进来，吩咐他们去查方才那镖师说的事情。

萧砚宁问他道："少爷是否觉得他们说的那些话有些刻意？"

"砚宁也觉得？"谢徽禛笑道，"第二回了，再看看吧。"

第九章 宴席刺客

百花宴当日，萧砚宁一大早去了别宫，设宴的花厅和后园已装点一新，花团锦簇。

宫人们进进出出地忙碌，萧砚宁先去了公主寝殿，远远瞧见有车进来停在殿外的阶下，从车上下来的人一身素衣、面有疲态，正是那王廷夫人柳氏。

迎萧砚宁进来的内侍小声与他禀报："公主殿下派人强行将王夫人请了来，特许她的马车进这别宫里，说要先与她聊一聊。"

萧砚宁点了点头，待柳氏进去后才提步上前，走侧门进了殿中。柳氏正与谢徽禛见礼，萧砚宁径直去了里间更衣，分了心思听外头谢徽禛与柳氏的对话。

谢徽禛靠坐在坐榻上，不着痕迹地打量面前的妇人，柳氏比上一回寿宴上远远瞧见时要苍老了十岁不止，虽极力掩饰，眉目间却有挥之不去的哀痛郁色，王廷的死像是对她打击颇大，即便如此，她神情中亦有坚忍，被谢徽禛强硬"请"来这里也不见胆怯惊慌，轻易不会开口。

谢徽禛心里大约有了数，先给她赐了座，叫人上茶。

柳氏不喝，谢徽禛也不在意，说道："王大人刚下葬，这个时候本宫请夫人来此，确实有些不近人情，夫人想必也没心情赏花，本宫便也不兜圈子了，与夫人直说。本宫想知道寿宴那日，府上究竟发生了何事。"

柳氏下意识地绞紧手中帕子，回道："该说的妾身已与钦差说了，那日妾身一直在后宅招待参加寿宴的女眷，并不知道老爷那里究竟出了什么事，后来才有人来禀报，说老爷在书房中悬梁自缢了，妾身悲痛万分，始终不愿相信会发生这等事情。"

说到后面柳氏的眼眶微红，谢徽禛不为所动，抿了口茶，待她说完又问道："夫人既不知发生了何事，为何这段时日急着变卖了家产，不但铺子、田产都卖了，连苍州的宅邸都打算转手？"

柳氏一愣，像是没想到谢徽禛已打听到了这些，又低了头，镇定道："老爷去了，家中没了顶梁柱，妾身打算带着家小回乡去，免得留在故地触景伤情。"

谢徽禛却不信，"这个时候回乡去？王大人的末七还没过吧？而且本宫听说夫人的大儿子马上要下场科考，小女儿也定了亲事原本今年就要出嫁，如何会想到在这个时候回京？"

柳氏低声解释："老爷去了，妾身与家中儿女都要守孝三年，无论是科考还是成婚，都得延后了，不如先回乡，等老爷孝期过了再说。"

"是吗？特地回乡守孝？"谢徽禛问得毫不客气，"究竟是守孝还是避风头？"

柳氏面色微变，"不知公主殿下此话是何意？"

"你知道本宫是何意。"谢徽禛干脆直言道，"十年前王廷任江南布政使，安排了几个从京里出来的钦犯藏进黑水县外的村子里。那些人都是逆王的亲信，逆王当时已伏诛，他们潜逃江南，以王廷与逆王勾结为把柄，要挟王廷助他们藏匿行踪，王廷不得已将人藏起来。后来当今陛下派人来江南查案，王廷以为为的是这事来的，情急之下毁了黑水县那段的堤口，引江洪淹了那几座村落，将那些钦犯连同可能见过他们的无辜百姓一并杀了灭口。”

柳氏霎时白了脸，“公主说这话可得有证据，无凭无据的岂能……”

谢徽禛冷道：“本宫说这话，自然是有证据的，不会随意冤枉了人。”

其实没有，像那镖师那样见过那些人且还活着的证人并无几个，连那镖师说的带人进村的里正也早就死了，谢徽禛说的这些全是他的猜测。

当年逆王谋反时确实有几个亲信趁乱逃了，后来一直杳无踪迹，谢徽禛派人去查那里正，只寻到他的一个女儿。那妇人手里有一信物，是当初逆王身边亲卫的身份名牌，据那妇人说东西是她爹当年从那些人手里偷来的，为留个证据，果然她爹在那之后没多久就出意外丢了性命，她将东西收起来，这些年从不敢说与人听。

“本宫劝夫人还是将事情交代清楚的好，若是能说出些本宫和钦差尚未查到的事情，说不定还能对你家人从轻发落，否则以王廷勾结逆王、私藏钦犯、戕害无辜这些罪名，即便他死了，也保不住你们家里人。”

谢徽禛的语气不重，但字字诛心，他始终不相信王廷这种不到最后关头就吓得自缢的个性，会是所有事情的主谋，他背后一定还有其他人。

柳氏再有心计也不过是个见识有限的后宅妇人，被谢徽禛这么一诈，再一威胁，终于慌了神，已有些坐不住了。

谢徽禛顺势再下一剂“猛药”，“那被淹的村落下还藏着一座铁矿，当年有人在这边私下开矿，勾结京中大世家，将采得的矿石卖与西琉人，后又参与逆王谋反之事，通敌叛国、谋朝篡位是什么罪名，夫人不会不知道，王廷是否参与其中，甚至就是这事的主谋……”

“不！不是！”柳氏终于惊呼出声，跪了下去，“公主殿下明鉴！妾身的丈夫是罪该万死，但铁矿之事他确确实实不知情，更无那天大的胆子私通西琉人啊！”

谢徽禛目光一顿，“不知情？”

“他真的不知情！”柳氏焦急道，“妾身敢以全家人的身家性命起誓，铁矿之事确实与他没有干系！”

谢徽禛道：“那便将你知道的都说清楚。”

话已说到这个份上，柳氏也不再隐瞒，咬咬牙将自己知道的事情都交代了。

寿宴那日她的确去过书房，去时碰上布政使陈文炳刚刚离开，王廷颓然坐在书房里，面如死灰。她进去后王廷开始交代后事，她越听越不对劲，质问王廷究竟要做什么，王廷这才与她说了自己当年做过的错事：“那时先帝病重，逆王已把持京城数月之久，南边这些官员有许多暗地里与逆王投诚示好的，老爷怕落了人后，也送了东西去京里。谁知后来事情直转而下，逆王伏诛，当今陛下带兵杀了回来。那之后老爷一直忧心忡忡，唯恐被当作逆王党羽清算，直至那些人逃到江南，以此为把柄要挟老爷，老爷只得帮他们隐藏了行踪。后来陛下派人来江南，老爷以为是来查那些逃犯的，且钦差已到了灞州，情急之下，他受人唆使，犯下弥天大错，毁了江堤，引洪水淹没了那七座村庄。

“这些年老爷一直过得战战兢兢、如履薄冰，唯恐东窗事发，尤其这回旱灾之后那几座当年被淹了的村子重见天日，他更觉大祸临头。那日在寿宴上，他说看到了太子殿下，太子是来查他的，他只有死了，死无对证，才能保全家里人，他让我一定不要将事情说出去，就当作什么都不知道……”

柳氏哽咽，已开始啜泣，谢徽禛沉声问她：“你说那日见到陈文炳去过书房？”

“是，是他。”柳氏恨道，“当年唆使老爷做那等丧心病狂之事的便是他，将那些逃犯藏匿在黑水县外也是他的主意。寿宴那日之前他就告诉过老爷太子殿下来了江南，还去了黑水县，说太子是来查当年之事的。老爷原本不信，但那日在寿宴上亲眼见到太子，这才慌了神，老爷说他从前回京述职时曾远远瞧见过太子，认得太子的模样。太子是跟着巡察御史一块来的江南，分明就是来查他的事的，他当年做过的错事瞒不了多久，说不定当日寿宴结束太子就会叫人拿下他，他若是落到太子手中，全家人的性命都将不保，只有他死，或许死无对证，家中人还能侥幸活下来。妾身劝不动他，只能眼睁睁地看着他走上绝路。”

柳氏陡然拔高了声音，激动道：“后来传出铁矿之事，妾身越想越不对劲，陈文炳绝对知晓这些事情，是他利用了老爷！老爷到死都不知道自己不过是个替死鬼，妾身先前是不敢说，可如今公主殿下您都查到之前的事情了，去查陈文炳吧，他才是最该死的那一个！”

陈文炳？

谢徽禛回想初来这里时在接风宴上见过的人，瘦高、书生样，为人低调，竟是他吗？

柳氏不断磕头求饶，“求公主殿下明鉴，老爷罪该万死，可他已经死了，陈文炳才是主谋，老爷只是受他唆使糊涂了才铸成大错。妾身的儿女对这些事情皆不知情，求殿下开恩，看在老爷已自我了结的分上，饶他们一命吧！妾身也愿意抵命，只求开恩放过妾身的儿女！”

谢徽禛没心思听这些，吩咐人将已然失态的柳氏带下去，又叫人来将事情立刻禀报给太子。

萧砚宁从里间出来，神色有些凝重，“方才她说的……”

谢徽禛道：“驸马不用担心，现下至少有线索了，让钦差继续去查便是。”

萧砚宁问他：“宴会还要办吗？”

谢徽禛道：“自然要办的，事情还没结束，做戏也得做全套，说不定宴会上还能打听到些有用的消息。”

谢徽禛说罢便不再提这些事情，后退一步，打量着萧砚宁身上穿的驸马常服，很是满意，笑道：“一会儿驸马随本宫一块出去，定会羡煞那些命妇们。”

萧砚宁避了开他的目光，“公主说笑了，有何好羡慕的？”

谢徽禛道：“怎么不会？那些人的丈夫有谁比得上驸马这般英俊倜傥，驸马这般样貌的，可不叫人艳羡本宫？”

萧砚宁更不知能说什么，好在谢徽禛笑过便算了，让他稍待，进去里头梳妆、换衣裳。

萧砚宁略微松了口气，站在外头等，隔着层层叠叠的纱帘，瞧见里头公主的衣裙随风散开的飘逸姿态，只瞥了一眼便收回目光。

非礼勿视。

巳时末，各府命妇陆续到齐，后园里正热闹，女眷们交际应酬，欢声笑语不断。

身后是鲜花簇簇，又有潺潺溪流和瀑布跌水，水声悦耳。

谢徽禛带着萧砚宁一出现，众人便齐齐上前行了礼，雍容华贵如公主自不用说，驸马爷这般英俊儿郎则更叫这些妇人欢喜，妇人们纷纷将目光落向他。

萧砚宁年纪小，这些命妇、女眷大多能做他的长辈，因而没什么顾忌，恭维着谢徽禛的同时也不忘了夸赞萧砚宁，或许还有暗自遗憾的，惋惜他早早娶了公主，要不可当真是十足的佳婿人选。

也有跟随家中长辈前来长见识的小娘子们，偷眼打量萧砚宁，不敢看得过于放肆。

被这么多双眼睛看着，再听着各样的恭维声，萧砚宁十分不适，跟在谢徽禛身后几乎没开过口。

谢徽禛倒是游刃有余，这样的女眷圈子里的应酬他在京中时就参加过无数次，深谙其中之道，周旋当中不需要费什么心思，随意几句话便能将话题引向她们感兴趣的事情，且宾主尽欢。

晌午时的酒宴也设在这里，谢徽禛看出萧砚宁不自在，没让他久待，叫他先回寝殿里。

萧砚宁尴尬道：“宴席尚未结束，臣还是留下来陪着公主……”

“不必了，你先回去寝殿吧。”谢徽禛笑吟吟道，“这里人太多了，叫她们知道你是本宫的驸马就行了，不必一直待在这里给人看。

“回去吧，歇会儿，免得你在这里不自在。”

谢徽禛这么说了，萧砚宁便不再坚持，起身先退了下去。

谢徽禛与人继续说笑吃酒，园子里还搭了戏台，请了这边最有名的戏班子在台上唱戏。

几个身份较高的命妇围坐在谢徽禛身边，其中也有陈文炳家的夫人与老夫人，看着都是老实本分的，谢徽禛随便问了几句她们家中的事情，她们回答得也是规规矩矩，挑不出错。

谢徽禛笑了笑，移开目光，又去与其他人说话。

台上唱到高潮段落，命妇们听得正高兴，变故就发生了。

那挥着彩袖的旦角手掌间陡然多出柄短剑，飞身而起，在命妇们的尖叫声中踩着桌椅甚至是她们的肩膀，遽然跃至谢徽禛身前，剑尖猛刺向他。

谢徽禛反应极快地一挥手，面前的杯碗盆碟一齐飞出去，挡了这一下。

再一个旋身而起，避开了对方刺过来的第二剑。

周围顿时一片人仰马翻，女眷们尖叫着四处躲闪，越是惊慌场面越是混乱。

谢徽禛身边的内侍扑上去想挡开刺客，无一不被踹飞，因今日招待的都是女眷，更没有侍卫在场，混乱中只看到那刺客手持利剑追击谢徽禛，而谢徽禛手无寸铁，轻易无法将人拿下，折了树枝与之周旋，竟也没落下风。

他二人很快纠缠到了溪水边，前后脚踏进了溪流中，溪水只有脚踝深，但身后是从高处落下的瀑布，一时间水花四溅，二人皆是浑身湿透、狼狈不堪，仍在缠斗。

刺客最后一剑猛刺向谢徽禛的咽喉，惊呼声四起，谢徽禛不慌不忙地仰身避开，再速度极快地转身一脚横扫出去，那刺客的注意力全在自己的剑尖上，这一下避不开，狠狠向前跌去，一边膝盖砸地，剧痛袭来，那柄剑也脱了手，跌落溪水中。

短剑易手，谢徽禛一脚狠狠踩住刺客的背，剑刃横上了他的脖子。

四周惊慌失色的女眷和宫人这才看清谢徽禛的模样，钗环零落、头发散乱，妆容被水冲去，露出原本棱角分明的面容轮廓，进入二月后天气转暖，他只着了一条薄裙，此刻被水浇得湿透，紧贴身上，身体线条尽现，分明就是男儿身！

众人惊诧万分，惊呼声再起，萧砚宁与一众侍卫匆匆赶来，原本焦急万分的萧砚宁骤然顿住脚步，同样看到了面前这一幕。

谢徽禛抬头，眉目冷厉，压着戾气，对上溪边萧砚宁错愕万分的双眼。

众目睽睽之下，谢徽禛镇定地站直起身，收了剑，侍卫上前接手那被他制服了的刺客。

周遭的女眷们已纷纷从震惊中回过神，各自移开眼不敢再看湿身了的谢徽禛，面红耳赤、十分尴尬。

谢徽禛从溪流中蹚出来，立刻有内侍上前将斗篷披到他湿透的衣裳上，谢徽禛站在原地，看向离他几步之遥的萧砚宁。

四目对上，萧砚宁眼瞳轻轻缩了缩，如梦初醒，眼里第一次浮起谢徽禛看不懂的情绪。

谢徽禛轻蹙眉，刚要走上前，身后又响起惊叫声，他回头看去，是那刺客方才竟趁人不注意一跃而起，撞向押着他的侍卫手中的剑，当场抹了脖子。

几个侍卫赶紧伸手去探刺客的鼻息，已经没了气息。

谢徽禛顿时冷了脸，沉声下令："将戏班子里的人全部押下，严加审讯，今日所有来此的宾客暂留别宫中，待事情查过再说。"

他用的是本来的声音，不再掩饰。

萧砚宁一瞬间用力握紧了拳头，手指深掐进掌心里。

交代完事情，谢徽禛提步走向萧砚宁，在他靠过来时，萧砚宁下意识地往后退了一步，低下头。

谢徽禛收住脚步，目光落在萧砚宁脸上顿了顿，仿佛叹息一般，“先回去再说吧。”

回到公主寝殿，进门时萧砚宁脚步趔趄了一下，走在他前边的谢徽禛立刻回身扶住了他，萧砚宁却迅速缩回手，像碰着什么烫手的山芋一般，避开他的视线小声道：“臣失态了，殿下恕罪。”

谢徽禛看着他，到嘴边的话又咽回去，先进了门。

内侍来问谢徽禛是否需要沐浴，谢徽禛吩咐道：“你们先退下去，一会儿再说。”

“殿下还是先沐浴吧。”萧砚宁道，他垂着眼，并不看谢徽禛，“您身上这样，不成样子。”

谢徽禛皱眉，“砚宁……”

萧砚宁沉默不语。

二人僵持片刻，谢徽禛到底妥协了，提醒他：“你就在这里稍待片刻，别离开。”

萧砚宁退开，谢徽禛心中叹气，只得先去了浴房。

人走之后萧砚宁宽大的衣袖下一直紧握住的拳头才骤然松开，用力闭了闭眼。

他身后的内侍提醒他：“世子爷，您先坐会儿吧，奴婢给您奉茶来。”

萧砚宁没理人，脊背挺得笔直就站在那里，仍垂着头，紧缩起的心脏让他分外难受，脑子里有无数混乱的声音，唯独没有思考的能力。

谢徽禛没多久便又回了殿中，沐浴之后换回了男装，头发还披散着，脸上的妆容已彻底清洗干净，再无半分公主殿下的痕迹。

萧砚宁仍不愿看他，垂首道："殿下既已无事，臣便先退下去了。"

谢徽禛没应，沉眸看着面前人，殿中宫人已尽数退出去，偌大的宫殿内唯有他二人。

相对无言许久，谢徽禛的目光落向萧砚宁身后，殿外进来的日光在他身后拉出一道长影，衬得萧砚宁单薄的身形竟有些可怜。

谢徽禛心情复杂，他重重地一叹，道："砚宁，我们好好说话吧，你想知道什么直接问，我全都告诉你，绝不再骗你。"

"骗"字从谢徽禛嘴里说出，萧砚宁仿佛被打击到了一般，颓然闭了眼。

原来之前谢徽禛确实在骗他。

谢徽禛见他这个反应，只得自己说了："乐平就是我，我就是乐平，没有什么双生子，从一开始就只有我一人。父亲当年为保住我性命，对外说我是女儿身，先帝也不知情，还给我封了郡主，并给我们指了婚，小时候我去找你玩，也是因为你是我的"未婚夫"，所以我想看看你是什么样的人。我们分开后我一直对你念念不忘，我认定我这辈子就只有你这一个朋友了。"

萧砚宁也不知听是没听，始终低着头不吭声，谢徽禛继续说下去："所以我与父皇说要履行婚约，父皇给了我一年时间，若不能确认你是值得信任之人，便让我放过你。我知道你的性子，最是循规蹈矩，我只能用这样的非常手段。我本想等回京之后，你与公主提了和离，便将事情原原本本地告诉你。没承想出了今日这样的意外，猝不及防提前让你知道了。知道了便也就知道了，砚宁，你不必想太多，我还是我，和以前是一样的，我对你的诚心始终都是真的。"

谢徽禛话说完，最后一个音在空荡荡的宫殿里回荡。

萧砚宁依旧沉默。

谢徽禛等了片刻走上前，试图伸手去拉他。才碰到他的袖子，他已退开，仍是那句："殿下若无其他事，臣便先退下了。"

谢徽禛皱眉，"砚宁，你一定要这样吗？"

萧砚宁坚持道："请殿下准许臣先行告退。"

谢徽禛看着他，萧砚宁低首、拱手，恭恭敬敬，垂着的眼睫毛却在微微颤抖，昭示着他心中的不平静。

"不想见我？"谢徽禛的声音里没有情绪，慢慢道，"生气了吗？"

"殿下恕罪。"萧砚宁道。

谢徽禛问他："我恕了你的罪，你能恕我的罪吗？"

萧砚宁不想接话，谢徽禛永远是这样，像是在示弱，其实是在逼迫他。

他以为他已足够了解谢徽禛，到头来还是假的。这半年多以来的一切，都是谢徽禛以一己之力构造出的假象，他被耍得团团转，被谢徽禛当作傻子一样戏弄，他的那些难过和纠结，其实根本不值一提。

难怪谢徽禛一直说他是傻子，他确确实实就是个傻子，傻得可笑。

"砚宁……"谢徽禛再次喊他。

萧砚宁只有同样的一句："请殿下容许臣先行退下。"

谢徽禛问他："你要退去哪儿？"

萧砚宁愣住。

他要退去哪儿？谢徽禛就在这里，他能退去哪儿？

谢徽禛还欲再说，外头进来人禀报："殿下，德嬷嬷来回报事情。"

谢徽禛敛下心绪，吩咐道："传她进来。"

萧砚宁看着走进门来的老嬷嬷，是平日里贴身伺候公主的人，此刻面对已恢复男儿身的谢徽禛，她的神情不变。

原来谢徽禛身边所有人都知晓他的身份，萧砚宁恍然，更觉自己当真是可笑至极。

那嬷嬷上前禀报与谢徽禛，她方才带着一众婢女去仔细盘查了那些女宾，并未发现可疑之处，毕竟都是有头有脸的命妇，不知是否还要一直扣着她们，又犹豫地问道："而且殿下的身份……她们先前都看到了，不知殿下打算如何解释？"

谢徽禛微眯起眼，想了片刻，道："什么也不说，随她们去猜吧。"

他又吩咐道："派人去告知蒋文渊和胡田学一声，让他们将孤在这别宫里的消息放出去，叫所有人都知晓孤是奉皇命微服来江南办差，却在这别宫中遭人行刺，今日之事务必要查个水落石出。"

德嬷嬷闻言提醒他道："殿下何不直接说您扮作公主是为查案，否则那些女眷们回去之后，恐会生出流言来。"

为何大庭广众之下太子殿下会扮作公主？他是来了这江南之后才第一回这么做，还是之前便一直如此？流言蜚语一旦传开，肯定会有人怀疑谢徽禛的身世，质疑公主与太子其实是同一人，如此一来不但有损谢徽禛的名声，还会坏了皇家的颜面，甚至先帝和当今陛下都会因此被人诟病。

谢徽禛看向始终沉默不言的萧砚宁，道："就这么办吧，不必多说。"

下头人只能领命。

今日之事还得细查，谢徽禛让人查清楚再来报，将人都挥退了。

见萧砚宁心神恍惚，谢徽禛只得让他也先下去，"你去偏殿歇会儿吧，晚些时候我再去看你。"

萧砚宁行了一礼，转身离开。

跨出殿门时，刺目的阳光让他眼睛有些难受，萧砚宁恍神了一瞬，差一点又被门槛绊倒。一直在身后看着他的谢徽禛下意识地就要上前，萧砚宁已扶着门框狼狈地站稳，跨过殿门，快步而去。

谢徽禛愣了愣，收回了堪堪伸出去的手。

日暮时分，谢徽禛身边的内侍送来了膳食，萧砚宁坐在偏殿背光的一面，发呆地看着窗外，一动不动，亦无半点声音。

那内侍吓了一跳，赶紧将食盘送过去，搁到他身边的矮几上，小声提醒道："世子爷，您趁热用些膳食吧，奴婢帮您将灯点起来。"

萧砚宁没应，内侍只当他是准了，将殿中的灯都点了，再过来伺候他用膳。

萧砚宁终于开了口："你下去吧。"

"可……"

"下去吧。"萧砚宁再次道。

"那世子爷您记着用膳，别放凉了。"内侍叮嘱完，不放心地退了下去。

谢徽禛过来时，萧砚宁仍坐在那个位置上看着窗外，没挪动过，身侧的膳食一口未动，已然凉透了。

谢徽禛的目光扫过去，再落回萧砚宁脸上，"在这里坐了一个下午？为何不吃东西？"

萧砚宁慢慢抬眼，目光顿了顿，眼里有火光点点，打量着面前的谢徽禛。

谢徽禛平静地回视，他看到萧砚宁眼中映出的自己的影子，模糊不清。

片刻后萧砚宁起身行了礼，恭敬地垂首道："臣才疏学浅、不堪大用，怕是不能再替殿下分忧，还请殿下准臣辞了差事，放臣离开。"

"你要走？"谢徽禛神情倏然冷了，"你就这般生气，一定要离开？"

萧砚宁道："请殿下开恩。"

"开恩。"谢徽禛咬牙念着这两个字，讽笑道，"好一个开恩！"

不等萧砚宁说话，他又道："我若是不肯呢？"

萧砚宁再一次重复道："请殿下开恩。"

"不可能！"谢徽禛拔高声音。

谢徽禛恶狠狠地靠近他耳边，"砚宁，别与孤较劲，你没有胜算的。"

萧砚宁紧绷起身体、握紧拳头，心里陡然涌起一股怒气，前所未有的，甚至是大不敬的。

在谢徽禛似有似无的话语落到他耳边时，怒火腾起，烧毁了理智，他抬起手，一巴掌甩上了谢徽禛的脸。

"啪"的一声响，萧砚宁与谢徽禛同时愣住，谢徽禛先回过神，捉住萧砚宁的手腕，竟扯起嘴角笑了。

萧砚宁眸光动了动，对上谢徽禛戏谑的眼神，终于意识到自己做了什么。

他慌忙想要跪地请罪，但被谢徽禛禁锢住一只手，挣脱不开。

谢徽禛左侧脸上一片通红，巴掌印格外刺目，他不以为意，问道："还要打吗？"

萧砚宁双目微红，声音沙哑道："殿下一定要这样吗？"

谢徽禛垂眸盯着他不动，二人对视片刻，像是互相较劲，最后谢徽禛叹了口气，放开他坐起身，"我不动就是了，起来吧。"

萧砚宁要跪下去，被谢徽禛伸手拦住，"不许跪，打都打了，现在跪晚了，方才不是挺硬气？"

他就这么随意靠坐于榻上，看向面前似在拼命忍耐的萧砚宁。

"真的这般生气？"谢徽禛低下声音道。

萧砚宁不语。

谢徽禛盯着他，"我跟你道歉也不能接受吗？我错了便是错了，不会不承认，你骂我也好，打我也好，都随你，这样也不行吗？"

萧砚宁不想回答，他脑子里始终昏昏沉沉的，谢徽禛的每一句软话背后或许都藏着他又一次的欺骗，萧砚宁想不明白，也不愿再想。

谢徽禛看出他的抗拒，等了片刻。

僵持过后，萧砚宁垂手泄了气，疲惫地问道："殿下究竟要做什么？"

"要砚宁和之前一样。"谢徽禛轻声道。

萧砚宁听着他理所当然的语气，讽刺地一笑，"和之前一样？像个傻子一样任由殿下欺骗戏耍吗？殿下说要臣与之前一样，不过是想要臣听殿下的话，在殿下心里臣就该如此，什么都听殿下的，无条件地顺从殿下。从前殿下逼着臣做自己不愿意做的事，臣不敢不从，甚至将臣的父母、妻子排去后面。可其实根本没有什么妻子，臣哪有那么好的福气，从头到尾只有殿下的谎言和欺骗而已。”

萧砚宁的声音不高，压着气愤，谢徽禛听出来了。

“兔子急了也咬人，原来是真的，我还以为砚宁永远都不会用这般态度对我。”谢徽禛道，“原来是真的生气了。”

萧砚宁语气生硬，“臣不敢。”

“你敢。”谢徽禛笃定道，“你都敢对我动手了，怎会不敢？砚宁，生气了就发泄出来，你不说我确实不知道你究竟为何这般生气，你肯打我，我也挺高兴的。我没要你事事都顺着我，是你一直要坚持那些君臣之道，不是殿下便是少爷，从不肯喊我的名字，在人后也不忘了那些没用的礼数，我缺你一个对我俯首帖耳的臣下吗？”

萧砚宁闭眼摇了摇头。

谢徽禛永远都有道理，他说不过。可他只是他自己，他有他自己的处事原则，他就算固执，也只是想坚持自己的底线而已。

“砚宁……”

萧砚宁漠然道：“殿下说这些有何意义？”

谢徽禛有些无奈，萧砚宁生气了便是真的生气了，面上越是恭敬，心中怒气越甚，他好不容易才让萧砚宁重新像儿时那般对待他，如今又前功尽弃。

萧砚宁不欲再说，望向殿外已然深垂的夜幕，“殿下请回吧。”

谢徽禛心潮起伏，那些晦暗的念头几番涌起又被他强压下去，最后也只是道：“你吃了东西我便走。”

萧砚宁皱眉，谢徽禛叫人进来重新送一份膳食，热菜、热饭搁到萧砚宁面前。

萧砚宁沉默片刻，端起饭碗，快速将膳食用了。

谢徽禛待到萧砚宁吃完，道：“今日早些睡吧，从今日起我们便留在这别宫里，外头不太平，别再随意出去了。你现在不想见到我，我走就是，你好生歇息吧。”

谢徽禛叮嘱完，又与伺候萧砚宁的下人交代了几句，终于离开。但没有走远，出门后他停步在偏殿外的门廊下，兀自站了许久。

萧砚宁看到宫灯下他被拖长的影子，愣神片刻，移开了视线。

夜里萧砚宁睡得不踏实，脑子里反反复复都是他与谢徽禛成婚以来的种种，半梦半醒间浮起的，一时是谢徽禛自信矜傲的笑脸，一时是公主昳丽的面庞，又逐渐重合。

半夜萧砚宁从睡梦中惊醒，便再没了睡意，睁着眼睛直到天明。

天方亮他便起了身，谢徽禛留在官邸中的侍从都调来了别宫，萧砚宁叫来副统领，只问了他一句：“你也知道殿下与公主是同一人？”

对方尴尬地低了头，萧砚宁自嘲地一笑，再没说更多的。

辰时，蒋文渊与胡田学来了别宫请安。

他二人先前不知道别宫这里的乐平公主就是太子殿下，昨日别宫百花宴发生行刺事件，乐平公主摇身一变成为皇太子殿下的奇闻已在外头传开，他二人也才听说。

胡田学还好些，虽觉得奇怪，只以为太子殿下是为了查案才有此一出。一路跟着谢徽禛从京城过来的蒋文渊心头却是百转千回，回忆着这段时日来太子殿下的种种情境，一拍大腿，顿觉自己洞察到了什么不得了的天家机密，心头大骇，再不敢多说半句。

他二人来禀报外头的事情，胡田学正在查那陈文炳，如今总督死了，巡抚被收监，一应事务皆由陈文炳这位布政使代理。昨日之事传出后他府上尚未有什么动静，只派人来问是否能来别宫拜见太子殿下。

事情一传开，惊闻太子殿下到了江南，还差点遇刺，这边大大小小的官员慌了神，屁滚尿流地排着队来探他二人的口风。但没有谢徽禛示下，他二人自然不会说什么，只先敷衍着那些人，再来请示谢徽禛。

谢徽禛直接道："孤是微服来江南，本也不该与地方官员过多接触，谁也不见，你们盯着他们，叫他们老实点就行。陈文炳那边一旦查到什么把柄，立刻将其收监，严加审讯。"

蒋文渊、胡田学二人领命。

退下时胡田学还是犹豫着提了一句："殿下，外头关于您扮作公主之事传得沸沸扬扬，什么猜测都有，如此下去只怕不好收场。"

谢徽禛不在意道："不用管，随他们去说，你们下去吧。"

他二人不好多言，只得先退下了。

萧砚宁就站在殿外，他仍是谢徽禛的亲卫统领，恪守着自己的职责。

谢徽禛听人说他一早就起了，将他叫了进来。

恰巧副统领来禀报昨日刺客之事查得的进展，谢徽禛让他一块听，他便安静地站到了一旁。

"那戏班子在寻州这里名气颇大，那刺客扮作的旦角是个名角，戏班子里其他人都没发现人被换了。卑职等找过去时，发现原来的旦角已死在了自己的住处，他死前接触过的人都已查过一遍，尚未发现可疑之处，但那刺客既然能扮作名角上台且不被人察觉，应当也是会唱戏的，卑职等正在排查寻州和周边府县中所有的戏班子，还需要一些时候。"

谢徽禛沉眸想了想，吩咐道："查一查陈文炳身边的人。"

副统领应下："卑职领命。"

萧砚宁忽然上前一步，低头请命："臣请求与其他人一起外出查案。"

谢徽禛想也没想便拒绝："不行，你不能去，外头太危险了。"

萧砚宁抬了眼，黑沉的双目中看不出情绪，"殿下既觉得臣贪生怕死，如此无用，臣这侍卫统领的位置便是形同虚设，为何不准臣辞了差事离开？"

谢徽禛皱了眉，无奈地解释："你是驸马，外头人如今都知道在这别宫里扮作公主的人是孤，既有人敢派人行刺孤，如何不会有人对你下手？"

萧砚宁反问他："出京之前殿下便知以您的身份来江南危险万分，若是怕出事，殿下又为何要来？”

头一次，谢徽禛竟生出语塞之感。

萧砚宁说他伶牙俐齿，其实萧砚宁自己也不差。

谢徽禛问他：“你不留在孤身边护卫了吗？”

萧砚宁道：“殿下自身武艺高强，身边留了人，别宫这里亦再无外人进来，并不会有危险。”

谢徽禛道：“一定要去？”

萧砚宁坚持道：“望殿下准许。”

谢徽禛沉眼看着他，萧砚宁垂眸不再言语，等他做决定。

片刻后谢徽禛挥了挥手，让其他人先退下，示意他，“砚宁，你过来。”

萧砚宁并未如之前那般走上前，仍是那句：“请殿下准许臣的请求。”

谢徽禛道：“就这么不想见到我？宁愿躲去外头查案？”

萧砚宁不答。

谢徽禛笑了，“还真是脾气倔，今日我要是不同意，你会如何？跟我打一架？”

萧砚宁没理他。

谢徽禛又“啧”了一声，“行啊，想躲出去也可以，打得过我，我就答应你。”

萧砚宁微微变了脸色。

谢徽禛的语气甚至有些肆无忌惮，萧砚宁软硬都不吃，他只能耍无赖。

他再次道：“来，打我啊。”

萧砚宁眉头紧皱，谢徽禛凑了过来，到他面前，他忍无可忍，抬手推了谢徽禛一把。

谢徽禛身体往后晃了晃，堪堪站稳，看着萧砚宁笑。

在萧砚宁面色更难看前谢徽禛终于笑够了，慢悠悠开了口：“你想去便去吧，顾及自身安危，身边至少叫三个人跟着才许出门。”

萧砚宁丢下一句“多谢殿下”，草草行了一礼，转身而去。

之后连着数日，萧砚宁早出晚归，宁愿在外办差，只为了避开谢徽禛。

因皇太子在此遇刺，寻州这段时日全城戒严，街上眼见着萧条了许多，萧砚宁每日在外头跑，倒是没再遇上过什么危险之事。

如此一来，收获却也不大。

萧砚宁已带人细致地盘查了一遍寻州和周边几个府县的戏班子，并无人认识那刺客，再要去更远的地方找，花费的时间将更多，与大海捞针无异。

钦差那头查陈文炳查得也不甚顺利，这位江南布政使当年也只是一个官职不大的普通地方官，这些年来他治下清明，历年考核都是甲等，又有王廷提携才有了今日的地位。这人不但民间风评好，还是个难得的清官，家里老娘、媳妇虽是命妇，像样的头面、首饰都没几件，日子过得十分简朴，全然叫人拿不着把柄。

仅凭王廷夫人的证词，虽也能将人拿下审问，但若事情背后之人当真是他，只怕以其缜密的心思，很难问出什么东西来。谢徽禛便命了钦差按捺着，先继续核查再说。

临近晌午，萧砚宁带着一众手下在街边的茶寮坐下，喝口茶歇息片刻，跑了一上午所有人都累了，更有些泄气，都三四日了，依旧没查到任何线索，便是回去与殿下交差都无颜面。

有手下低声抱怨：“这个陈文炳，既不贪财也不好色，不嫖不赌，半点男人会有的毛病都没有，怎么查都是干干净净，也是奇了。”

他们奉命查那刺客是否与陈文炳有关，结果同样一无所获。与陈文炳打交道多的除了同僚便是下属，家里也只有老娘、媳妇和一双年幼的儿女，下人都没几个，更无半个侍妾。

查来查去，他们都要怀疑是不是那王夫人信口雌黄，冤枉了一个难得的好官。

“可不是，唯一的爱好便是去护城河边钓鱼，也不知道他这日子过得有什么意思。”有人接话道。

萧砚宁喝着茶，听着几个手下嘀嘀咕咕地议论，忽然想到什么，搁下茶杯，吩咐道："我们去护城河边走一趟。"

下头人道："我们前日已经去过……"

萧砚宁道："再去看看吧。"

他说要去便去了，虽然其他人并不抱什么希望，这边先前他们已来过一回，并未查到什么。陈文炳每回休沐日便会在护城河下游段固定的地方钓鱼，一坐便是一下午，这事并不是什么秘密，熟识他的同僚都知道。

到地方时已经过了午时，护城河下游段在城西郊，这一带景致不错，也幽静，确实是适合放松休憩的好地方。

萧砚宁在河边站了片刻，四周坐落着一些宅院，于青山绿水间，仿若世外桃源。

他随口问了句："这边还有人住？"

手下答："有些富贵人家会在这边置别院，偶尔过来小住。我们查过了，陈文炳和他家里人名下都没有别的房产，他来这边也只是钓鱼，从不在外头过夜。"

萧砚宁微微眯起眼，瞧见前方半山上有座和其他地方不一样的宅院，又问："那边是什么？"

“应当是座道观，地方挺小的，我们前两日去的时候没碰到人。”手下回道。

萧砚宁心思微动，道："我们再去看看吧。"

一行人转身就要走，却忽然下了雨，几个手下手忙脚乱地撑起伞，提醒萧砚宁："世子爷您先去对面的路亭下避避雨，属下去跑一趟便是。"

萧砚宁也不坚持，点了点头，去了一旁的路亭里等。

春日的雨下起来便没完没了，一时半会儿不会停，萧砚宁坐在亭中朝外看，发愁一会儿要怎么回去。

他们来时是骑马来的，只随身带了两把雨伞，若是雨一直不停，只能冒雨上路了。

淅淅沥沥的雨水听着叫人厌烦，萧砚宁微微愣神，看到了远处冒雨而来的马车。

车驾旁跟随着一众骑马的护卫，个个身上都穿了蓑笠，正是谢徽禛身边的人。

车停在路亭前，萧砚宁下意识地站起身，就见赶车的内侍跳下车辕，拉开门，扶了谢徽禛自车中下来。

谢徽禛走进路亭中，萧砚宁这才回过神，低头行礼。

“跑来这么远的地方不知道提前看看天气？这一看便是要下雨，怎么不多带些雨具？我若是不来，你是打算留这里一直等雨停，还是冒雨回去？”

谢徽禛开口便是一连串的问题，语气中带着数落，萧砚宁听罢淡淡地反问了他一句：“殿下为何会来？”

谢徽禛道：“听人说你来了这里，特地来接你。”

萧砚宁道：“殿下万金之躯，不该随意出门。”

“那你就少让我操些心。”谢徽禛道。

萧砚宁谢恩，又变成了从前一板一眼、君臣之间泾渭分明之态。

谢徽禛有些无奈，温声提醒他：“砚宁，回去了。”

萧砚宁看一眼谢徽禛身后那些人，问道：“殿下可否叫人给臣一套蓑笠？臣骑了马来。”

谢徽禛直接拒绝道：“不行，下雨了，你随我一起乘车回去。”

萧砚宁皱眉，谢徽禛再次道：“上车吧，你若是执意要骑马，我便陪你一起骑。”

二人僵持不下，外头人提醒他们再不走一会儿天晚了，路怕不好走。

萧砚宁到底还是跟着谢徽禛上了车。

因下了雨，日光昏暗，车门阖上后车内的光线也变得格外暗，谢徽禛递帕子过来，让萧砚宁擦拭脸上的雨水，萧砚宁没接。

谢徽禛将他的动作看在眼中，“砚宁，我要怎么跟你道歉，你才能不再生气？”

萧砚宁道：“殿下放过我吧。”

“我放过你，然后呢？”谢徽禛的声音难掩失落，“我们桥归桥路归路，从此以后与我再无瓜葛，你想要的就是这个？”

萧砚宁语塞。

“你说了你对我忠心不二，不离左右。砚宁，你不能骗我。”谢徽禛提醒着他。

萧砚宁心里蓦地又涌起一股怒气，“殿下可以骗臣，臣却不能骗殿下吗？”

“因为砚宁是君子，我只是个小人。”

萧砚宁紧皱起眉，“殿下就只会强人所难吗？”

谢徽禛道：“那砚宁说，我该怎么做，你才能不再计较这件事？”

萧砚宁自己其实也不知到底要如何才能放下这个心结，因为太在乎了，才无法接受被欺骗，他更害怕日后还会不断陷入同样的境地。

谢徽禛想着，或许萧砚宁也并非天生就是那样驯服的性子，小时候他会因为药苦背着父母一再将药汁倒掉，他绝非听话之人。生气了会发脾气甚至打人，这样很好，远比一直憋着，将自己憋出内伤好。

萧砚宁闭了眼，再不想理他。

回到别宫寝殿时，下了快一个多时辰的雨终于停了。

谢徽禛进门便吩咐人去煮姜茶，示意萧砚宁坐下。

萧砚宁实在是累了，再坚持那些君臣之道也没意义，连谢恩的话都不想再说，坐去了一旁的榻上。

过了片刻，萧砚宁派去查事情的手下进来复命。

他们去查了那道观，那里像是好几日都没人回去，他们干脆直接破门进去看了，果真有可疑之处。里头不像个正经道观，不见什么仙风道骨，屋子里有一堆淫乐之物，他们还在其中找到一件旦角的戏服。

谢徽禛目光一顿，“戏服？”

下头人道：“是，问过附近的住户，说是甚少见过那道观有人出入，只知道里头有个年轻道士，很少露面，拿那刺客的画像去问，确实就是他。至于陈文炳去没去过那道观却不能肯定，之后卑职们便去查了那道观的房契，持房契之人叫陈复。”

谢徽禛道：“也姓陈。”

手下答：“是，姓陈。”

谢徽禛想了想，吩咐道：“去问问胡田学那边查陈家的底细查得如何，这陈复有无可能是陈家人。”

将人挥退，谢徽禛回头去看萧砚宁，他正抱着碗在喝姜茶，谢徽禛走过去，萧砚宁将另一只盛汤的碗往他面前推了推，没说话。

谢徽禛道：“砚宁今日立功了。”

萧砚宁淡声道：“是下头人的功劳。”

谢徽禛笑了笑，抱起面前的姜茶喝起来。

第十章 水落石出

转日萧砚宁再带人出门，继续追查刺客之事。

忙忙碌碌一直到傍晚，回别宫路上碰上个不速之客，徐长青叫人来拦了他的马，请他去街边茶楼里喝杯茶。

萧砚宁不想去，上次在别宫外不欢而散，他与这位表兄实在话不投机半句多，这会儿又赶着要回去复命，干脆拒绝了对方的邀请。徐长青却自己下楼来，叫住了他："砚宁，说几句吧，不会耽搁你太久，之前是我失礼了，我给你赔个不是。"

他言语诚恳，拦在萧砚宁马前，众目睽睽下，萧砚宁只得翻身下马。

二人坐进茶楼二楼的雅间，徐长青解释自己现下在寻州这边念书，才会在此碰上他，再问萧砚宁要喝什么茶，萧砚宁淡声道："表兄有话直说吧，我还要赶着回去别宫。"

徐长青就上次的事情郑重与他道歉，萧砚宁不欲计较这些，"算了。"

徐长青闻言像是松了口气，便又说起这两日外头沸沸扬扬的传闻，问萧砚宁那日别宫里究竟发生了什么事，萧砚宁道："当日外祖母和舅母她们也在场，表兄应是听她们说了，又何必再多问。"

“是听说了。”徐长青迟疑道，“不过祖母和母亲她们也是惊魂未定，说不大清楚。怎会有刺客混进别宫里，是谁派出的刺客查到了吗？还有……公主的身份，外头各样的猜测都有，究竟是怎么回事？”

萧砚宁摇了摇头，“刺客的事情还在查，尚不清楚，至于公主的身份……”

萧砚宁对上徐长青看向自己的目光，忽然想起那日他说的那句“若是他骗你呢”，要不是徐长青此刻表现出的困惑过于明显，萧砚宁甚至怀疑他早已知道了这事。

在外人面前，萧砚宁并不想解释太多，只说了一句：“我早知道了。”

徐长青道：“真的？”

“嗯。”

徐长青打量着他的神情，片刻后意味不明地笑了笑，给他斟茶，“那便好，看来是我小人之心了。”

萧砚宁没再接话。之后又与徐长青说了几句有的没的，关于刺客的事他下意识地没有透露更多，只坐了一盏茶的工夫，起身告辞。

“表兄不必送了。”萧砚宁说罢一点头，转身离开。

回程路过清水街的崇原镖局门口，萧砚宁下意识地抬眸看了一眼，匾上“崇原镖局”几个字在霞光下显得格外庄肃。他微微眯起眼，那种莫名其妙的熟悉感忽然又冒了出来。

手下见他停住，喊了他一句：“世子爷？”

萧砚宁回神问道：“崇原镖局的人现下想必也知道了殿下的身份，可有何动静？”

“没有。”手下答，“我们的人一直盯着他们，暂时并没有什么可疑之处。”

萧砚宁点了点头，没有再问。

回到别宫已近酉时正，萧砚宁去见谢徽禛，将今日所得禀报与他。

“陈复名下不只有那一处道观，还有许多庄铺田产，分布在江南各个州府，明日起臣会带人一处一处去查看，只怕要查清全部，需要不少时日。”

谢徽禛闻言问他：“你还打算去别的州府？”

不等萧砚宁回答，谢徽禛道：“这事交给钦差去继续查吧，你与其他人都是孤的亲卫，更要紧的还是在孤身边护卫。”

副统领和几个手下都在，谢徽禛当着众人面亲自开了口，萧砚宁只能领命。

余的人退了下去，谢徽禛走近萧砚宁，看着他，“不高兴了？还想去外头跑？”

萧砚宁道：“不敢，臣的职责确实是护卫殿下，理当留在殿下身边，若是再出现行刺之事，臣万死难辞其咎。”

他说话时低着头，声音没什么起伏，谢徽禛听不出他是真这般想，还是故意说这样的话与自己闹别扭。

“今日回来碰到了徐长青？”谢徽禛问。

萧砚宁道：“是。”

谢徽禛撇嘴，“他又与你说了什么不好听的？”

萧砚宁道：“没有，随意聊了几句。”

“先用膳吧。”谢徽禛无奈道。

萧砚宁便要退下，谢徽禛叫住他：“你今日又要一个人回去吃，不陪我一起吗？”

谢徽禛一用这种语气说话，萧砚宁便忍不住皱眉，“请殿下准臣退下，臣还要安排下头人换防之事。”

“用完晚膳再去，急什么！”谢徽禛坚持道，也不等他答应，直接叫人传膳。

用过晚膳，萧砚宁去外边与手下交代事情。

谢徽禛亦步亦趋地跟着，这下别说萧砚宁不自在，下头那些人更不自在，萧砚宁无法，只得简单说了几句，剩下的便交给副统领他们。

待人退下，萧砚宁转身看向依旧笑眯眯地跟在自己身侧的谢徽禛，忍耐着问他：“殿下究竟要做什么？”

谢徽禛道：“不做什么，还早，砚宁进去陪我喝茶。”

说罢他也不等萧砚宁答应，提步先进了门。

萧砚宁只得跟上。

说是喝茶，萧砚宁却无那闲情逸致，低头喝得很快，只想喝完茶便赶紧离开。

谢徽禛无奈，提醒他：“你喝慢些吧，别呛着了。”

萧砚宁没理他。

谢徽禛看着他将茶一口气喝完，问道：“砚宁，为何你待乐平即便不喜欢也温柔体贴，待我就不能好一些？”

萧砚宁放下茶盏，“殿下是女儿家吗？”

不等谢徽禛说，他继续道：“殿下若当真是女儿家，是臣的妻，臣自然会待殿下温柔体贴。可殿下不是。”

谢徽禛被噎了一下。

萧砚宁这嘴，是越来越毒了。

第二日晌午之前，胡田学来别宫禀报查案进度，事情终于有了些进展，他们查到陈文炳其实是陈家养子，陈氏夫妇先前还有一个亲生子，因身子不好，为了续命从小被送去道观里养着，十二三岁便夭折了。

谢徽禛闻言道：“道观？”

“是，是道观。”胡田学继续道，“那孩子因身子不好，一直未取名，家里人只给了他一个小名叫双双。”

陈复，陈双双。

谢徽禛沉了脸。

胡田学接着道：“臣的人找到了一个早年伺候过那小少爷的仆人，据他说那小少爷后腰上有块巴掌大的胎记，与那刺客身上的一样，若是要确认，还得让陈家人来。”

谢徽禛问：“儿子明明活着却说死了，如今人真死了，却是行刺孤这个皇太子后畏罪自尽的，他们如何能认？”

胡田学不知该怎么回，一旁的萧砚宁道：“别人不会认，陈老夫人未必不会，毕竟是她的亲生子，陈文炳的这些事情她也未必就清楚，或许可以试一试。”

谢徽禛看他一眼，接了话：“那就试试吧，那老夫人百花宴那日身上还戴了串佛珠，应是喜欢礼佛的。过几日就十五了，她可能会去庙里，趁着她出门‘请’她去认一认自己早亡的儿子吧。”

胡田学应下，又道：“陈文炳的养父陈潜二十多年前还做过灞州下平县的县官，下平县离黑水县只有几十里路，其中或有什么联系。”

谢徽禛皱眉吩咐他：“先别打草惊蛇，等他家老夫人认了儿子，立刻去将他押下。”

之后他又交代了胡田学几句，让他先退下。

午后，萧砚宁收到外头递来的话，外祖母她们自上次百花宴之后一直留在寻州这边，过几日打算回去苍州了，走前想再见他一面，问他是否有空。

萧砚宁还在犹豫，谢徽禛提醒他道：“想去便去吧，也别叫她老人家再跑一趟了，我陪你去见她们。”

萧砚宁望向他，“殿下不是让臣离徐家人远些吗？”

谢徽禛意味不明地笑笑，“我若是真让你与他们断绝关系，你不得恨我？”

萧砚宁道：“出宫危险，殿下不必与臣一块去。”

谢徽禛道：“我要去。”

萧砚宁不再阻止，让人去回话，说后日他会过去一趟。

过了两日，他们晌午过后才出门，到徐府在寻州的别院时是申时末，得知同来的还有谢徽禛这位皇太子，徐老夫人亲自出来迎驾，谢徽禛笑着免了她的礼，“之前已在贵府叨扰了大半个月，老夫人不必这般客气。”

徐老夫人身后的女眷们偷眼打量他，难掩好奇，先前只以为他是钱小郎君，谁能想到这位竟是储君殿下，还是别宫里那位宴请过她们的乐平公主！

那日百花宴上的场景，真是叫人记忆犹新的一出好戏。

徐老夫人迎了他们进去，在这边的徐家人只有那日来参加百花宴的女眷们，因行刺之事怕外头不太平，她们在这边多待了些日子，明日才要走。

徐长青不在，他人虽在寻州，这个时辰应是在学堂念书还没下学。

萧砚宁与徐家人寒暄了一阵，因有谢徽禛在，徐老夫人也不好多问别的，只关心了一番他的安危，萧砚宁拣能说的说。

谢徽禛在一旁坐了会儿，说去院子里逛逛，起身出了门。

徐老夫人这才问起萧砚宁：“殿下他真是公主吗？”

萧砚宁点头，“是。”

徐老夫人道：“一直就是？”

萧砚宁道：“外祖母，这些事情我不好说，您也别问了。”

徐老夫人叹气，“你与公主毕竟是夫妻，如今公主变成了太子殿下，我知道了心里能不担心吗？外头还有各种乱七八糟的传言，越说越离谱……”

“无事的。”萧砚宁宽慰她道，“我有分寸。”

老夫人也点了点头，“有分寸便好，你们打算几时回京去？那刺客背后是什么人抓着了吗？你跟着殿下这样每日进进出出的，会不会再碰上危险？”

“刺客的身份还在查。”萧砚宁没有说更多的，“护卫殿下是我职责所在，危不危险的都得做。”

老夫人道：“我也只是担心你，出了刺客这事，谁听着心里不慌？那日的凶险我也是亲眼所见，怎么在别宫里都能遇上这等事情……”

萧砚宁只得道：“真的无事，外祖母不必多虑。”

谢徽禛在院中漫不经心地赏春花，没有等太久，萧砚宁出来了。

他一挑眉，“这么快就说完了？”

萧砚宁道：“让殿下久等了，回去吧。”

他其实还是有些担心谢徽禛在外面不安全，不如早些回别宫。

萧砚宁说要走，谢徽禛自无意见。

徐家人送他们出门，上车时萧砚宁不经意间一抬眼，瞥见徐老夫人身后的府门门匾，目光微微一顿。

徐家是二十几年前从寻州迁去的苍州，寻州这别院曾经是徐氏的老宅，连府门上这牌匾都是他外祖父亲手题的，他外祖父向来写得一手好字。

他寄养在徐家时，曾跟着他外祖父练字过一段时日。

萧砚宁心思沉了沉，陡然间想到了一些事情。

谢徽禛先进了车中，萧砚宁跟进去。

车门阖上，谢徽禛见他有些走神，问道：“你在想什么？”

萧砚宁回神摇了摇头，“没什么。”

不确定之前，他不想说。

谢徽禛又问他：“徐老夫人与你说了什么？”

萧砚宁道：“说了几句关心之言而已。”

“是吗？”谢徽禛弯起唇角，“她有无问过你刺客之事？”

萧砚宁看着他，“问了，臣未与她细说。”

“哦……”谢徽禛拖长声音，语气有些奇怪，他又岔开话题，说起别的。

萧砚宁垂了眼，之后便都不再提这个。

翌日，萧砚宁一早便起了床，说去外头转转，不多时就会回来。

谢徽禛笑着提醒他早去早回。

萧砚宁草草行了个礼，转身走了。

萧砚宁离开了一个多时辰，钦差胡田学来禀报事情，清早陈府的老夫人去城郊的庙里上香，他们在半道上将人拦了，强行将人带去认儿子。那刺客死了快半个月，尸身一直藏在冰窖里，并未面目全非，脸上的戏妆清洗干净后，陈老夫人一眼就认出了人，确实是她那本以为十年前就已死了的亲生子，甚至不用看身上的胎记。

陈老夫人当场就站不住了，但问起她陈文炳做过的事情，她却一无所知。

“再有便是，臣派人去搜了那陈复名下的几处庄子，皆在地窖中发现了大量金银。臣以为，当年之事，应当确系陈文炳与其父所为，开采出的铁矿卖去西琉，换得的钱财一半分给京中大世家，一半归他们自己所有，藏于假死在外的陈氏亲生子处，以便瞒天过海、掩人耳目。”

谢徽禛蹙眉想了片刻，吩咐道：“先将人押了审问过后再说吧，孤这里昨日已收到陛下旨意，将陈文炳押下后，政务由蒋文渊这个巡察御史暂代处理，拿不定主意的让他直接来别宫请示孤。”

胡田学应下，深觉陛下当真对面前这位储君殿下深信不疑，不但派他来江南查案，眼下连这边的政务都直接交到他手中了。

“过几日孤要出去一趟，会去平州，可能要六七日才能回，有要紧事你派人送信过去。”谢徽禛又道。

胡田学闻言有点意外，“殿下要去平州？微服去吗？可先前才发生过行刺之事……”

“无妨。”谢徽禛不在意道，“小心些便是，江南的驻兵营也靠近平州，怕什么，陛下给了孤密旨，必要时孤可以调动这边的驻兵。”

胡田学还要劝阻的话到嘴边没再说下去，殿下连兵权都拿到了，他还能说什么。

临近晌午，带人在外跑了一上午的萧砚宁决定打道回府，他今日出门却不是为办差，而是跑遍全城到处购买字帖，堆了整整一马车。

回到别宫时谢徽禛刚准备叫人出去寻他，见到萧砚宁进门，谢徽禛不满道：“不是说不多时就回来，怎么去了这么久？”

“全城都跑了一遍，耽搁了些时候。”萧砚宁没有细说，下头人帮他把字帖都搬了进来。

谢徽禛随手拿起一本翻了几页，再去拿另一本，连着翻了几本后奇怪地问他：“这些全是字帖？而且看着都不是什么名家的，你买这么多字帖做什么？”

萧砚宁道：“殿下别问了，若有发现臣自会与殿下细说。”

谢徽禛微眯起眼，看着他，他低了头。

谢徽禛笑了笑，“好吧，那我不问了。”

用过午膳，萧砚宁便坐下开始翻那些堆积成山的字帖。

他本想去偏殿，但谢徽禛不许，坐在一旁陪他一起翻，不时打断他，说些不着边际的话。他懒得理谢徽禛，大部分心神都放在那些字帖上，偶尔才敷衍地应谢徽禛一声。

谢徽禛看出他是在找什么东西，无聊地在一旁泡着茶，顺嘴问道：“喝茶吗？刚送来的明前龙井要不要？”

萧砚宁眼皮子都没抬，丢出一句：“不喝。”

谢徽禛又道：“你在找什么，我帮你一起找吧？”

萧砚宁道：“不劳烦殿下。”

谢徽禛无话可说，干脆与他提起正事，将胡田学早上来禀报的事情说了一遍，他终于给面子，抬了头看向谢徽禛，“臣方才进来时听人说了，殿下之后有何打算？”

谢徽禛慢悠悠地抿了一口茶，再放下茶盏，“不知道，再说吧。”

萧砚宁心知谢徽禛是怀疑事情并未到此结束，非但是谢徽禛，其实他自己也有同样的感觉，要不今日也不会特地出门去买这一车的字帖回来。

见谢徽禛提到这个时神色微黯，萧砚宁又想起当日在北海别宫，谢徽禛说起他从前经历时的那个模样，到底不是装的。

萧砚宁搁下手中的字帖，难得安慰了谢徽禛一回："总会查清楚的，至少现下已比之前一无所知要好得多。"

谢徽禛看着他，又笑了，"砚宁总算肯心平气和地与我说话了？"

谢徽禛一恢复常态，萧砚宁便不想理人，低了头继续去翻那些字帖。

之后不管谢徽禛再说什么，他依旧态度敷衍，谢徽禛说十句，才勉强回一句。

谢徽禛自觉没趣，干脆不说了，将茶喝了便歪倒在榻上睡了过去。

萧砚宁的目光落过去，停了片刻，小声叫人来给他盖了床毯子到身上。

谢徽禛再醒来，已是日暮时分。

萧砚宁仍在翻那些字帖，他翻身趴在榻上看萧砚宁一阵，伸手捻走了萧砚宁手中的那本，"外头天都快黑了，你还在看这个？"

萧砚宁拾起手边最后一本翻完，不禁失望，没有，他曾在外祖父书房中见过与那崇原镖局门匾上的字迹一样的字帖，这些里头却没有。

他也是昨日从徐府别院出来时，才偶然间想起这个。他还在苍州徐府时，曾在他外祖父的书房中临摹过一本十分冷僻的字帖，不知出自谁之手，但笔锋很有特点，当时他将一整本都临摹了下来，因而印象颇深，确定与那崇原镖局门匾上的字出自同一人之手。

他外祖父几年前便已过世，也不能再找他老人家问，且萧砚宁心里隐约有种说不清道不明的不舒服之感，所以在谢徽禛问起时他没有明着说，只想先将那字帖找出来。

寻州这边没有，得再叫人去苍州或是其他地方看看了。

谢徽禛见他忽然间发起呆，抬手在他面前晃了晃，"砚宁想什么呢？"

萧砚宁回神，敛去心头思绪，"没什么。"

谢徽禛笑着看他，"别想太多了，过两日随我去平州吧，听说那边有个大的瓷器市场，我们去看看。”

萧砚宁皱眉道：“殿下要去平州做什么？外头不太平，最好还是在别宫里待着。”

“去吧，出去转转换个心情，别的事情不必担心，我自有安排。”谢徽禛道。

萧砚宁目光微顿，看着谢徽禛，徐家最大的瓷窑厂便在平州，谢徽禛这个时候要去平州的瓷器市场做什么？

谢徽禛回视他，勾唇笑了笑。

萧砚宁低了头，便也不再问。

总会知道的。

三日后，谢徽禛带着萧砚宁并七八个手下，出发去往平州。

平州地处与寻州、灞州形成的三角地带，离灞州更近一些，也是一处繁华大州，以盛产瓷器闻名。

他们来得凑巧，恰逢近日这边最大的几个窑厂相继开窑，新一批的上等瓷器上市，闻讯而来的商客众多，城中这段时日热闹非凡，客似云来。

“少爷，这间客栈还剩最后一处单独的院子，去了别家就不一定有了。”

车停了片刻，手下来禀报，谢徽禛推开车窗朝外随意看了一眼，道：“那就这里吧，不必再去别处了。”

下车时才发现这家客栈地处平州城最繁华的东大街上，但靠着街尾，不如前边热闹，故而还有单独的院落空着。

萧砚宁先带着一众手下进去查看了一番，确定里边无碍，这才来请谢徽禛进去。

谢徽禛好笑道：“砚宁你也太小心了，这种地方根本不会有人认得我们。”

萧砚宁却不这么想，这一路上他都分外谨慎，就怕一个不察又被别有用心之人盯上。

“小心些总是好的，少爷进门吧。”萧砚宁道。

谢徽禛笑了笑，提步跨过门槛。

这处院落确实不错，处在闹市街区的僻静处，也不显眼。虽不气派，但里里外外收拾得整齐干净，很适合他们在此小住几日。

用午膳时，打听到那瓷器市场离东大街不远，谢徽禛说下午就过去，萧砚宁问他：“少爷一路来此不累吗？”

谢徽禛道：“你累了？”

萧砚宁喝着汤，看他一眼，提醒道：“要出门至少叫德善帮少爷稍微修饰一下面容，免得被人认出来。”

毕竟先前在寻州和苍州，见过谢徽禛的人不少，即便没明着说皇太子就是钱小郎君，但自从皇太子来了江南的消息传出，有心之人稍微想一想便能猜到，萧砚宁始终有些担忧。

“麻烦。”谢徽禛道，“行吧，你说了算。”

萧砚宁道：“若是少爷愿意，扮作女儿身也无不可，如此更能掩饰身份。”

谢徽禛扬眉，“你认真的？”

萧砚宁眼里隐有揶揄之意，谢徽禛摇头，“还是免了，就别去外人面前闹笑话了。”

萧砚宁顺嘴接了句：“少爷也知道是闹笑话？”

谢徽禛无奈道：“你不就一直在笑话我？”

萧砚宁道：“既知是笑话，当日丢脸丢到一众江南命妇跟前时，为何不解释清楚？只要少爷说是为查案才不得已假借公主身份，外头便不会有那些风言风语，怀疑少爷的身份，猜测少爷与公主是同一人，甚至质疑先帝和陛下。”

“还质疑你我的婚事是吗？”谢徽禛笑了一声，“本来就是真的，有何可说的？”

萧砚宁沉声提醒他：“流言蜚语有损清誉，涉及皇家颜面，少爷为何要放任？”

“砚宁。”谢徽禛盯着他的眼睛，难得认真道，“这一次说清楚了，以后呢？回京以后让公主病亡，你成了鳏夫？不怕被人戳脊梁骨？先前不是还担心我会因此坏了一世英名吗？”

萧砚宁怔了怔，“我以为殿下不在意这个。”

“我是不在意。”谢徽禛不以为然，“名声好也罢，坏也罢，我都是太子，别人奈何不了我，但你不行，你脸皮这么薄，禁不住那些难听的话。”

萧砚宁下意识想争辩：“不会……”

“会不会我都不想你被人说。”谢徽禛道，“外头的风言风语想必已传进京中，如今人尽皆知江南别宫里的公主变成了太子，父皇必要给天下人一个解释。他当日说我是旁支遗孤，这一点是不能改的，但只要他老人家金口玉言，说在你我成婚之前，我已替代了公主的身份，你与我便是名正言顺。”

萧砚宁不赞同道：“殿下为何要替代公主的身份？这一点如何能让人信服？”

谢徽禛倒了口酒进嘴里，笑了笑，“便说公主几年前病逝了，按照祖宗规矩，及笄之前幼殇的公主无法葬入皇陵，陛下宽宏仁德，不忍兄长唯一的血脉流落在外，对外隐瞒了消息。又有萧王府与萧世子深明大义，明知实情依然挺身而出与公主完婚，只为了过继一个子嗣到公主名下，好让公主身后有人祭拜。至于孤，以兄长之身替妹出降，成全这段佳话而已。等孩子过继之后，宣布了公主的丧事，事情便了了。”

萧砚宁不知该如何评说，谢徽禛这话看似有理，其实荒唐，可似乎也没别的法子了。

谢徽禛又道：“砚宁，如此一来，你可以从萧家旁支过继个孩子到你和公主名下，也算对得起你父母。”

萧砚宁道：“少爷什么都计划好了，还问我作甚！”

谢徽禛笑道：“免得你又说我骗你。”

萧砚宁移开眼，分明是荒唐透顶之事，他却说不出扫兴的话。

谢徽禛这般自信，兴许这样当真是可以的吧。

后来便没再提这些事情，午膳之后他们出了门，直奔那瓷器市场去。

这边果然人山人海，随处可见外地来的商客，在各个铺子、摊子前讨价还价，挑选着货物，之后再将这些东西卖去江南各地，卖去江南之外的再卖去北边，卖去西南的那些小国，甚至卖去西琉。

谢徽禛他们请了个当地牙人帮忙带路，那人领着他们一路往前逛，热情地给他们介绍这边的几座大窑厂和卖这些窑厂出货的铺子，萧砚宁听了一阵，压低声音告诉谢徽禛："徐氏窑厂的生意占了这里市场的四成还多，方才他说的那些大铺子，有一大半卖的都是徐家瓷。"

之前让崇原镖局走镖的那批货物就是从这里进的，当时萧砚宁说的半边天，谢徽禛还当是夸张，如今看来却不假。徐家瓷器生意做得如此之大，远超他想象。

那牙人领着他们去相熟的铺子上逛，谢徽禛却只是看，并无下单的意思。

如此过了大半个时辰，他们在街边挑了家茶楼上去喝茶，谢徽禛顺嘴问了那牙人一句："我若是自己想买个窑厂呢？有人转手吗？"

那牙人目露惊讶之色，他先前就看出这位少爷身份不凡，想必出手大方，却没想到他不是来买瓷器，而是奔着窑厂来的。

"有是有，有些中小型的窑厂，想要买下倒也不是什么难事……"

牙人话没说完，便被谢徽禛打断道："窑厂规模大小不重要，关键是人，得有技术好的烧瓷师傅，才值得本少爷出手。你方才说这最好的瓷器大多出自济宝窑厂，济宝生意做得如此之大，自然是不会卖的，可若是哪家窑厂有从济宝那里出去的烧瓷师傅，那倒是不错，你先去帮我打听打听，钱不是问题。"

谢徽禛说罢，便有手下递了一锭银子给那牙人，谢徽禛道："这个便算作定金。"

那牙人眼都直了，什么都还没做便拿到了一锭银子的定金，再没比这出手更阔绰的人，当下保证三日之内必帮谢徽禛打听清楚。

打发走了人，他们才喝起茶。

萧砚宁问谢徽禛："少爷究竟要做什么？为何想要找徐氏窑厂出去的人？"

那济宝窑厂背后的东家便是徐氏。

谢徽禛拎起茶壶，亲手往杯中倒茶水，袅袅升起的水雾后，他眼中的情绪有些模糊不清。

萧砚宁等着他说。

片刻后，谢徽禛搁下茶壶，将茶杯推到萧砚宁面前，对上他的目光，微微一笑，"砚宁一定要知道吗？"

萧砚宁看着他，心里隐约有了猜测。他端起茶杯，低头抿了口茶，"罢了，以后再说吧。"

谢徽禛眼神动了动，还要说什么，外头来人禀报，说在楼下看到了杨镖头他们，似乎是走镖来这边，正在楼下歇息喝茶。

"卑职等都改变了容貌，他们没认出我们，听他们说，似乎他们的总舵主也来了平州这里。"那侍卫禀道。

谢徽禛先前就已派人查过崇原镖局的总舵主，是一貌不出众的中年男子，出身贫寒，幼年失怙，做过贩夫走卒，什么下九流的行当都干过。其人据说武艺颇高，后来带着几个兄弟一起开了这崇原镖局，再逐渐做大，在各州府陆续设立分舵，直至成为江南第一镖。

谢徽禛问："他来平州做什么？"

侍卫答："听那些镖师的口气，是因近日这边几个大窑开窑，商客多，请他们走镖的人也多，崇原镖局各地的镖队最近来了不少，总舵主便也跟着过来了。"

"那便叫人盯着他们吧。"谢徽禛吩咐道。

他们在茶楼里坐了片刻，楼下吃完茶的杨镖头等人走出茶楼，那杨镖头忽然抬头，朝二楼他们坐的房间望了过来，像是不经意，转瞬便又转了视线，带队离开。

萧砚宁坐在正对他视线方向的位置，见状提醒了对面的谢徽禛一句：“杨镖头方才像是刻意看了我们一眼，不知是否认出了我们。”

谢徽禛笑笑道：“我等都修饰了容貌，他也认得出来？”

萧砚宁道：“若有心，怎会认不出来？”

谢徽禛无所谓道：“认出便认出来了吧。”

萧砚宁皱眉，便没有再说下去。

后来他们又在市场中逛了一圈，日暮时分回了客栈。

寻州那边刚送了信过来，谢徽禛拆开快速看完，面色微沉，嗤笑了一声，将信纸按下。

萧砚宁略微迟疑，拾起那信纸，也从头至尾看了一遍。

信是钦差胡田学写来的，禀报谢徽禛：陈文炳被审讯数日后终于开口招了，承认了派刺客去别宫行刺皇太子的人是他，当年伙同京中大世家私开铁矿卖与西琉人的也是他。

据陈文炳所言，二十多年前，灞州黑水县县官无意中发现了治下的那座铁矿，将事情禀报给了灞州的知府。知府私下派人去勘测了那铁矿的储量，所得结果过于惊人。当时他家里恰巧有与西琉人经商的路子，便起了贪念，又自知自己一人吞不下那一座铁矿，所以联系了京中以赵氏为首的大世家，让一半利给他们，换得他们帮忙在朝廷瞒天过海，铁矿石就此开始源源不断地卖去西琉。

陈文炳的父亲陈潜当时任职在下平县，与黑水县离得近，察觉到了这件事情，也插了一脚进来，帮灞州知府做事，分一些蝇头小利。后来事情走漏了风声，被当朝太子发觉，派人来查，却被那些大世家反咬一口，太子落得被冤谋反而身死的下场。自那以后他们愈发胆大，那些年大梁与西琉战事不断，西琉人手中兵器却有近八成是由他们卖去的铁矿石铸成，他们也因此赚得盆满钵满。

陈潜为人狡诈，虽为官碌碌无为，但善于经营，还养了个好儿子，陈文炳得到当时为布政使的王廷的提拔，年纪轻轻就有大好前途。那灞州知府病死后，这一生意逐渐被陈氏父子接手，他们却也留了心眼，推在前头与京中那些大世家周旋的，依旧是那灞州知府家的子嗣，他们则躲在后面捡便宜。

但好运终有到头的一日，逆王和大世家造反落马，当今陛下登极，派人来查当年之事，陈氏父子将挡在他们前头的人推出去挡灾，又哄着胆小的王廷放洪水淹了铁矿，销毁证据，这才顺顺利利又多逍遥了这些年。

巡察御史来了江南，陈文炳便有所察觉，很快发现了谢徽禛的身份，知晓谢徽禛已去过灞州后，便去巧言恐吓王廷。王廷确实以为谢徽禛是来查他家当年投靠逆王、放水淹村之事，那日王廷在寿宴上亲眼看到谢徽禛，之后陈文炳去他书房一番恫吓，王廷方寸大乱，以为谢徽禛是去拿他的，为保家人性命急急忙忙就上吊自尽了。

陈文炳本意是让谢徽禛以为当年之事全系王廷所为，但没想到那日他从王廷书房出来会碰巧被王廷夫人撞见，后来谢徽禛又派人盯上了王廷夫人，他病急乱投医才派了人去行刺谢徽禛。那刺客陈复确实是陈潜的亲生子，假死在外以便隐匿他们那些年赚得的金银，陈文炳与陈复感情深厚，陈复当日被拿下后为保陈文炳，才选择了当场自尽。

萧砚宁看完信，心情复杂，迟疑道："陈文炳说逆王和世家当年造反，需要运一批铁矿石去京中，他们这边托了崇原镖局走镖，并未告知崇原镖局运的是何物。至于后头为何会被英国公府知道，应是那些镖师在路上偷偷看到了东西，起了心思，告知了英国公府，若按他这说法，崇原镖局便与这事干系不大……"

"砚宁觉得呢？"谢徽禛目光落向他。

萧砚宁说不出来，陈文炳的供词似乎无可挑剔，该解释的都解释了，前前后后的事情全部一清二楚，没有任何纰漏，可他心里总觉得不踏实。

事情的真相当真就只是这样吗？

谢徽禛道：“胡田学说已派人来请崇原镖局的总舵主回去问话，不如我们先去会一会那位总舵主吧。”

萧砚宁不解其意，“殿下的意思是？”

谢徽禛笑了笑，“去找他打一架。”

萧砚宁更不知能说什么好，谢徽禛低下头，道：“砚宁，我心里很不高兴啊。”

萧砚宁道：“为何不高兴？”

“一想到我爹就是栽在了这种奸险小人手中，我便觉得顺不了这口气，恨不能将人大卸八块。”谢徽禛低声说道。

半夜，萧砚宁睡得迷迷糊糊之时，被谢徽禛叫醒。

“去外头一趟。”谢徽禛提醒他。

萧砚宁略意外，“这个时辰少爷要去哪儿？”

谢徽禛道：“做贼。”

萧砚宁还当他是在说笑，哪知谢徽禛催促着他动作快些，随行的一众手下俱已候在院外。

他们一行人披着夜色离开客栈，去的地方是崇原镖局在这平州府里的分舵。

这处地盘不比寻州的镖局分舵小，但远离闹市区，要更僻静。

已经过了子夜，镖局里仍有灯火，谢徽禛带人停在街对面巷子中，点出三名手下，命他们设法潜进镖局去，其余人就在外头接应。

萧砚宁闻言皱眉，“少爷究竟要做什么？”

谢徽禛笑道：“说了是做贼，让他们进去偷东西。”

那三名手下领了命，悄无声息地出了巷子。

谢徽禛示意萧砚宁少安毋躁。

两刻钟后，对面原本沉静的镖局里传出一声惊叫，接着便有打斗声，很快镖局大门被从里头破开，先前进去的那三名侍卫正被数十人围攻，他们正试图突围出来。

谢徽禛一声令下，其余人一齐冲了出去接应，甚至谢徽禛自己也提剑上前。

萧砚宁慌忙喊了一声“少爷”，迅速跟了上去。

镖局的总舵主也在，就站在人群之后，冷眼看着这一场突如其来的闹剧。谢徽禛的目标正是他，他持剑一路挑开数人，转瞬已到了对方跟前，剑尖猛送向了他的要害处。

对方反应极快地旋身避开，抽出挂于腰侧的剑，开始回击。

萧砚宁跟上来，也要出手，却听谢徽禛喝道：“退后！仔细看着！”

谢徽禛与那总舵主斗在一块，一时间刀光剑影，难分伯仲。

萧砚宁插不进去，只能听话后退，帮谢徽禛挡住想要上前偷袭的人。

谢徽禛要他看，他不知要看什么，但片刻不敢移开眼。

与谢徽禛交手之人是个典型的练家子，像是特地学过剑的，一招一式有模有样，并不莽撞。对方对上谢徽禛完全不落下风，因身材过于魁梧、力气大，甚至还压了谢徽禛一头。

谢徽禛倒也不慌不乱，怪招频出，攻击着对方，他也并非要将人置于死地，手下留着分寸，反倒是挑衅意味十足。

萧砚宁看了许久，满腔的担心慢慢沉下，注意力从谢徽禛身上转至另一方，神情变得凝重起来。

谢徽禛最后一剑横扫出去，在对方挥着剑且退且挡避开后，忽然收住了攻势，没有任何留恋地后退。他递给萧砚宁一个眼神，转身朝外头冲去。

萧砚宁迅速反应，喝令一众手下撤退，跟上了谢徽禛。

周围原本与人缠斗不休的侍卫快速聚集到他俩身旁，挑开不断涌上来想拦路之人，护着他们冲出了镖局大门。

这些人在街上又是一番激烈打斗，最后他们一行人翻身上马，甩开了身后那些镖师，纵马扬长而去。

还有人想要去追，被那总舵主喝住。

谢徽禛他们的身影已消失在街尾，那总舵主以剑尖撑地，目视着前方，阴霾覆面。

一行人回到客栈已近寅时，谢徽禛进门吩咐有伤的手下去上药包扎，将人都打发了。

萧砚宁站在原地没动，谢徽禛走过来，拉起他左手臂看了看，萧砚宁先前帮他挡那些身后偷袭的剑时，手臂被剑锋刺到了，划破了些皮，正在渗血。

谢徽禛神情微黯，叫内侍去拿药来。

萧砚宁低声问他：“少爷受伤了吗？”

谢徽禛道：“无事。”

萧砚宁抬眼，“少爷今晚特地去崇原镖局找人打一架，为什么？”

谢徽禛盯着内侍给他清洗上药，漫不经心道：“砚宁看出什么了吗？”

萧砚宁沉默了一下，答：“看出来了。”

谢徽禛道：“看出什么了？”

萧砚宁的声音竟有些颤抖：“那位总舵主所用剑招看似没有章法，其实刻意隐藏，少爷攻击他的角度刁钻，他疲于应对，被逼得漏出了真本事，他的那些剑招与……我外祖父所创剑法一样。”

“嗯，”谢徽禛点头，“你没看错。”

萧砚宁道：“殿下先前便已知晓？”

他看着谢徽禛，急于想要一个答案。

谢徽禛见他伤处已然包扎好，将屋中人挥退，坐下看他许久，慢慢说道：“你先前问我为何要来这里凑热闹。我现在回答你，因为我觉得陈文炳背后还有其他人，需要证实某个猜测，也想看看会不会还有人敢趁着我出门在外意图行刺。今夜决定去崇原镖局是临时起意，下午我们碰见杨镖头，这人一直就有古怪，他的人特地提起他们总舵主，像是在给我们某种暗示。那日在别宫里行刺的人与今夜这位总舵主一样，剑招之中也有徐氏剑法的影子，不过那刺客大约只学了些皮毛，当时混乱中出手太急我也不能确定。今夜试过了这位总舵主，才叫我肯定，当日我确实没有看错。”

萧砚宁愕然。

谢徽禛问：“砚宁不信吗？”

萧砚宁道：“少爷是说，当日行刺少爷的刺客所用也是徐氏剑法？”

“是。”谢徽禛肯定道。

“少爷怀疑的陈文炳的背后之人，是徐氏吗？”萧砚宁其实已经知晓了谢徽禛的猜测，仍忍不住与他求证。

谢徽禛没有避讳，道：“是徐氏。”

“为何？”

谢徽禛道：“一开始究竟是谁先认出的我，砚宁觉得呢？只有徐氏中人——你那位表兄，从头至尾都知晓我的身份。徐家是江南望族，自前朝起便盘踞在此，家中入仕为官之人众多，生意做得也大，甚至这江南第一镖的镖局也与他们家有莫大的牵连。当年之事，陈文炳父子俩是否当真有这个本事，哄得住京中那些大世家，最后还能全身而退，逍遥在外这么多年？”

萧砚宁道：“可陈文炳已经认了罪，所有事情都是他与陈潜父子所为……”

“若是他想保住徐氏，故意跳出来认的呢？”谢徽禛不以为然道，“事情推到王廷身上不成，知晓我们没这般好糊弄，陈文炳只能牺牲自己，故意让陈复来行刺我。事情败露，查出陈复与陈家的关系并不难，他便是等着我们查到他身上，他好认下所有事情。平白无故谁又会去怀疑看似与此事毫无瓜葛的徐氏？换个人来查这案子，到此怕就要结案了。”

萧砚宁哑口无言。

谢徽禛看到他暴起青筋的手背，道：“砚宁，无论真相如何，你姓萧，徐氏之事与你无关，你母亲是嫁出去的女儿，只要她不知情，便也与她无关。”

萧砚宁闭了闭眼，“少爷，我想一个人静待片刻，求你了。”

外头来人禀报谢徽禛，说他要请的人已经到了。

谢徽禛看了神情惶然的萧砚宁一眼，不再多言，起身去了外间。

来的人正是那位杨镖头，正垂首在外等候。

“你知晓孤的身份。”谢徽禛一句废话没有，开门见山道，“甚至知道孤来这江南是做什么的。从孤去灞州那日起，你就在给孤指路，之后又几次三番有意暗示孤。你是何人？又是谁派你来的？”

杨镖头跪地，说出了一个谢徽禛意想不到的名字——按察使江统铭。

谢徽禛回忆着他们初到寻州时的那场接风宴，江统铭当时也在场，这人几年前才从外头调任来江南，从一开始，他便下意识地将这人排除在了这件事情之外。

竟是他？

杨镖头解释道：“当年先太子派人来江南查铁矿一案，江大人的好友是此事的知情人，牵连其中因此枉死。江大人自调任来江南后就一直在查当年之事，小人进崇原镖局也是为替江大人查他们的底细。崇原镖局和陈文炳与徐府确实都有千丝万缕的联系，只可惜江大人查不到确凿的证据，不能证明徐府参与了铁矿案一事。知道殿下来了江南，江大人才让小人寻机接近殿下，透露一些消息，好让殿下能顺藤摸瓜去查徐府。

“据小人猜测，当初殿下您刚到寻州，总舵主便也过来寻州的分舵，应是收到了消息，去寻州销毁一些可能与徐家有牵扯的证据。此番您来平州，总舵主跟着过来，想必是不知您的目的，过来盯着您，但他大约想不到今夜您会主动上门，先出了手，此刻必然已方寸大乱。”

杨镖头没有待太久，交代完了事情，又悄无声息地离开。

萧砚宁推门出来，站在烛火下，面色是从未有过的沉冷，“崇原镖局牌匾上的字我之前一直觉得眼熟，后来想起来从前在外祖父书房中临摹过一本字帖，与那上头的字迹是一样的。我到处搜买字帖，是想找出那些字到底是出自何人之手，其实不过是自欺欺人，我早该想到的，那就是外祖父自己写的，他左右手皆能写字，我从前分明见识过，但不愿相信而已。”

萧砚宁抬头看向面前的谢徽禛，“少爷，我去劝他们认罪吧。”

谢徽禛道：“那刺客已死，即便崇原镖局是徐家的产业，也不能证明徐家就与铁矿案之事有关，若是他们不肯呢？”

萧砚宁道：“总要试试。”

谢徽禛看他片刻，改了口：“随你。”

萧砚宁松了口气，低头谢恩。

“砚宁。”谢徽禛叫他的名字，“你过来。”

萧砚宁犹豫上前，谢徽禛轻声道：“放松点吧，为什么因为别人家的事情伤神？”

萧砚宁道：“不是别人家的事。”

“我说了你姓萧，你想那么多做什么？”谢徽禛再次提醒他。

萧砚宁却道：“先太子当年落得那般结局，全因这事而起，若徐家——我外祖家当真是这背后之人，他们便是元凶之一，少爷当真能心无芥蒂？”

“你说对你？”谢徽禛摇头，“我为何要心存芥蒂？别说是徐家人，便是萧王府其他人也掺和了这事，那也与你无关，你别又认死理了。”

谢徽禛叹了口气，“等这边的事情了结，我们便回京去吧。”

萧砚宁知道他心里其实远没有面上那般松快，不再说其他，“嗯。”

两日后，牙人那里送来消息，说已经找到三家窑厂，都有从济宝出去的瓷器师傅，他们原本并无转让的意愿，但若有人肯出高价，也不是没有商量的余地。

谢徽禛派了手下去与之周旋，没再亲自出面。

萧砚宁问他是否当真有买窑厂的打算，谢徽禛解释道："自然不是，就是先前有个想法。崇原镖局的镖师所配兵器远超了规制，应是私下偷偷铸的，徐家在这边既然有个偌大的瓷器窑厂，明面上烧瓷，私下偷偷铸炼兵器不是挺方便？灞州离这边不远，铁矿石运来并不难，他们不可能将好东西都卖去西琉了，自己却一点没留着。"

萧砚宁听出了谢徽禛话语间的意思，徐家若真做了这些，那就不只是通敌叛国，或许还有谋反的念头。

"所以少爷想找那些曾在徐氏窑厂干过活的烧瓷师傅，若是徐氏的窑厂当真做过私铸兵器的勾当，这些人当中肯定有察觉甚至参与过的，必能问出点什么来。"萧砚宁说出了他的用意。

谢徽禛没否认，"嗯，若是能查到，便是确凿的证据，徐家人也再抵赖不了。"

萧砚宁心情复杂，谢徽禛的猜测并不算异想天开，他也的确没想到，徐氏竟胆大狂妄至此。

"不必想太多。"谢徽禛宽慰他道，"等查到了再说吧。"

再过了两日，寻州那头送来消息，说陛下的圣旨到了寻州，他们不得不提前回别宫接旨。

谢朝泠在圣旨上令谢徽禛下个月月底前回京，想是因这边的事已有了大致的结论，且谢徽禛出来大半年，公主变太子之事闹得沸沸扬扬，令谢朝泠头疼恼火，才下了这道圣旨过来。

谢徽禛看过后随意扔到一旁，没当回事。

当日按察使江统铭被谢徽禛私下召去别宫。

江统铭不比他们知道得更多，且碍于身份，许多事情没法查，再者他也要顾及家里人，若非谢徽禛这位皇太子殿下亲自来了江南，他也不敢轻易将自己暴露出来。

谢徽禛与萧砚宁初到寻州时的接风宴上，江统铭就认出了他们，他因要查徐家，对徐家之事格外上心，之前曾在徐家见过萧砚宁，有几分印象，所以当时特地问萧砚宁姓甚名谁。

萧砚宁无甚可说的，他还是决定要亲自去苍州一趟，当面问一问徐家人。

“等窑厂的事情查出个结果，我随你一同去。”谢徽禛提醒他道。

待到真有了结果，直接将他们押来寻州便是，何须谢徽禛纡尊降贵亲自跑这一趟，萧砚宁心知谢徽禛这是看在他的面子上，想给徐家人一个机会，他唯有感激。

如此又过了几日，外头暂且风平浪静。

这日早起时萧砚宁收到徐府别院送来的请帖，邀请他过门一叙。

萧砚宁尚未看完，帖子被谢徽禛顺去，他随意扫了一眼，不屑道：“徐府别院现下就住着一个在这边念书的徐长青，他好大的面子，想见你还要你特地过去他府上，别理他。”

萧砚宁想了想，却道：“我还是去一趟吧，去看看他到底有何事。”

谢徽禛皱眉，“一定要去吗？”

萧砚宁道：“去去就回，总要看看他究竟打算做什么。”

谢徽禛便不再说了，“多带几个人，早去早回。”

萧砚宁应下。

辰时末，萧砚宁到了寻州这边的徐府别院，管家已在府邸大门外等候，因先前来过一次，他没有过多张望，直接跟人进去了。

那管家与他道歉，说方才书院那边有些事，徐长青临时被叫走了，要晚些时候回来，请他稍待片刻。

萧砚宁闻言不由得皱眉，但没说什么，被人领去正院的堂屋。

他坐了小半个时辰，喝了半盏茶，徐长青仍未回来，那管家满脸尴尬，几次派人去催。萧砚宁已打算离开时，徐家的下人匆匆进来禀报，说钱小郎君来了，就在外头，请世子爷出去。

少爷来了？萧砚宁没多想，当下便站起身，徐府管家留不住人，只能一边赔罪一边将他又送了出去。

谢徽禛果真就在徐府大门外，他竟是一个人来的，骑在马上，目光冷淡地盯着徐府大门。

萧砚宁出门见到他愣了一下，赶忙走上前，“少爷你怎么来了……”

“你出来好久了，上马，随我去一趟灞州。”谢徽禛道。

萧砚宁一下没反应过来，“少爷为何突然要去灞州？”

“有些事要办，动作快些，别磨蹭了。”谢徽禛催促他道。

谢徽禛忽然毫无预兆说要去灞州，身边甚至连个人都没带，萧砚宁分外困惑，但在谢徽禛的催促下，还是翻身上了马。

萧砚宁带来的几个手下想要跟上，却被谢徽禛制止住，谢徽禛冷冷扫了他们一眼，吩咐道：“你们不用去。”

萧砚宁当即道：“少爷不妥，灞州路远，只我二人去，实在过于危险……”

“我说去便去。”谢徽禛语气略不耐烦，望向萧砚宁，“还是砚宁不愿随我去？”

萧砚宁被他盯得心头莫名一跳，无端冒出些古怪之感，之后便没再说什么，低了头，“那便去吧。”

被留下的几个侍卫面面相觑，谢徽禛已扬鞭纵马而出，萧砚宁只得跟上。

出了城驶上官道，走的却并非往灞州的路，萧砚宁提醒谢徽禛：“少爷，我们走错道了。”

谢徽禛看他一眼说，“我改主意了，我们先去寅州一趟。”

萧砚宁不解道：“去寅州做什么？”

“有些事情要去确认。”谢徽禛没多解释，“走吧，别耽搁时候了。”

寅州地处最东边，靠海，是离寻州最远的一个州府，萧砚宁猜不出究竟有何事需要谢徽禛这样匆忙地带着他过去，只觉分外古怪。

但见谢徽禛面沉如水，闷头纵马前行，到嘴边的话便又算了，跟上了他。

晌午他们停在山道上的一处路亭边，坐下稍歇片刻，喝口水、吃些干粮。

干粮和水都是谢徽禛带出来的，在谢徽禛吃东西时，萧砚宁不着痕迹地打量了他片刻，谢徽禛今日穿的是之前在苍州徐府做客时穿过的一身衣裳，用的发簪并非他送的那根，模样看着似乎有哪里不一样，萧砚宁一时却说不上来。

谢徽禛垂着眼吃东西，像在思索什么，神情里似有焦虑，抑或是别的，萧砚宁不确定是不是自己看错了。

他喝了口水，犹豫问道："少爷去寅州，究竟要做什么？"

谢徽禛没看他，"在那边查到了些线索，想亲自过去确认一下。"

萧砚宁道："为何不多带些人？少爷本事再大，出门在外也得小心为上。"

"人太多了，躲在背地里的人就不敢轻举妄动了。"谢徽禛随口说完，似乎不想再继续这个话题，看了看天色，提醒萧砚宁，"我们快些上路吧，要不傍晚之前赶不到下一个落脚的地方了。"

萧砚宁点点头，出了路亭再次上马时，他又多问了一句："少爷今日怎么未骑你惯常骑的那匹马？"

谢徽禛瞥了一眼，"那马今早病恹恹的，换了一匹。"

萧砚宁想着，他好似没见过谢徽禛现下的这匹马，是从别宫的马厩里随意挑的吗？

之后他们便一路赶路，中途只停了两回，让马喝了水，歇了片刻又继续上路。

傍晚时分，他们到达一处地处城镇荒郊的寺庙，谢徽禛提议在此借宿一晚，萧砚宁不解地问他："前边再走两刻钟就有一处大镇，为何不进城去找客栈投宿？"

谢徽禛道："你也说了我们人少危险，城镇里人多眼杂，不如在这庙里将就一晚吧，清静些。”

谢徽禛已拿定主意，萧砚宁只能听命，先下了马进庙中叩门。

这处寺庙不大，僧人统共也没几个，他们捐了点香火钱，便得到了一间清静干净的寮房，连晚膳也有人给他们送过来。

虽都是清粥小菜，萧砚宁却不挑这个，倒是谢徽禛看着那些白菜豆腐，下意识地皱了皱眉，筷子一拐，去夹一旁的茄子。

萧砚宁神色微微一顿。

谢徽禛，从来不吃茄子。

出门在外这么久，他们的膳桌上偶尔有这道菜，也是因为谢徽禛知道他爱吃，特地叫人给他做的。

谢徽禛将那茄肉送到嘴边，细嚼慢咽下肚，又多夹了一筷子。

萧砚宁看着他的动作，在谢徽禛的目光移过来时垂下眼帘，不动声色地继续用膳。

入夜，萧砚宁问谢徽禛想不想下棋，他去问那些师傅借。

谢徽禛没应，“不下了，赶了一天路，你不累吗？早些歇了吧。”

萧砚宁道：“少爷是觉得总赢我没意思吧？”

谢徽禛道：“嗯。”

萧砚宁没再继续这个话题。

外头有小沙弥给他们送来热水，萧砚宁将打湿的热帕子递给谢徽禛，看着他小心翼翼地擦了把脸，目光在谢徽禛脸上多停顿了须臾，谢徽禛似有所觉，抬眼看向他，“砚宁怎么了？”

萧砚宁问道：“少爷今日为何没戴我送你的那支玉簪？”

谢徽禛镇定道：“出来得匆忙，忘了。”

“早上起来时还戴着。”萧砚宁道。

谢徽禛道：“后来出门更衣便忘了。”

萧砚宁若有所思，移开了目光。

谢徽禛洗过脸，走近过来，小声道：“很晚了，砚宁，我们歇下吧。”

萧砚宁低着头，看着脚下在昏暗的油灯下拖出的人影，没吭声。

静了片刻，谢徽禛又倾身往前了一些，“砚宁，你怎么了？为何不出声？”

萧砚宁终于抬头，漆黑的眼瞳盯着面前人。

谢徽禛慢慢靠近，萧砚宁的眼神始终平静，在谢徽禛的气息几乎扑到自己面上时他扬了手，一巴掌甩上他的脸。

“啪”的一声响，这一下萧砚宁用了全力。

谢徽禛被打蒙了一瞬，眼里翻涌起怒气，转瞬又被他强压下去，沉声问萧砚宁：“砚宁你做什么？”

萧砚宁问：“疼吗？”

谢徽禛皱眉，“明知道疼你还无故打人做什么？”

“你不是他。”萧砚宁一字一顿道。

对方一愣，“什么不是他，你在说什么？”

“他不会是这般反应，更不会用这样的眼神看我。”萧砚宁说得笃定，“你假扮成他，究竟要做什么？表兄。”

最后两个字出口，面前这个“谢徽禛”霎时间变得狰狞无比。

僵持片刻后，他恢复了本来的声音，道：“你是几时知道的？”

萧砚宁后退了一步，像瞧见什么令他厌恶至极的东西一般，避之不及。

徐长青被萧砚宁的动作刺激到，伸手欲要攥他，身后的房门被人猛地踹开。

十几个侍卫持剑而入，走在最前头的，是眼里满是杀意、面色冰冷的谢徽禛。

第十一章 砚宁身世

见到谢徽禛带着手下破门而入，徐长青的反应也很快，一个旋身退至萧砚宁身后，抬起手捏住了他的脖子。

“都后退，不然我……”

“将人放了。”谢徽禛一步一步强势地往前，盯着徐长青，全然不受他威胁，“将你脸上的人皮也给孤掀了。”

徐长青恶狠狠地瞪着他，手中的力道渐渐加重。下一瞬，却觉腹下一痛，松了手弯下腰去。萧砚宁用手肘狠狠给了他一下，趁机脱身，转瞬便已到了谢徽禛身侧。

数十把剑同时架到了徐长青脖子上，他被迫跪下，身体挺得笔直，死死瞪着谢徽禛和萧砚宁，仍是不屈服。

那一张人皮面具被谢徽禛的侍卫从他脸上撕下，露出了他本来的狰狞面貌。

萧砚宁看着不由得皱眉，徐长青嘶声冷笑，“竟这么快就被你追上来了，我还是小看了你。”

谢徽禛面覆冰霜，恨不能现下就将这人大卸八块。

先前晌午之时萧砚宁的侍卫回去别宫，见到他后大惊失色，立刻禀报了发生在徐府外的事情，他一听便知萧砚宁被人骗了，当下亲自带了人追出城。

虽然那些侍卫说假扮他的人带着萧砚宁去了灞州，谢徽禛却不尽信，让人分头去打听，找到了一个在官道上见过像他模样的信差。得知萧砚宁跟人往寅州方向去了，谢徽禛带着人马不停蹄地追来，才在这里将人截住。

方才进来时，若非他还有些理智，这人只怕已血溅当场了。

谢徽禛持剑上前，剑刃拍在徐长青脸上，“阴私龌龊的东西，就凭你也配冒充孤？”

徐长青眼里有一闪而过的愤恨，随即喉咙里发出笑声，“太子殿下想杀我吗？我劝你还是三思为妙，有件事情，你不如屏退左右，我单独说与你听。”

萧砚宁闻言眉蹙得更紧，提醒谢徽禛：“少爷别上当了。”

谢徽禛微眯起眼，徐长青挑衅道：“你若是现下杀了我，之后必会后悔。”

谢徽禛冷冷地看着他没动。

徐长青扬了扬脖子。

片刻后，谢徽禛手中的剑晃了晃，收了回来，吩咐人：“你们都先退下。”

一众侍卫将徐长青五花大绑，再卸了他一条胳膊，这才退去了屋外。

徐长青一声哀号，痛得咬牙切齿，满头的冷汗，面色也愈发阴沉。勉强缓过来后，他的目光落向谢徽禛身侧的萧砚宁，扯起嘴角，“表弟不走吗？你确定要在这里听？我怕你听了之后也会后悔今日没跟我走。”

不待萧砚宁说，谢徽禛示意他，“你也先出去。”

“少爷……”

谢徽禛沉声道：“他这副模样做不了什么，你先出去。”

萧砚宁心头隐约有些不安，但谢徽禛坚持，他只能先退下。

屋门阖上，谢徽禛居高临下地看向面前人，眼中的厌恶不加掩饰，“说吧，孤耐性有限，你最好说的都是实话。”

徐长青直接坐在了地上，抬头打量起面前高高在上的皇太子，谢徽禛的高傲姿态叫他既忌妒又怨恨，“太子殿下都查到了什么？”他又哂笑一声，“陈文炳既然都招了，将所有罪行认下了，你偏不信，还要刨根问底，跑去平州查我徐家的窑厂，还去找崇原镖局的总舵主打了一架，你就认定了背后之人是徐家？”

“崇原镖局的标识……”谢徽禛冷声道，“与前朝皇室的族徽相似，将其倒转过来再对镜翻转，便几乎一模一样。你们虽谨慎，胆子也确实大，徐氏先祖自前朝起便是江南这一带的文官，后与其他人一起归顺本朝，太祖皇帝登极之后优待前朝旧臣，却纵容了你们的野心。至今百余年过去，你等还想着匡复前朝不成？”

这事谢徽禛也是这几日才偶然发现的，第一回是在寻州的崇原镖局分舵门口，当他看到那些镖师衣裳上的标识时，便觉得那个图案十分诡异，后来查到徐氏或有谋反之念，深究徐氏过往渊源，才发现其中的联系。

被揭穿老底，徐长青并不怵，反而得意扬扬道：“那又如何？我徐氏确实效忠的是前朝，卖铁矿给西琉人是故意的。当初拖皇帝的儿子和那些大世家下水，撺掇他们夺嫡谋反也是故意的，这个世道就是要越乱越好，你谢氏窃国贼才能自取灭亡！凭什么你谢家人能坐江山？你谢氏先祖当年不过是一介草莽罢了，我徐家自前朝起数百年是名门望族、书香门第，为何就非要对你谢氏卑躬屈膝？”

谢徽禛用力握紧了手中的剑柄，明知这人是故意挑衅他，他也确实被激怒了。

那些年有多少无辜之人死在西琉人的铁骑下，又有多少人因当年的夺嫡之争枉送了性命，若非有他父皇力挽狂澜，有他六叔以一己之力分化了西琉，有他三叔多年来坐镇西北边境，大梁江山只怕早已如这些蝇营狗苟之徒所愿，分崩离析、彻底败坏了。

这人死到临头竟仍不知悔改，还敢在此大放厥词！

谢徽禛的反应果然取悦了徐长青，他忍着剧痛，挣扎着撑起身体，愈发得意道："你生气了吗？生气就好了，还有叫你更生气的事呢。说起来是前朝还是本朝，我是不在意的，是我祖父、我爹他们愚忠而已，我只想要活命。我本已打算带着砚宁去寅州，从那边出海去海外，以后也不再回来了，是你偏不肯放过我，非要将我赶尽杀绝，你就这么舍不得我那表弟？你可知，他是什么身份？"

谢徽禛眉头一紧，目光更冷，"孤耐性有限，你有话最好直说。"

徐长青看着他笑，因为兴奋，脸上的表情更显扭曲，"当年前朝末帝的幼子被人护着南逃，被我高祖父救下藏身在徐家，改名换姓成徐家人，后来还娶妻生子有了后人，萧砚宁，他便是那前朝太子唯一的嫡曾孙，他身上流着的是前朝皇室的血，他生来便跟你谢家仇深似海、不共戴天！你谢氏窃国贼子，你有什么资格与他并肩！"

谢徽禛的面色在那一瞬间变得难看至极，剑尖直指向徐长青的咽喉，寒声提醒他："砚宁姓萧，是萧王与王妃的世子，你少拿这些莫须有的事情来胡说八道。"

徐长青拔高声音道："我敢说，自然不是胡诌！我姑母当年临产前，祖母去京城照顾了她一个月，生产那日祖母就在产房里，姑母的孩子因为早产活了不到两刻钟就没了，祖母趁着姑母昏死过去时，让身边的嬷嬷将砚宁抱进了产房，萧衍绩当时不在府中，他老娘那会儿抱恙在身，根本无暇顾及我姑母那边。我祖母说那是萧家的孩子，他就是萧家的孩子，萧家人根本不曾怀疑过，轻易就接纳了他！

"砚宁的生父体弱，只有他这一个儿子，前朝已过去百余年，再等下去更无复国的可能，只能孤注一掷！当年我祖父的幼妹嫁进宫为的也是这个，若是能将前朝血脉换进宫里给皇帝做儿子，那自然再好不过，可惜那位姑祖母不受宠，没能生出个一儿半女。我祖父只能退而求其次，将目标放在萧衍绩这个异姓王身上，好待日后借他异姓王的身份生事，不然你以为砚宁寄养在江南那几年，我祖父为何要悉心教导他？他是前朝仅存的最后希望了，他还娶了公主，入东宫成了你这位皇太子的亲信，老天都在帮他。我父亲他们原本想着待他继承了王位，便将他的身世告诉他，可惜棋差一着、功亏一篑……”

“你的话，孤一个字都不信。”谢徽禛的剑又往前送了些，已抵上了徐长青的皮肉，“你说这些，只会让你死得更快而已。”

徐长青哈哈大笑，“太子殿下若当真不信，这剑现下只怕已穿透我的喉咙了。不妨告诉你，我早已安排了人，一旦我死，砚宁的身份便会公之于众，流言蜚语伤人，悠悠众口难堵，到那时你说不信又有何用？皇帝会不信吗？天下人会不信吗？何况以他那个性格，只怕不必皇帝做什么，他会先选择自我了断，免得连累你和萧王府吧！”

谢徽禛眼底浮现阴霾，死死盯着面前人，没接腔，紧握剑柄的手背上青筋凸显。

徐长青似畅快极了，恶狠狠地继续道：“太子殿下觉得我说得对吗？你这么在意砚宁，自然知晓他是什么个性的，即便你不在乎因他影响了自己的地位，可是他……”

“你的目的，”谢徽禛沉声打断他，“直接说。”

徐长青的笑在喉咙里卡了一瞬，没有让谢徽禛大动肝火似乎让他有些遗憾，他看着谢徽禛，幽幽道：“将我放了，送我出海，砚宁是前朝后人的证据都在我这里，我会都销毁了。我还可以将徐家这些年做过的事情都交代给你，我祖母、父亲、叔父那么多人，足够你交差了，你只要现在回去将他们拿下，让他们没法再开口，砚宁的身份便永远不会有泄露的那一日。”

谢徽禛道：“你为了活命，置全家性命不顾，只想一人逃出生天？”

徐长青冷笑，“是他们愚忠，要拖全家人下地狱，我早不想与他们为伍了。”

他一时狰狞若狂，一时放声大笑，一时又满脸阴鸷，谢徽禛不动声色地看着，半晌才道：“孤凭何信你？”

“信不信随你。”徐长青身体撑久了，大约觉得被卸了的那半边胳膊疼得受不了，咬牙切齿闭了眼，“反正，我若是今日死在这里，明日萧砚宁是前朝太子后人的消息，便会传得尽人皆知。你敢赌，那便赌。”

谢徽禛推门出来时，萧砚宁已在外头院子里等了许久，见到谢徽禛出来，立刻迎了上去，“少爷……”

谢徽禛停步在廊下，昏暗的夜色掩盖了他眼底的情绪，他就这么看着几步之外的萧砚宁。

萧砚宁微微一愣，谢徽禛已大步上前，走向自己。

身后还有一众侍卫，萧砚宁脚下踉跄了一下，没有靠得他太近，低头请罪：“今日是我疏忽了，少爷罚我吧。”

谢徽禛死死盯着萧砚宁。

寺庙外头隐隐有了火光，再是匆匆而来的车驾和脚步声，当地县官带着一众地方官急慌慌地进门迎驾。

来这里之前，谢徽禛已叫人拿着他的金印去了当地的县衙。

谢徽禛挪开目光，神色恢复如常，“先进城去。”

徐长青被人堵着嘴拖了出来，喉咙里不断发出声音，仍在笑着。

谢徽禛没再搭理他，吩咐人：“先将他押下去。”

萧砚宁稍稍意外，他本以为，谢徽禛即便不把他杀了，也会给他一顿磋磨，但此刻徐长青却全须全尾，谢徽禛只叫人将他押下去而已。

“少爷……他方才与你说了什么？”上车后，萧砚宁小声问谢徽禛。

谢徽禛不答，闭了眼。

萧砚宁能感觉到谢徽禛周身的阴晦，他的心突突直跳。

徐长青他，究竟说了什么？

进城后他们在城中的官邸歇下。夜色已深，萧砚宁去叫人打水来，谢徽禛在榻中坐下阖目养神。

萧砚宁看过去，谢徽禛已睁了眼，眼底的神色有些叫人猜不透。

“少爷？”萧砚宁犹豫地喊他，“先前……他到底说了什么？”

谢徽禛沉默一阵，道：“这么想知道？”

萧砚宁道：“不能说？”

谢徽禛摇头，“有何不能说的，他将徐家私下做的事情都交代了。那陈潜当年是他家家仆，特地放出去帮他们做事的，陈文炳和崇原镖局的总舵主都是徐氏收养的孤儿。这两个最有本事，一个安排给陈潜做养子，接手那些明面上的事，一个开了崇原镖局，帮他们拓展势力。

“陈潜的亲生子陈复假死，也是在徐氏的调教下为他们所用，早年学了唱戏，出入那些达官贵人家帮他们探听消息，这次被陈文炳推出来行刺我，若是成了自然是好事，若是不成，我们由他身上查到陈文炳，陈文炳将罪都顶了，徐氏一样能脱身。

“还有他家那窑厂，从前确实铸过兵器，后来铁矿被水淹了后那几个窑也封了。父皇登基后他们便蛰伏，伺机而动，直到我们来江南查这事。”

萧砚宁闻言心头百味杂陈，“徐家为何要做这些？意图谋反，总要有个缘由。”

“要何缘由。”谢徽禛不以为然，“有的人就是夜郎自大、狼子野心，不需要用常理去推断。”

他又道：“徐长青贪生怕死，卖了家里人想一人逃出海去，他将你骗来，是想带你一起走。”

“我不会跟他走的。”

“你知道便好。”

萧砚宁欲言又止，谢徽禛似还有未尽的话没说，怕是他问也问不出来了。

谢徽禛安静地坐着，一句话未再说。

萧砚宁问："少爷怎么了？"

"没怎么。"谢徽禛闭了闭眼，慢慢道。

萧砚宁不再问了，提醒他："不早了，少爷早些歇下吧。"

谢徽禛一整天紧绷着心神赶路，大约是累了，头沾枕便已睡着。

萧砚宁心里藏着事情，其实也累得不行，却没有睡意，披上衣裳去了外头。

外头只有几个值夜的侍卫，萧砚宁扫了一眼，问他们："先前方副统领说他今日值夜，他人呢？"

一侍卫答："副统领去盯着那徐氏子了，晚些时候才会回来。"

萧砚宁问："徐长青被押在哪里？我也去看看。"

他说要去，下头人自然不敢拦着。

徐长青暂押在这官邸的柴房中，萧砚宁过去时，他正被人从柴房中押出来推上车，身上还松了绑，卸了的胳膊也正了回去。

领头的副统领见到萧砚宁过来有些意外，上前来与他行礼，萧砚宁问："这个时候你们是要将他押去哪里？"

那副统领犹豫了一下，回道："奉殿下之命，将他送去寅州。"

"送去寅州？"萧砚宁闻言皱眉，"送去寅州做什么？"

不待那副统领回答，后边的徐长青忽然高声道："表弟，那位皇太子有将我与他说的话告诉你吗？他是不是不敢跟你说？"

萧砚宁的目光落向他，徐长青眼里有不怀好意的笑意，萧砚宁平静地看他一阵，问道："你与他说了什么？"

"你当真要听？不怕听了之后后悔跟着那位皇太子？"徐长青故意吊他的胃口。

萧砚宁道："你分明想说给我听，何必多言？"

徐长青被他这话一堵，转瞬变了脸色。

萧砚宁让身边人退后，示意他，"你说吧，我听着。"

徐长青想要上前，萧砚宁冷声道："你就在那里站着说。"

徐长青哂笑，"那你便听清楚了，我说的可没有一句假话。"

面对着萧砚宁，徐长青似更加兴奋，颠三倒四、张牙舞爪地将话说了。

萧砚宁的反应却出乎他的意料，没有愤怒，没有惊讶，也没有彷徨无措，萧砚宁就这么看着他，眉头轻蹙着，像是在评估他话里的可信度。

徐长青喘着气不甘心道："你不害怕吗？知道了自己的身世不觉得可悲吗？你……"

"你与殿下说这些，还供出了家里人，换得他答应放你走，送你出海？"萧砚宁问他。

徐长青一噎，又恶狠狠道："是又如何？他若是敢杀我，你的身世很快便会传得尽人皆知，他敢吗！"

萧砚宁摇了摇头，不欲再与他说，叫人过来："将他押回去，明日随我们上路，押去寻州交给钦差。"

那副统领迟疑道："可殿下吩咐……"

"无事的，我会与殿下说，先将人押回去吧，看牢了。"萧砚宁道。

徐长青见状终于慌了，高声喊："你不怕死吗？事情传开了，你以为皇帝还容得了你？随便一个什么罪名他就能将你处置了，你就不怕拖累萧王府吗？"

萧砚宁没理他，手下人犹豫之后按萧砚宁的话去办了，将骂骂咧咧的徐长青拖了回去。

声音逐渐远去，萧砚宁兀自在原地站了片刻，衣袖下从先前起就用力攥紧的手慢慢松开。

他转过身，不知何时过来的谢徽禛就站在他身后，正神色复杂地看着他。

二人无声对视片刻，萧砚宁低了头，“少爷几时过来的？”

“他说的话，也不见得就是真的，兴许都是他瞎编的……”

谢徽禛话未说完便被萧砚宁打断，“睡不着，少爷起了，陪我一起走走吧。”

谢徽禛更多到嘴边的话顿住，改了口：“好。”

萧砚宁走向他，“走吧。”

这处官邸不大，园子更小，深夜阒寂无声，只有一点火光映着脚下的路。

二人沉默地走了许久，萧砚宁始终没吭声，谢徽禛停住脚步，叫了他一句：“砚宁。”

萧砚宁慢慢道：“我仔细想了想，他说的应当是真的。我在苍州徐家住的那几年，外祖父时常会与我说起一些前朝的事情，我那时不解其意，只当他是随口一提，当成故事说与我听。他还曾带我去过徐氏的祖坟祭拜，里头有几座无名墓，修得很气派，但不知是什么人的，我问外祖父，他也不说。方才徐长青说了，我想到这些事情，才觉从前的一些不解之处如今恍然大悟，原来竟是这样。”

谢徽禛皱眉道：“前朝已过去百余年，即便是真的，你当真会如他们所愿吗？”

“不会。”萧砚宁摇头，“这事太荒唐了，我只知道我是我父亲、母亲的儿子，是萧家人，可他们并不知晓这些，萧王府是无辜的，我母亲即便是徐氏女，也是无辜的。”

谢徽禛提醒他：“不想牵连萧家，就不该叫人将徐长青又押回去，便是送他出海又如何？去了海上我一样能弄死他，总好过事情传开，招来没必要的闲言碎语。”

“少爷这话说错了。”萧砚宁抬眼看着他，“真如他所愿放了他走，事情就不会传开吗？纸是包不住火的，徐家之事一旦事发，我的身世必然会被掀出来，即便不传得尽人皆知，陛下那里也不可能瞒得住。少爷若是为了帮我掩盖这事，今日徇私将徐长青放了，过后传到陛下耳朵里，他才更会觉得我是个拖累你的祸害，或许当真要处置了我。”

“可……”

“以少爷的本事，还压不住外头那些流言蜚语吗？少爷只要按规矩办差，到了陛下面前帮我、帮萧王府说情也有底气。我信少爷能保住我，少爷为何不信呢？”

谢徽禛看着面前始终镇定如常的萧砚宁，终究妥协了，“我早该知道，其实你才是伶牙俐齿的那一个。”

萧砚宁问他：“少爷在担心什么？为何之前不愿将事情告诉我？是觉得我当真会如徐长青说的那样，自我了断以免拖累少爷和家里人？”

谢徽禛道：“你会吗？”

萧砚宁想了想，回答他：“以前或许会，现在……不会。”

夜色掩盖了他脸上的烫意，谢徽禛一愣，终于笑了。

“砚宁既然这么信我，我自然不会叫你失望。”

翌日一早，谢徽禛与萧砚宁返回寻州。

因徐长青整出来的这件事情，谢徽禛不再让萧砚宁去劝徐家人自行认罪，当日便派钦差去苍州，押下徐氏阖府满门。

钦差上门的阵仗轰动了整个苍州府，无数人出门围观这百年望族的倾覆，有不明真相的书院学生为徐家人出头，在徐府门外与衙差发生冲突。谢徽禛早有准备，早就从驻兵大营调了官兵前去，将所有闹事之人一并押下狱。

消息一夕之间传遍江南各州府，便是之前巡抚、总督、布政使接连出事，都没有徐氏今日阖家下狱来得更叫人惊诧。

流言蜚语顿生，很快关于徐氏种种令人瞠目结舌的恶行便已传遍，同时散播开的，还有萧砚宁为前朝皇室后人的传言。

异姓王府的世子其实是前朝后人，被徐氏换进王府图谋复辟，这样曲折离奇的故事成为上至达官贵人、下至平民百姓茶余饭后的谈资，在茶寮酒肆、街头巷尾迅速流传开。

但也不过一日，官兵大批出动，到处抓捕议论此事之人，不论是什么身份，皆以散布谣言、干扰钦差办案为由扔进狱中。

短短几日，苍州、寻州一带便风声鹤唳、人人自危，关于萧砚宁的那些乱七八糟的流言也很快销声匿迹，甚至没有传出这两府之外。

“今日晌午过后，徐氏族人便会被押解到寻州，今日寻、苍二府和周边城镇又有十一人因传播世子身世的谣言被下狱，人数已比昨日减少了四成。那徐氏子受了酷刑，已交代出了他藏起来的证物和证人，证物俱已销毁，证人也都处置了。”

谢徽禛听着下头人禀报，稍微满意，徐长青以此事威胁他，但在雷霆手段下，便是人言可畏那也得先有人敢说，先前确实是他想岔了。

他吩咐道：“将徐家人先押入寻州大牢，命胡田学严加审讯，必要时可以动刑，不必有顾忌，若还是不肯说，便令他们互相检举告发，换一个活命的机会。”

萧砚宁进门，正听到这一句，他没说什么，站在一旁等谢徽禛与人交代完事情，待人离开才问他：“他们今日便到寻州了吗？”

谢徽禛道：“嗯，晌午过后就能到。平州那边窑厂的情况也查得差不多了，当年那些烧瓷师傅里确实有偶然窥见他们私炼兵器的。徐氏下狱后我已命人去封了窑厂，连带着崇原镖局也叫人查封了，之后还会彻查这两处地方。”

萧砚宁犹豫地问：“少爷，我还是想去见一见他们，至少见一见我外祖母，可以吗？”

“当真想去？”

“请少爷准许。”

谢徽禛难得好说话道：“想去便去吧，就当是替你母亲去见他们最后一回。”

萧砚宁与他道谢。

当日傍晚，萧砚宁出现在寻州大牢外，徐氏本家、旁支连带家中奴仆上百口，全部暂押在此。

胡田学刚从里头出来，见到萧砚宁过来与他见了个礼，萧砚宁问：“他们说了什么？”

胡田学摇头，“都不肯开口，若是再这般……只能上刑了。”

萧砚宁神色黯了黯，“有劳大人，我进去看看吧。”

既是谢徽禛准许的，自然不会有人说什么。

萧砚宁被狱卒引进门，牢中阴暗潮湿，不是养尊处优惯了的人能待的地方。徐氏众人被分散在几处，一路进去不时有啜泣声和咒骂声，有小辈认出萧砚宁，扑到门栏上哭喊着求他救命，萧砚宁只能装作没听到，快步往前走。

徐老夫人被独自关在最深处的牢房，萧砚宁过去时，她正闭着眼端坐在木板床上，慢慢转动手中的佛珠，神色中并无狼狈，头发依旧一丝不乱，但满头珠钗已卸，身上的绫罗绸缎也换成了灰布囚衣。

听到脚步声，老夫人睁开眼。萧砚宁叫人开了牢门，进去里头。

“外祖母。”他低声喊。

徐老夫人看过他又重新闭了眼，半晌才淡声道：“我早知道你不可用，若你当真是有野心的，当初你在徐家时我们就会把你的身世告诉你，可惜你过于板正、倔强，以你的个性注定成不了大事。是老爷他不死心，说待你袭了王爵进了朝堂，耳濡目染总能生出欲望和野心，那时再告诉你便是，我却不看好，果不其然最后还是落到了你手上。”

萧砚宁道："外祖母为何不肯认罪？"

老夫人道："无甚好说的，你与那皇太子既有本事都查到，认不认罪并无差别，总归一个死字，我也早料到会有今日。"

"改朝换代已过去百余年，一直执着于过去有何意义？舅舅他们分明都有大好前程，若你们能效忠大梁朝廷，家族荣耀或许还能延续百年，何至于今日落得如此下场？"萧砚宁问道，与其说他是愤怒和难过，不如说是不解。

"从一开始做了便没有回头的余地，萧家当年能得到异姓王的位置，无非是助大梁的太祖皇帝夺了前朝江山。萧家能做得的事情，我们一样能做到，我们不过是没萧家运气好罢了。"徐老夫人平静地说完，再次睁开眼，苍老却锐利的双目看向萧砚宁，"你不认自己本来的身份，一心效忠当朝皇帝和太子，当真觉得他们容得下你？"

萧砚宁皱眉道："百年已过，我的身份不过是一件微不足道的小事，陛下和殿下都是豁达大度、胸怀宽广之人，不会在意这些细枝末节。"

"小事。"徐老夫人轻哂，"你与那位皇太子有这般交情，他若对你委以重任，你的身份便会被无数人诟病、质疑，你还觉着是小事吗？"

"那些人也得有证据才行，外祖母大约不知，这几日已有数百人因议论我的身世而下狱，殿下的意思是对造谣之人须严加惩治、以儆效尤，以后想必不会有人再提这个了。"

萧砚宁只为陈述事实，但听在这老夫人耳朵里，却像是他在故意炫耀。

徐老夫人沉了脸，萧砚宁微微摇头，"外祖母，你听我一句劝，认罪吧。即便认与不认都没差，但殿下的手段是你想不到的，你若不想看家中子嗣为了活命互相指摘甚至互相残杀，就别再强撑下去了，认了罪，便是死至少也能死得体面些。"

"你不问你母亲知不知晓这些事情吗？"徐老夫人忽然道。

萧砚宁道："她不知道，她若是知道，便不会十几年如一日视我如己出了，是真心还是假意我感觉得出。”

徐老夫人不以为然道：“便是不知道，她总归姓徐，你真以为是嫁出去的女儿就逃得掉？”

萧砚宁没再接话。

他知道老夫人的意思，即便谢徽禛几次说徐氏之事与萧王府无关，与他母亲无关，但徐氏犯的是重罪，真要论起来，萧王府必会被连坐。按照从前的旧例，最好的结果也是萧王府被削爵，他母亲被勒令自尽，这些事情他先前不提，不代表他不清楚。

他只是相信谢徽禛而已。

徐老夫人道：“你回去吧，徐家今日落得这个田地，都是命，不过是命不好而已，再说这些无谓之事已无意义。”

萧砚宁沉默地站了一阵，最后留下句“外祖母好自为之吧”，转身离开。

身后的牢门重新合上，萧砚宁又站了片刻，快步而去。

别宫之中，谢徽禛正在看京城来的密旨，皇帝令他七日之内启程归京。

另有京中消息传来，萧王府受徐氏之事牵连，为了避嫌，萧衍绩已自请辞去官职，回府上闭门谢客，只等徐氏之案落定，朝廷最后的处置结果出来。

萧砚宁回来后，谢徽禛没有隐瞒他，将萧王府的事情说了，萧砚宁并不意外，以他父亲的性格，确实会这么做。

“我们过两日便回京吧，回去之后我会去与陛下说，萧王府与此事无关，不该被牵连。”谢徽禛宽慰他道，“更何况你随我来江南查这个案子，亦有功劳。”

萧砚宁却道：“太祖曾赐给萧家一个丹书铁券，可以免死，我父亲这次应该会交出来，换得母亲和家里人平安。其实削爵了也好，这个异姓王爵本也不是萧家想要的。”

徐氏羡慕萧家可以为王，却不知这异姓王爵背后的辛酸和无奈，没了这个如紧箍咒一样的王爵名号，萧家子嗣反而能放开顾虑、一展抱负。

谢徽禛微微挑眉，“世子的身份说没就没了，不觉可惜吗？”

萧砚宁摇了摇头，不欲再说这些，谢徽禛便也不说，吩咐人传膳。

入夜之后他二人照旧下棋打发时间，萧砚宁有些心不在焉，几次走神，谢徽禛落下一子提醒他该他下了，他才回神，尴尬地问道：“少爷方才下在哪里了？”

谢徽禛对上他的目光，顿了顿，将手中的棋子扔回棋盒里，“不想下便不下了，我陪你说说话吧。”

“少爷想说什么？”

“面上表现得平静，其实还是担心家里人被牵连吧？”谢徽禛问。

既然已被看穿了，萧砚宁便也不再隐瞒，低声道：“我相信有少爷在，不会有大事，可心里总是不踏实。”

谢徽禛道：“父皇若真不肯网开一面，我便不做这个太子了。”

萧砚宁无奈提醒他：“少爷可千万别去陛下面前说这话，若你说了，陛下恐怕会立刻就要处置萧家。”

谢徽禛看了他片刻，起身走至萧砚宁身前席地坐下，再仰头看向面前皱着眉坐于榻上的萧砚宁，嘴角衔上了浅笑。

“放心吧，不会闹到那个地步，我跟你说笑的。”

萧砚宁像是松了口气，道：“多谢少爷。”

安静了片刻，谢徽禛听到萧砚宁肚子的叫声。萧砚宁面露尴尬，先前他确实有些食不知味，东西没吃几口，饭也只用了半碗。

谢徽禛叫人进来，吩咐厨房去煮碗馄饨过来。

萧砚宁吃东西时，谢徽禛就坐一旁看着，“你小时候也是这样，正经饭不肯吃，夜里肚子饿得睡不着还要忍着，怕下头人告到你母亲那儿，还是我翻窗去找你，给你带吃的，才把你喂饱，记得吗？”

谢徽禛忽然说起小时候的事，萧砚宁回忆了一下，他自然记得的，小时候他的那些糗事谢徽禛都见识过，时不时便会拿出来笑话他。

谢徽禛笑了一声，“这些事情是不是只有我知道？从小到大你大概也就在我面前能放松些，对着你父母都是规规矩矩的。”

萧砚宁低头继续吃东西，半日才道：“今日去见我外祖母，她说若不是我性子如此，他们或许早就将那些事情告诉我了。少爷说我傻，我这算是傻人有傻福吧，要是早几年知道这些，我大概不会如现在这般心平气和。”

他如今能从容面对这些事，说到底是因为有谢徽禛，才有了底气。

“那倒也是。”谢徽禛赞同道，“徐氏恶事做尽，唯一做的一桩好事就是将你送到了萧王府。”

萧砚宁抬眸看向他，谢徽禛说这话时虽也在笑，语气竟是这般认真。

萧砚宁道：“少爷果真这般觉得吗？”

谢徽禛道：“难道不是？若是萧王府当初没了你这个世子，总还会有别人，先帝给乐平指婚，看中的是萧王世子的身份，如果那样……”

“如果那样，没准少爷小时候去陪人玩，也能像今天你我这般。”

萧砚宁话说完，移开视线，将最后几口馄饨吃完。

谢徽禛道：“没有如果，那个人是你，便只是你。”

回到京中是四月下旬，去岁离开时还是秋日，归来已是夏意渐浓之时。

谢徽禛当初是隐瞒行踪微服去的江南，回来便也没有大张旗鼓，到京后低调进了城，来迎接的除了几个东宫属官，只有皇帝身边的大太监。

谢徽禛免了众人的礼，将这位公公叫到跟前，随口问了一句：“孤出去这么些时日，陛下可还安好？”

“自然是好的。”那大太监道，“不过殿下您……”

谢徽禛侧目过去，“孤如何？”

大太监犹豫道：“殿下您进了城便知道了。”

入了城门，谢徽禛才知那大太监欲言又止是何意。自外城往内城，大街小巷都在议论他这位皇太子假扮公主之事，唱戏的排了新戏码，说书的有了新桥段，连路边玩耍的三岁孩童都编了童谣，唱着什么“雄雌不分、太子公主”的，一路从街头唱到街尾，十分起劲且全无人管。

谢徽禛有些无奈，又叫了那大太监来到跟前问：“外头这都是什么乱七八糟的，为何陛下会放任这些流言至此？”

大太监道：“是陛下说的，您搞出来的烂摊子，您自己收拾，别想陛下给您善后。”

行吧。

萧砚宁闻言有些担忧，问谢徽禛：“殿下，这样无碍吗？你的名声……”

谢徽禛略微思索，不在意道：“也没什么不好。”

至少京中人茶余饭后都拿他这个皇太子扮女儿家的事当乐子，并不怎么关注江南的大案，萧砚宁的身世除了少数消息灵通之人知道，也未传到京中来。

他道：“等新鲜劲过了，他们就不会说了，不用担心。”

萧砚宁也只能希望当真如此。

进内城后谢徽禛让萧砚宁先回萧家，“你母亲病倒了，你这一路归心似箭，先回去吧，给你放几日假，旁的事情等过些日子再说。”

萧砚宁想说他父亲都已避嫌辞了官职，他也不好再继续去东宫当差，话到嘴边还是算了，等谢徽禛见过了陛下再说吧。

“殿下也小心些。”萧砚宁犹豫再三，只说了这一句。

谢徽禛笑了笑，伸手拨了拨他腰间的香囊，“嗯。”

之后他们分道，萧砚宁回府，谢徽禛入宫。

待萧砚宁走了，谢徽禛又将那位御前的大太监叫来跟前问：“你给孤说说，陛下打算怎么处置萧家。”

大太监迟疑了一下，说了实话：“徐氏犯的是大罪，牵连九族，萧王府与徐氏是姻亲，按律也逃脱不了罪责，便是陛下不愿动他们，也不好徇私偏袒。好在萧王府还有太祖皇帝当年赐下的丹书铁券，可免死罪，倒是不必过于担心，但最终如何，殿下，还得看您的态度。”

谢徽禛道：“孤的态度？”

那大太监像是有意与他卖好，提了个醒：“陛下自是舍不得萧王爷这位能臣的，可若是您再因萧世子闹出这些荒唐之事来，便不好说了。”

谢徽禛心中有了数，他父皇本就不怎么赞同他以女儿身“嫁”萧砚宁，当初也是勉强点的头，结果他的身份当众暴露，还放任流言，叫人议论皇家，甚至质疑先帝和他这位皇帝陛下，也难怪他父皇恼火，他六叔只怕更是故意让外头那些人编派他。

谢徽禛与那大太监道了谢，不再多问，径直入宫去。

回宫之后他先去东宫梳洗更衣，将自己拾掇干净了再去面圣。

但不凑巧，谢朝泠午休未起，先见他的人是谢朝渊。

谢朝渊冷着眼上下打量他一阵，嗤道：“在外头倒是又长壮实了不少，你挺本事的啊，去了江南还能给你父皇惹下个天大的麻烦。”

谢徽禛主动认错，谢朝渊没好气道：“认错有何用？你提的那都是什么馊主意，亏你想得出，为已死之人续命、替妹出降，你当外头人都是傻子？”

“是不是真的不重要，只要能自圆其说就行，父皇金口玉言，假的便也是真的，我不想他受委屈日后被人指指点点，只能想出这样的主意，还是六叔有更好的法子能帮帮我？”谢徽禛看着谢朝渊，诚恳地问他。

他沉了声音，继续道：“除非说出实情。可六叔明知，我是被父皇以旁支宗室的名义收养的，这一点是不能改的，即便父皇愿意，你也不会答应。”

谢朝渊面色阴沉，谢徽禛低了头。

当初谢朝泠收养他时只说他是普通宗室子，是因那时谢朝泠初登基，根基尚不稳，怕有人借他的出身生事，再惹风波。但谢徽禛心知其中还有另一层原因，若挑明他是先太子之子，难保他不会效仿前头朝代的某些皇帝，他日登极，抬举自己的生身父亲、追封皇帝，甚至让之压过谢朝泠一头。毕竟他的生父是先太子，他若是执意如此，确实会有昔日的旧东宫势力支持。即便谢朝泠豁达，不认为他会这么做，但只要有一点可能损害谢朝泠的利益，谢朝渊都不会答应。

所以他只能是出身旁支宗室。

这一点谢徽禛心知肚明，却是第一回当着谢朝渊的面说出口。

死寂一般的沉默过后，谢朝渊开了口："你是这般想的？"

"我怎么想不重要，我知六叔是这般想的。"谢徽禛没有退缩。

谢朝渊气骂道："怎么？你还不服气？陛下当初抹去你本来的出身，让你委屈了？你还真有那些忘恩负义的想法不成？"

谢徽禛跪下，"六叔息怒，我从无这样的念头，我对父皇和六叔唯有感激，当初若非你们收留我，我到现在还是个见不得光的人。我说这些，是因事实如此，所以我只能用这样看似荒唐的馊主意来解决我的事，我不想父皇和六叔为难，这是唯一的法子，还请六叔推己及人，体谅我的心情，再帮我这一回。"

谢徽禛不卑不亢，努力为自己解释，言辞间分外恳切。

谢朝渊沉眼看着他，没再出声。

僵持间，门帘被人轻轻掀起，谢朝泠自内殿踱步出来。

见到谢徽禛跪在地上，谢朝泠微微挑眉，"这是怎么了？怎的一回来就惹你六叔生气？"

谢徽禛规规矩矩地与他请安，道："是儿臣的错，一时心急说错话了，惹了六叔生气。"

谢朝泠望向谢朝渊，谢朝渊懒得解释，移开了眼。

谢朝泠有些无奈，示意谢徽禛，"认了错便算了，起来说话吧。"

谢徽禛起身，没再提之前的事情，与谢朝泠禀报起正事。他出去大半年才回，江南的案子虽还有钦差留在那边审理、尚未结案，但大致的情况他却得有个交代。

徐家人中除了那位老夫人，大多已招了，谢朝泠先前就已看过钦差的奏疏，如今听得谢徽禛亲口说起前后因由，神情也免不得有些难看。

谢徽禛道："徐氏恶行昭昭，如今自食其果，横竖满门难逃一个死字，但是萧家与此事并无瓜葛，萧王妃也从不知晓这些事情，儿臣听说萧王爷如今已辞了京卫军统领一职……"

"有传言萧王世子是被徐氏换进王府的前朝皇室后裔，此事是真是假？"谢徽禛话未说完，被突然出声的谢朝渊打断。

谢徽禛坦然道："儿臣不敢欺瞒父皇和六叔，事情是真的。但砚宁自己先前从不知晓此事，亦无任何不该有的想法，还望父皇和六叔网开一面。"

谢朝渊闻言皱眉，到底没再说什么。

谢朝泠似乎不怎么关心这个事，只道："徐氏的罪状书上只需写明他们这些年做过什么，至于背后动机，便不必特地添上一笔了，免得惹来没必要的非议。"

徐氏通敌叛国、意图谋反，这些罪行足够定他们的罪了，至于那些前朝旧事，并不需要提，以免被有心人拿来大做文章。

谢徽禛松了口气，他父皇是这般打算的那自然最好不过，不提徐氏是前朝旧臣，便更不会牵出萧砚宁的身世了。

谢朝泠也没给他机会继续帮萧砚宁说话，问起他关于那铁矿之事："你亲眼见过那铁矿了？那里头到底还有多少未开采的矿石？"

谢徽禛道："还要等工部再派人过去仔细勘测才知道，但依儿臣在那边找的人初步看，应还有一半以上的储量。"

这下便是连谢朝泠与谢朝渊眼中都流露出几分惊讶之色，当年那么多铁矿石被源源不断地卖去西琉，到了今日竟还有一半以上未开采出来！也难怪当初那么多人对那铁矿垂涎三尺，不惜搭上全家性命也要铤而走险。

既这般，于眼下的朝廷而言，总算是件好事。

谢徽禛退下前，又提了一句对萧王府的处置，谢朝泠淡道："等过两日朕见过了萧世子再说吧，你不必过多担忧，管好你自己就行。"

谢徽禛只能先告退。

另一边，萧砚宁与谢徽禛分道后不久，碰上了来迎接的王府管事。

管事与他解释，王爷吩咐这段时日尽量低调，他们不好出城相迎，只能在半道上等。萧砚宁简单问了问家里的情况，命人不要耽搁工夫，即刻回府去。

萧王府大门多日未开，今日萧砚宁这个世子回府，也只从侧门进。

萧衍绩在正堂里等他，萧砚宁大步进门，萧衍绩起身迎上，在萧砚宁行礼时托住他的双臂，"回来就好，没有外人在，不需要这些虚礼。"

萧衍绩拍了拍他的肩膀，眼眶微红，神情既欣慰又复杂。

萧砚宁心里更是五味杂陈，到嘴边的话只汇成一句："父亲。"

父子俩大半年不见，又发生诸多事情，自然有许多话要说，萧衍绩仔细问起徐氏之事，唯独不提萧砚宁的身世。

萧砚宁不知他是没听说，还是刻意不提。

到后来萧衍绩长叹一口气，道："罢了，你先回去梳洗换身衣裳吧，吃口东西再去看看你母亲。她这段时日一直卧病不起，你去劝劝她，但别说太多徐家的事，免得叫她更伤心。"

萧砚宁闻言心中愈发担忧，犹豫再三主动说道："关于儿子身世的传言……父亲与母亲可有听说？"

萧衍绩沉声提醒他："都是些无稽之谈，你别往心里头去，家里不会有人敢议论这些，你也别去你母亲跟前提。"

他不容置喙，便是认定了萧砚宁就是自己的儿子，萧砚宁心神稍定，点了点头，"我知道了，多谢父亲。"

萧衍绩再次拍了拍他的肩膀，“这事以后都别再说了，你只要记着，你永远都是萧家子嗣，是我与你母亲的儿子。”

萧砚宁心头一松，跪地郑重给萧衍绩磕了个头，被萧衍绩双手扶起。

父子俩才说完话，外头有人进来禀报，说方才门房上来了个宫中内侍模样的人，递了句话给世子便走了。

“他说殿下叮嘱世子刚刚回京，不要忧思过重，好生歇息，过几日陛下会亲自召见世子，府上必能安然无虞。殿下还道，请世子放宽心，万事都有他在。”

当着萧衍绩的面，萧砚宁听到这些略不自在。萧衍绩心情复杂，到底没提外头那些乱七八糟的传闻，只道：“殿下既然这般说了，便不要多想，待陛下召见时，有什么说什么便是。陛下是宽宏仁德之人，想必不会为难你。”

萧砚宁应下。

过了两日，谢朝泠果真下了口谕，将萧砚宁传召进宫。

萧砚宁被人带进御书房时，谢朝泠正在批阅奏疏，像是抽空将他叫来问话。

萧砚宁进门先见了礼，谢朝泠问他：“听闻你母亲病了，可有请太医看过，好些了吗？”

萧砚宁道：“多谢陛下关怀，已请太医看过喝了药，这两日有些起色了。”

谢朝泠闻言点了点头，“那便好。”

他又问：“这次你随太子去江南查案，太子说你从中出力不少，依你所见，徐氏一族当如何处置？”

萧砚宁低了头，“应依国法按律处置。”

谢朝泠道：“不为他们求情？”

萧砚宁道："徐氏罪孽深重，臣不敢为他们求情，也不该为他们求情。"

"徐黔生在认罪书上说，徐氏所作所为皆是为了你，你觉着呢？"谢朝泠的声音依旧温和，听不出其中的深意。

萧砚宁微微皱起眉，沉默了一下道："关于臣的身世，臣也是近日才得知，真假与否已无法确认。可无论是真是假，臣只知道臣的父母是萧王和王妃，臣是萧家人，效忠的是大梁朝廷，从不敢有二心。"

"害怕吗？"谢朝泠问他。

萧砚宁一愣。

他下意识地抬眼去看谢朝泠，帝王的目光平静也威严十足，萧砚宁不敢多看，又低了头。

谢朝泠道："这事朕若当真要追究，直接将萧氏连坐，你也是一个死字，是真是假都不重要，总归萧氏这个异姓王也是个麻烦，即便有那丹书铁券，也保不住你全家的性命。你害怕吗？"

谢朝泠的语气不重，仿佛随口一说，可也或许有一瞬间，他当真有过这般念头。

萧砚宁认真想了想，回答他："臣确实担忧家里人会因此事被牵连，关心则乱是人之常情。可臣也知道陛下并非草木皆兵之人，否则当初便不会重用臣的父亲。至于臣的身世，本也不过是徐氏的一面之词，即便是真的，前朝已过去百余年，臣如今姓萧，姓名写在萧家的族谱上，前尘往事皆已远去，臣便是有心也无力做什么。以陛下的心胸和气度，或许根本不屑与臣计较。"

谢朝泠道："是真心话？"

萧砚宁道："臣确是这般想的。"

若是换个人来说这些，兴许只是为求保命故意说的漂亮话，但从萧砚宁嘴里说出来，却莫名能令人信服。

他低着头，在谢朝泠面前神情始终恭谨，却并无胆怯。

谢朝泠看他一阵，换了个话题："你与太子之事，是朕先前太纵容太子，令他肆无忌惮、胡作非为，骗了你许久，朕也有不对的地方，如今你已知晓真相，有何打算？"

萧砚宁低声道："臣愿听从殿下安排。"

谢朝泠稍感意外。

谢朝泠打量着面前这位少年世子，不经意间想起十七八岁时的自己，分明他与萧砚宁是个性截然不同的两个人，但在萧砚宁身上，他却仿佛看到了曾经的自己。

一样是在平静的表面下，掩盖着一颗炙热滚烫的心。

"你为人太过刚正了，日后入了朝堂若无人护着免不得要吃亏，太子虽能护你周全，但朕更希望你也能成为太子的助力，你可明白朕的意思？"谢朝泠道。

萧砚宁心头泛起波澜，郑重道："臣明白。"

待他自御书房告退出来，谢徽禛已在外头等候多时。

萧砚宁走过身边过时他提醒了一句："在外头等着我，先别走。"

萧砚宁犹豫之后停住脚步，等在了这里。

谢徽禛进门，尚未来得及问谢朝泠与萧砚宁说了什么，谢朝泠先道："你提的法子还是荒唐了些，但也没别的办法了，便依你说的办吧，这是最后一次，朕依着你，但下不为例，以后不许再做这般出格之事。"

谢徽禛大喜过望，赶忙与他父皇谢恩。

谢朝泠接着道："既要做戏便做全套，萧世子须得为公主服丧满一年。"

谢徽禛只能道："那等到先前的事情处置完了之后吧，多谢父皇。"

谢朝泠点头"嗯"了一声，继续批阅手下的奏疏。

谢徽禛犹豫地问谢朝泠："萧家和砚宁之事……"

"朕若是当真要处置他们，你方才在外头还能与他说话，将他留下来？"

谢朝泠示意他，“退下吧。”

谢徽禛松了口气，再次谢恩。

他告退，萧砚宁果然还在外头等着他。

“走吧，随我回去东宫。”谢徽禛道。

萧砚宁道：“陛下先前说，让我这段时日先不要当值了。”

谢徽禛看着他，萧砚宁无奈道：“真的。”

谢徽禛道：“那也陪我去走走，反正都进宫了。”

他们自皇帝寝宫离开，沿着宫道漫无目的地往前走。

谢徽禛问萧砚宁和皇帝说了什么，萧砚宁反问他：“殿下呢？陛下与你说了什么？”

谢徽禛撇嘴，将谢朝泠的话复述了一遍，萧砚宁有些意外，随即道：“陛下既然这般说了，那我就为公主服丧一年。”

谢徽禛思索了一下，揭过这事，“再说吧。”

谢徽禛再问他：“所以父皇与你说了什么？”

“没说什么。”萧砚宁道，“陛下就试了试我对徐家之事的态度，我都照实答了。”

谢徽禛看出他还有话没说，大约也猜到了是什么，既然萧砚宁不肯说，他便也不问。

“我们往那边去。”谢徽禛示意道。

萧砚宁不解道：“殿下要去哪儿？那边不是回东宫的路。”

谢徽禛道：“去春晖殿。”

春晖殿是谢徽禛假扮公主时的寝殿，萧砚宁是第二回来，前一次还是下聘礼之时，也只到了这殿外，交了东西隔门拜见过公主，得了公主赐下的新衣便走了，今日才真正被谢徽禛领着进门。

“下聘那日我就在那头。”谢徽禛目光落向前边，不远的地方果然有一扇小窗。

那日他就站在那里，看着萧砚宁命人将一箱一箱的聘礼送来，规规矩矩地在阶下行拜礼，双手接过他叫人赐下的衣裳，好似那样就已是莫大的恩宠。

萧砚宁偏头看他一眼，没说什么，提步跨进殿门。

春晖殿不愧是公主寝殿，殿中花影婆娑、香风袭人，处处透着精致。

萧砚宁未细看，问谢徽禛："殿下为何要带我来这里？"

"让你瞧一瞧我从前的日子都是怎么过的。"谢徽禛道。

谢徽禛让出一步，他身后是敞开的梳妆台，胭脂水粉、珠钗翠钿铺满台子，琳琅满目，叫人眼花缭乱，怕是比真正的姑娘家也不少。

谢徽禛解释道："这些东西带去公主府的只是一小部分，大多还在这里。父皇没有后宫，进贡来的这些头面、首饰便都到了我这里，十辈子也用不完。"

萧砚宁有些无奈，道："我母亲、婶娘和家中姐妹她们，确实没殿下的首饰多。"

他的目光落过去，滑过那一件一件的钗环，想起自己曾帮谢徽禛挑过珠钗，也给他送过花簪，不由得莞尔。

谢徽禛又叫人开了衣柜、衣箱，绫罗裙衫不计其数。

萧砚宁微微惊讶，"殿下的女儿装这么多？"

"其实穿这些也不错，我穿了十几年的女儿装，比穿男装的时日还长一些，倒也不是那么不能接受。"谢徽禛咂咂嘴，"以后应当不会再穿了。"

萧砚宁奇怪地问他："殿下是在遗憾吗？你若是想穿没人敢拦着。"

谢徽禛一弯唇角，移开眼，"不看这些了，这后头还有一处园子，我带你去那边看看。"

出宫之后萧砚宁便回去了公主府，毕竟他名义上还是乐平公主的驸马。

谢徽禛被拘在宫中不得出来，一直到端阳节过后，萧砚宁收到他派人送来的字条，相约明日午后在城中最大的戏园子里见。

"殿下还说了什么？"萧砚宁看过字条，问来送字条的内侍。

对方笑眯眯道："殿下只道，请您务必要去。"

萧砚宁道："我知道了。"

翌日晌午用过膳食，萧砚宁换了身衣裳低调出门，两刻钟后到达与谢徽禛约定的地方。

这里是城中闹市区最大的一处戏园子，人声鼎沸、客似云来。

谢徽禛的内侍就等在园子门口，见萧砚宁下车，当即笑着迎上来，"世子爷这边请，少爷已等您许久了。"

萧砚宁问他："少爷几时来的？"

内侍道："半个时辰前便已到了。"

萧砚宁想着谢徽禛这是不用吃饭吗，提步进了门。

谢徽禛在戏园二楼正对戏台的位置包了个雅间，萧砚宁过去时他正懒散地倚在椅子里，听戏喝茶，十分悠然自得。

萧砚宁上前，叫了他一句："少爷。"

谢徽禛仍盯着戏台没有抬眼，只道："砚宁来迟了。"

"是少爷来早了。"萧砚宁说罢在他身旁的椅子上坐下，"少爷用过午膳了吗？今日怎这般有兴致，想到来这里看戏？"

谢徽禛的目光转向他，眼里尽是笑，"不可以吗？"

谢徽禛笑着吃了颗梅子。

"你今日怎么出来的？陛下答应了？"萧砚宁不放心地问他。

谢徽禛不在意地"啊"了一声，"满朝官员都能休沐，没道理我得日日憋在宫里吧。"

萧砚宁无奈道："少爷就不能正经些说话？"

谢徽禛又笑了一声，"好吧，跟你说个正事，再过两日父皇就会下明旨处置徐氏一族，男丁斩首、女眷流放，出嫁女与其夫婿子女同罪，一并流放。这已是陛下能给的最大宽容，原本你们一家子也在流放的名单之上，因你大义灭亲、查案有功，且萧王府有太祖御赐的丹书铁券庇护，故只收回铁券、褫夺爵位。”

萧砚宁一怔，“真的？”

谢徽禛道：“真的。”

不怪萧砚宁意外，徐氏当年害死了多少人，所犯罪行便是株连九族都算轻的，陛下却最终网开一面，还给徐氏女眷留了条命，如此一来，至少他母亲知道后心里能稍微宽慰些。

萧砚宁平复一下心绪，点头，“多谢少爷告知。”

谢徽禛道：“你跟我这般客气干什么？”

萧砚宁不再说了，低头喝茶。

戏台上方才一出戏唱完，又换了一出，说是这几日排的新剧目，博大伙儿一乐，台下一片叫好声。

萧砚宁没什么心思看戏，喝着茶偶尔才听一耳朵。

谢徽禛提醒他：“这出戏挺有意思的，你仔细听。”

萧砚宁这才抬了头，目光投向戏台。

台上的唱段缠绵悱恻，萧砚宁本以为又是痴男怨女的戏码，认真听了一阵发现戏角扮的是公主、驸马，唱的竟是自己和谢徽禛的事。

“公主”为替妹续命以男儿身“下嫁”驸马，后来“公主”遇刺，危急之际当众泄露了男儿身，驸马舍身相救……整出戏情节跌宕起伏、催人泪下，台下观众目不转睛、如痴如醉，虽未点名道姓，但谁都知道这故事说的就是乐平公主的事。

谢徽禛笑问他：“砚宁觉得这出‘刁蛮公主俏驸马’的戏唱得如何？”

萧砚宁还当自己听错了，“刁蛮公主……”

谢徽禛接腔道：“俏驸马。”

萧砚宁有些无奈，谢徽禛再问：“如何？”

萧砚宁转眼看向他，又去看台上那旦角，中肯道：“戏台上的公主不如少爷这个真公主好看。”

谢徽禛道：“哦？”

萧砚宁眼中隐有笑意，“少爷不觉得吗？”

谢徽禛道：“嗯，台上这驸马也不及砚宁这个真驸马俏。”

说完他二人同时笑了。

萧砚宁问谢徽禛：“这戏是少爷叫人排的？”

谢徽禛扬眉，“何以见得？”

萧砚宁道：“先前编排少爷的那些故事可没有这般曲折离奇，替真公主续命这一出，分明是少爷想出来的借口吧。”

“嗯。”谢徽禛不吝承认，“成效不错。”

成效确实不错，这出戏已在京城各大戏班唱了两日，消息迅速流传开，无数人慕名来听，感动于公主和驸马这一惊心动魄的故事。单看今日戏园子中的听客就比平日多了一倍，妇人、娘子尤其多。

萧砚宁下意识地觉得荒唐，对上谢徽禛的笑眼，到嘴边的话没说出口。

细想起来，公主变太子之事本已传得沸沸扬扬，被人随意编派，倒确实不如他们自己来编故事。

萧砚宁道：“少爷英明。”

谢徽禛笑看向他，“真这么觉得？”

萧砚宁点头，“真的。”

谢徽禛似有些感慨，“等徐氏之事处置完，父皇便会将这一出真假公主的事情公之天下，之后乐平就得薨逝了，你父母那边呢，可有与他们说这个？”

“还没来得及说。”萧砚宁解释道，“家里近来事情多，母亲还未病愈，并不曾提及这事。不过我父亲应是心中有数的，等过两日陛下圣旨下了，徐氏之事尘埃落定，萧家王爵没了，我父母他们还得从王府搬出来，待安顿下来后，我会与他们说这事。”

“打算搬去哪儿？”谢徽禛问。

萧砚宁道：“城东还有一处萧家老宅，父亲已经派人去收拾修缮了，地方是小了些，但也够住。”

“暂时住着吧。”谢徽禛道，“父皇应该也不会晾着你父亲太久，人还是要用的，过个一年半载就起复了，日后还能给封个外姓爵位，如此你们家便也不用成日提心吊胆了。至于你，住公主府便是，你为公主服丧，公主府不会收回。”

一个时辰后，听戏的人又换了一拨，那出‘刁蛮公主俏驸马’再次上演。

这回萧砚宁听得愈发仔细，问谢徽禛：“这故事台本是谁写的？总不会是少爷你自己提的笔吧？”

谢徽禛随口道：“德善写的。”

萧砚宁道：“德善公公还有这般玲珑心思，委实叫人意外。”

谢徽禛笑道：“本少爷教得好。”

台上的戏尚未唱完，萧砚宁思索片刻，提议道：“日日重复唱同一个故事也无甚意思，少爷不如让德善多编几个台本，围绕着公主和驸马，每天上演不同的戏码，或叫人捧腹大笑，或叫人潸然泪下，如此才能一直吸引人来听吧。”

谢徽禛略感意外，“砚宁几时变得这般聪明了？”

萧砚宁道：“是少爷之前觉得我傻罢了……”

“主意不错。”谢徽禛肯定道，“但德善编故事的水平有限，写完还得本少爷给他润色，不如砚宁你来写吧，反正你近日在家中也闲来无事，你亲自写，一准比别人编得好。”

萧砚宁不知该说什么，“好吧，我勉力一试。”

“勉力？”

"若是写得不好，少爷不要失望。"

谢徽禛笑着合起扇子，"砚宁随意发挥，不必妄自菲薄。"

二人在戏园子里消磨了一个下午，近黄昏时才离开。

谢徽禛绕路将萧砚宁送回公主府，车停在府门前，萧砚宁提醒谢徽禛："少爷早些回宫去吧，一会儿要落宫钥了。"

谢徽禛伸手，递了样东西过去。

萧砚宁接了，垂眼看去，是几包香料。

谢徽禛提醒他："你香囊里的香料记着每日都要换，用完了我再叫人给你送来。"

萧砚宁应下："好。多谢少爷。"

谢徽禛问："明日回去萧家吗？"

萧砚宁点头，"每日都会回去一趟，看看我母亲。"

"好。"谢徽禛叮嘱他道，"明日在家里等着我，我辰时过后便会过去。"

萧砚宁一愣，"少爷要来府上？"

"让你父亲不必大张旗鼓。"谢徽禛道，"我是私下前去，父皇准许的，你们也不必有所顾虑。"

萧砚宁闻言放下心，"好，一会儿我就派人先去家中传个口信，让父亲他们早做准备。"

谢徽禛笑着颔首。

萧砚宁亦点点头，转身进门。

待公主府的府门阖上，谢徽禛一弯唇角，吩咐人："回宫吧。"

第十二章 初心不改

翌日辰时。

谢徽禛的车驾停在萧王府大门外，萧砚宁已带人等候多时。

谢徽禛自车上下来，萧砚宁上前想要行礼被他打断，萧砚宁解释道：“殿下是第一回来府上，你说要低调，父亲便没带人出来迎接，还请殿下勿怪。”

“这是你自己家，这些就别说了，而且，谁说这是我第一回来，上次还跟你来这里吃中秋宴来着。”谢徽禛提醒他。

萧砚宁道：“上回来的是公主，再之前跟我来给父亲、母亲敬茶的也是公主。”

谢徽禛笑了笑，“行吧，你说是便是，不过我也确实不是第一回来。”

萧砚宁闻言略感意外，“殿下何时来过？”

谢徽禛道：“你自己猜。”

言罢他提步登上府门前的石阶。

萧砚宁想着谢徽禛的话，只觉疑惑，便道这人又在胡言乱语，没往心里去，跟上去与他一道跨过门槛。

正院之中，萧衍绩领家中老少在此迎驾，谢徽禛进门免了他们的礼，

“王爷不必多礼，孤是私下前来，不需要这些虚礼，再者，我们本就已是一家人。”

萧衍绩刚起身站直，听到这句差点没又跌下去。

谢徽禛笑着冲萧衍绩道：“天气热，别一直杵在这日头下说话了，王爷，我们先进去里边吧。”

萧衍绩很快镇定下来，恭敬地请谢徽禛进门。

萧衍绩进正屋请谢徽禛上座，命人上来茶点。

除了尚卧病在床的王妃，萧家人皆聚在此，各自端着笑脸陪谢徽禛说话，心下却不由得惴惴不安。

萧砚宁的幼妹靠在他身侧，一直盯着谢徽禛的脸在瞧，趁着长辈们说话时小姑娘没忍住，终于开口问道：“大哥哥，你是公主嫂嫂吗？”

正陪谢徽禛喝茶的萧衍绩直接呛到了，余的人神情各异，既惊疑又难掩好奇，却不敢如无知孩童一般大大咧咧地去看谢徽禛。

萧砚宁按了按小姑娘的肩膀，小姑娘仰起头，犹豫着问他：“我说错话了吗？”

“你过来。”谢徽禛放下茶盏，笑吟吟地冲小姑娘示意。

小姑娘只迟疑了一下便大大方方地走上前，走近了更不错眼地盯着谢徽禛看，再次问他：“你是我公主嫂嫂吗？”

谢徽禛道：“为何这么问？”

小姑娘道：“你与公主嫂嫂长得一模一样，笑起来也一个样。”

谢徽禛伸手拨了一下她头上的珠花，这是他与萧砚宁成婚第二日、登萧王府门送的见面礼。

“当时你这枚珠花还是我亲手戴到你发间的，你说很喜欢，记得吗？”谢徽禛灿烂一笑。

小姑娘“啊”了一声，惊讶过后微微红了脸，后退一步，不好意思再靠得谢徽禛过近，“真的是公主嫂嫂吗？”

谢徽禛点头道："我是。"

此言一出，屋中顿时响起克制的倒吸气声。

萧家众人自然都对谢徽禛的身份心中有数，但没想到谢徽禛会这般坦然，当众就承认了，还是以这样逗笑的语气说出来。

萧衍绩实在不知当说什么好，"殿下这……"

谢徽禛摆了摆手打断他，"先不提这个，今日孤私下登门，是来看看砚宁，顺便蹭口饭吃，叨扰了你们，还望王爷勿怪。"

萧衍绩赶忙道："殿下说这话便是折煞臣了。"

之后萧家人陪着谢徽禛喝茶谈笑，坐了片刻，待到家里其他人各自退下，堂屋里只剩萧衍绩和他二人，谢徽禛示意萧砚宁，"方才王爷说你每日这个时辰会去给你母亲请安，你去吧，我与王爷坐坐便是。"

萧砚宁心知他是有话要单独跟自己的父亲说，起了身，与谢徽禛道："殿下留下来用午膳吧，我去叫厨房做些好吃的招待殿下。"

谢徽禛笑着道："好。"

萧砚宁退下后萧衍绩便也站了起来，谢徽禛示意他，"王爷坐着说话吧，不必这般。"

萧衍绩重新坐下，欲言又止。

谢徽禛抿了口茶，主动道："孤假扮公主之事，是孤做得不地道，孤已和砚宁道歉多次，这里也给王爷赔个不是。"

萧衍绩道："殿下说笑了。"

萧衍绩心情复杂，若说他心里半点怨言没有，那也是假的，可事到如今，他反而有些庆幸。

谢徽禛说起之后皇帝会公之天下的借口，让萧衍绩心里好有个底，"这个理由虽荒唐了些，但勉强能自圆其说，陛下也同意了，只等砚宁为公主服丧期满，此事便了了。"

萧衍绩闻言感激道："殿下，您对砚宁的维护之心，臣看在眼中不能不动容。无论那些虚虚实实的传言是真是假，他都是臣与夫人的亲生子，可若没有殿下您帮忙压制流言，砚宁如今只怕要被流言蜚语架在火上烤，陛下那关也不能这般轻易过。

“臣只有这一个儿子，自是希望他一切都好，他心性虽坚韧，但心思澄净，臣原本就担心他日后因此遭受非难，却不承想事情来得这般快，且是这要命之事，如今经过这一遭，家里也出了这些风波，臣别的不求，只求家小安好，若能有殿下护着砚宁，那自是最好不过。”

萧衍绩的爱子之心不掺半分虚假，谢徽禛宽慰他：“王爷不必过于担忧，孤可以给王爷一句准话，孤与砚宁自小相识，如今待他必定如亲人一般。”

萧衍绩站起身来，郑重拜谢了谢徽禛：“臣替小儿谢过殿下。”

谢徽禛示意他起身，笑问：“所以王爷放心了？”

萧衍绩再拜谢徽禛：“还望日后殿下与砚宁能互相扶持。”

谢徽禛道：“一定。”

萧砚宁从王妃处出来，回到自己的院落，进门前下头人提醒他太子方才就过来了，一直在等他。

萧砚宁点了点头，提步进去。

谢徽禛背着手正在看墙上挂的一幅山水画，萧砚宁走上前。

谢徽禛道：“走吧，带我去你们府上的园子里走走，好久没来了。”

萧王府后头有一片偌大的林园，夏日绿树成荫、溪水潺潺，是赏景的好去处。

二人往林子里走时，萧砚宁不解地问谢徽禛：“少爷当真来过这里？几时来的？”

他先前还当谢徽禛是说笑，可眼下见谢徽禛这模样，分明对这里有几分熟稔，可前头两次他带着公主过门，都未来这后园里逛过。

谢徽禛道：“这边林子深处是不是还有一处瀑布？旁边搭了个观景的台子，是夏日纳凉的好去处。”

萧砚宁道：“少爷知道？”

谢徽禛笑了笑，“我都说了我来过了，你不信？”

但当下他没有解释是何时来的，转而与萧砚宁说起别的：“先前我还与你父亲提到了子嗣之事，请他帮你寻个旁支的孩子过继到你与公主名下，让你母亲帮忙养着，如此你母亲有了寄托，病情说不定也能尽快好转。

“你父亲像是早有准备，说已经有人选了，你有个远房族兄前年不慎落马没了，妻子改嫁，留下两个儿子，大儿子十几岁已能撑起门户不至于叫他家断了香火，还有个小儿子，才不满三岁，先前一直寄养在他婶娘跟前，可以要过来。你父亲去看过人了，很机灵也听话，身子骨也好，挺合适的。”谢徽禛道，“你父母对你有养育之恩，所以只能这样了。”

萧砚宁点头。

“其实我也不在意那些虚的东西。”萧砚宁垂眼看着手中那枝花，慢慢说道，“少爷或许不信，以为我这般守旧之人一定在意那些，可自从跟着少爷见识得多了，又知道了那些所谓的身世后，我也觉着人活这一辈子要珍惜当下。到底父母还是要孝顺的，应尽的责任也得尽，所以就按少爷说的，就这样吧。”

二人走到那瀑布边，他们沿着竹梯拾级而上，走上观景的楼台，水声变得愈发清晰。

谢徽禛倚在木栏边，伸手去接从山上瀑布飞溅下的水，目光落向斜下方的溪潭边，眼里的神色动了动，“我第一回见到你就是在这里，那时你和一群差不多大的孩子在溪潭边玩耍，我就站在这里看。”

萧砚宁惊讶地看向他。

谢徽禛勾唇笑道：“真的，你祖母还在世时办寿宴，来了许多人，我是跟人混进来的，当时先帝刚给你我指了婚，我来看看我的‘小夫君’长什么模样。”

萧砚宁偏过头，顺着谢徽禛视线的方向看过去。

他似乎记起来了，那次祖母做寿，宾客迎门，他与人在这溪水畔玩耍。

原来那时谢徽禛就站在这里。

萧砚宁没忍住笑，道："我若是看到少爷了，应当会叫少爷下来跟我们一块玩。"

五月中，朝廷发下了对徐氏一案的判决文书，萧王因受牵连被褫夺爵位，三日之内阖府从曾经的百年府宅中搬出，低调地搬进了城东的一幢不起眼的老宅子里。

大梁朝唯一的异姓王府就此成为历史，后来再有人谈起，也不过一声唏嘘。

萧家却并未就此被人遗忘，因那出"刁蛮公主俏驸马"的戏剧在京中广为流传，萧砚宁始终处于京城中人茶余饭后的话题中心，每日都有围绕着他与公主的新故事在各戏园、茶楼、酒肆内大肆散播。

直至某日常朝，终于有御史忍不住当廷与皇帝奏报了此事，言此事太过有损储君声誉，不能再如此放任自流，皇帝沉默过后，当众说出了乐平公主三年前就已薨逝，太子为替妹续命才有此一举的前因后果，满堂哗然。

消息一夕之间传遍京中，陛下宽宏仁德、太子舍身助妹、萧家与驸马深明大义，使得早逝的乐平公主有了家室，有了香火祭祀，还能名正言顺地葬入皇陵，不至流落在外成为孤魂野鬼。

有那广为传颂的一出出戏剧故事在前，如此荒诞之事却在民间传成了一桩美谈。太子与驸马俱是有情有义之人，所作所为皆出于爱护公主的一片好心，如此义举，堪为当世楷模。

无论如何，谢徽禛的目的确实达到了，没人戳他和萧砚宁的脊梁骨，除了个别迂腐的士大夫。

萧砚宁还要为乐平公主服丧一载。

夏末之际，公主府上挂起白幡，设下灵堂，补办乐平公主迟到了三年的丧礼。

公主府内停灵七日，日日有客登门祭奠，皇帝与太子如此看重公主，世人看在眼中，自然也会给足面子。

第七日时，谢徽禛这个皇太子甚至亲自来了公主府，为乐平公主上香洒酒。

谢徽禛一进门便看到了萧砚宁，他一身丧服跪在灵柩边，与每一位来祭奠的客人道谢。

即便是做戏，萧砚宁这几日大约也被折腾得够呛，整个人瘦了一圈，听到通报来的是谢徽禛，萧砚宁带着身侧的孩子一起与他谢恩。

谢徽禛瞥了一眼那小孩，那孩子半月前才刚收养到萧砚宁名下，看着已与萧砚宁十分亲近。

谢徽禛走上前，对着自己的牌位和棺椁上了香，再洒下酒。

乐平公主就是他，他就是乐平公主，自己祭拜自己，谢徽禛却半点不觉晦气和诡异，做得自然无比。

萧砚宁看着他的动作，本以为他上完香就会走，他却没有，而是到萧砚宁身边半蹲下，与萧砚宁一块一张一张慢慢地往火盆中扔黄纸。

萧砚宁小声问他："殿下怎来了？"

谢徽禛道："乐平名义上是我堂妹，来给她上炷香不是应该的？"

"香上完了，殿下不走吗？"

"不走。"

后头又陆续有客上门，瞧见谢徽禛也在，都分外诧异，上完香还要过来与谢徽禛行礼。

谢徽禛不怎么理人，来人大多匆匆来又匆匆离开，唯有谢徽禛从晌午一直待到了傍晚，萧砚宁几次撵人，他偏不肯走。

申时末，最后一拨来祭奠的客人离开，下人送来膳食，谢徽禛一看全是清汤寡水的素菜素汤，不由得皱眉，"做戏而已，需要当真吃这些？这小孩难道也跟着你吃这个？”

萧砚宁叫人将孩子带下去，随口道：“只能这样，若是公主府的人外出采买大鱼大肉，被人瞧见了会怎么想？家里头悄悄送了些吃的来，给孩子吃就行。”

萧砚宁席地坐下，端起了饭碗，“殿下还不走吗？要落宫钥了。”

“父皇今日出宫了，我不回去，他不会知道的。”谢徽禛道。

萧砚宁道：“外头人都知道你今日来了这里，要是没走……”

谢徽禛道：“我方才已叫人驾着车辇回宫去了，没人知道我还在这里。”

萧砚宁不再说了，将膳食分了他一半。

“只有这个，少爷勉为其难吃吧。”

谢徽禛笑了一声，也端起饭碗。

他漫不经心地挑着吃食，问萧砚宁：“才几日不见，你怎么瘦了一大圈，不会当真夜里还在这儿守灵吧？”

“我没那么傻。”萧砚宁低头吃东西，“丧礼要每日迎来送往，有些累而已，等一会儿入夜了我就回去后头了。”

谢徽禛吃了几口就放了碗筷。

萧砚宁问他：“不吃了吗？实在不合胃口就算了，一会儿叫人给你做些点心吧。”

谢徽禛道：“你吃你的，不用管我。”

萧砚宁看他这么大个子，不像少吃一顿就会饿出个好歹的样子，便不问了，继续吃自己碗中的吃食。

谢徽禛懒散地靠坐在地上，歪倚着身后的棺椁。

萧砚宁专心用着膳食，微微垂着头。

谢徽禛敲了敲身后的棺椁，没话找话地问他：“里头装的什么？”

“空的。”

谢徽禛随手拿下棺椁前香案上的牌位，看到上头“乐平公主之神位”

几个字，略微嫌弃，朝下按在了案上。

萧砚宁见状好笑道：“我以为少爷不忌讳这个。”

谢徽禛道：“不忌讳，但也不喜欢，就这样吧。”

萧砚宁道：“我之前就觉着，这个主意最不好之处就是这个，像在诅咒少爷一般。”

“不必想那些。”谢徽禛的目光在他那身丧服上转了一圈，“你这几日，日日都穿这个？”

萧砚宁略微奇怪，下意识地拉了一下衣裳：“办丧礼，不穿这个穿什么？”

谢徽禛笑了笑，“没什么，你吃饭吧。”

用过膳食，再喝了半盏茶，管事进来禀报说府门已经阖上了，萧砚宁这才放松下来，吩咐人：“都下去歇息了吧，明日要送葬，还得养足精神。”

外头守着的人尽数退下，萧砚宁起身，谢徽禛却没动。

萧砚宁猜到他在想什么了，“少爷想守灵吗？也不看看这是什么地方……”

“什么地方？”谢徽禛不以为然，“我自己的灵堂？”

他故意强调“我自己的”那几个字。

萧砚宁听着实在别扭，“就算没有忌讳，也别总是说吧。”

“害怕了？”谢徽禛轻声笑。

萧砚宁道：“我有什么好怕的，就是觉得这种事情挂在嘴边不好，宁可信其有。”

谢徽禛道：“好，我不说就是了。”

丧礼过后，萧砚宁便叫人彻底关了公主府门，除了每五日回萧家一趟给父母请安，其余时候几乎足不出户，在府中为公主服丧。

他每日念书练武，日子过得也很悠闲。

到了七夕前一日，府上彻底收拾干净，下头人来问是否将书房的书都收拾了拿出去晒，萧砚宁才恍惚想起来，这么快就要入秋了。

他交代事情时，管事进来禀报，说东宫又送了东西来。

这才不过十余日，东宫的人已来了三回，只从侧门进，总给萧砚宁送吃的喝的，谢徽禛像是怕他当真在府里吃不好，不但命人将新鲜食材送来，东宫的厨子也送了两个给他。

“这是殿下说给驸马爷您的信。”管事双手将信奉上。

萧砚宁接过，回去了书房里。

他拆开信封，里头只有寥寥几句话，明日约他在城西的明月桥头见。

萧砚宁想着这才几日，谢徽禛就无聊得待不住了，有些无奈，叫了管事请东宫来的人过来。

东宫内侍进门客客气气地与萧砚宁行礼，萧砚宁问道：“殿下明日能出宫？”

内侍道：“明日殿下应是能出来的。”

萧砚宁问：“你出来时，他还与你交代了什么？”

那内侍笑答道：“殿下料想驸马爷您收到信会有疑惑，让奴婢与您说，明日明月桥那边有七夕灯会，殿下约您一块去看，您若是怕被熟人撞见，可以叫人帮您稍改一改容貌，殿下也会如此，便不会有人认出。殿下还说了，明日不见不散。”

萧砚宁垂眼看向手中的信纸，沉默了一下道：“你回去与殿下说吧，我会去的。”

那内侍兴高采烈地应下：“奴婢遵命。”

翌日傍晚，灯火初上之时，萧砚宁换了身新衣，让德善兄弟给自己改了改相貌，低调出门。

城西的明月桥是京中最长的一道拱桥，横跨在这内城里最大的一片城中河上，被百姓称作人间鹊桥。每岁七夕，沿河两岸都会举办各样的庆祝活动，尤其以灯会出名。

萧砚宁的马车停在桥头下，这里已聚集了无数年轻男女在放河灯祈福、求姻缘。

萧砚宁下车，他置身于长街的灯火中，有些不知所措。

谢徽禛约自己在这里见，可他人呢？

前边不远处响起一阵喧哗声响，萧砚宁下意识地望过去，听到身边人议论，说不知哪家府上出来的郎君，阔气地买了一百零八盏河灯，整片河面都是他放的灯，叫人惊叹不已。

萧砚宁心头一动，走了过去。

果然是谢徽禛，即便样貌变了，他也一眼认出来。

这位性子乖张的储君殿下半蹲在河边，手里捏着一炷香，正一盏一盏地将河灯点燃，再放下水，星星点点的火光在黑夜中熠熠生辉。

萧砚宁犹豫地走上前，轻轻喊了他一声：“少爷。”

谢徽禛抬了眼，目光比周遭的灯火更明亮，“你来了，放河灯吗？”

萧砚宁道：“少爷又在浪费钱了。”

谢徽禛晃了晃手里捏的香，“这怎么叫浪费钱，河灯放得越多，许愿祈福的心越诚，心诚则灵。”

言罢，谢徽禛递了盏河灯给他，“你也放一盏。”

他接过谢徽禛的香，将手中的灯点燃，小心翼翼地将之放入水中，看着那河灯晃晃悠悠地随波逐流，汇入“星河”中。

谢徽禛十分高兴，放声大笑。

放完了灯，他们也没走，就在这河边看灯火。

月上黑天，映着桥下点点星火，萧砚宁盯着看了一阵，问谢徽禛：“这桥为何叫人间鹊桥？”

谢徽禛一扬眉，“砚宁不知？”

萧砚宁道：“以前没听人说过。”

谢徽禛与他解释：“以前河两岸不相通，将整座京城分成了南北两边，过河只能乘船，十分不便。后来先帝修了这座明月桥，来来去去的就容易多了，自那之后河两岸互相嫁娶的人也比从前多了许多，喜事不断，这桥才有了人间鹊桥的美称。”

萧砚宁了然，“原来如此。”

谢徽禛道：“从前我每次偷偷去找你，也要从这桥上过，这是去你家最近的一条道。”

萧砚宁闻言轻声笑了，“哦。”

他想起他俩小时候，谢徽禛带着他瞒着家里人溜回城中玩，也是在这明月桥上。他们一个在桥头，一个在桥尾，隔着整条河大喊对方的名字，在桥上来来回回地朝对方跑，分明是傻透了的事情，那时候玩起来却总是乐此不疲。

谢徽禛问：“想什么？”

萧砚宁笑道：“想到少爷小时候是个傻子，带着我来这边乱跑，大喊大叫的扰民。”

谢徽禛嗤了一声，“我那是逗小傻子玩，要不你整天被拘在家中，大门不出二门不迈的，走两步就喘，身子骨能好起来才怪。”

说罢他起身，“走了，去别处看看。”

沿河一整条街上都有灯火点缀，身边是熙熙攘攘的人潮，他们并肩走入其中，不时驻足在那些沿街叫卖的摊贩前，挑一两样有意思的小玩意，又继续朝前走。

另一侧的河中有游船画舫自身边过，伴着嬉笑闹声，漫天桃花自船上洒下，随风飘飘荡荡地散开。

幽香袭来，萧砚宁下意识地伸手去接，一片花瓣落至他掌心，他目露惊奇，闻到那淡淡花香，偏头去看，只见船头轻纱薄衫、身形曼妙的美娇娘们娇笑着，正冲他们挥着手帕。

萧砚宁面红耳赤。

他听到谢徽禛近在咫尺的笑声，“这般害羞吗？砚宁果真受欢迎。”

萧砚宁道：“是少爷的银子比较受欢迎吧，你方才在河边放了一百零八盏花灯，很多人看到了。”

谢徽禛看着他笑容愈显，也不争辩，“你说是便是吧。”

月上中天时，谢徽禛送萧砚宁回到公主府。

翌日清早，谢朝泠那头派人来传话，叫谢徽禛过去。

谢徽禛问道：“父皇几时回来的？”

来传话的人答：“昨夜就回来了。”

谢徽禛道：“孤知道了，一会儿便过去。”

谢徽禛换了身衣服洗了把脸，这才乘步辇去了皇帝寝宫。召见他的人却是谢朝渊。

“你父皇累着了，还在补眠。”谢朝渊懒洋洋地倚在座椅里，问他，“你可还记得答应过你父皇什么？”

谢徽禛乖乖认错。

谢朝渊看着他，“你是不是不服气？”

谢徽禛道：“不敢。”

谢朝渊冷哼，“嘴上说着不敢，一次次往宫外跑，倒是将你父皇的话当耳旁风。”

“六叔是嫉妒我吧。”谢徽禛弯起唇角，讥诮道，“六叔好小心眼。”

谢朝渊嗤了一声，皱眉道：“你当我吃饱撑的，这是你父皇的意思，你现在心太野了，他要你收收心，别忘了自己的本分。你父皇可不是你这样的，无论何时，摆在他心里第一位的始终是江山社稷。”

谢徽禛见好就收，赶紧请罪道：“儿臣说错话了，六叔勿怪。”

僵持间，谢朝泠自后殿出来，察觉到他俩之间这剑拔弩张的气氛，略微奇怪道：“这又是怎么了？你俩怎么每回说不了几句话就要吵起来？”

谢徽禛上前请安，与他解释：“是儿臣说了不好听的话，惹了六叔不高兴，儿臣正与六叔请罪。”

谢朝泠目光转向冷着脸的谢朝渊，谢朝渊别开眼，他有些无奈，再问谢徽禛：“你昨夜当真出宫了？”

谢徽禛道：“没有下次了。”

谢朝泠“嗯”了一声，“以后每日功课再加一倍，下去吧。”

谢徽禛苦了脸，像只斗败的公鸡垂头丧气地退了下去。

当日，萧砚宁便收到了谢徽禛派人送来公主府的信。

谢徽禛在信上说他之后当真不能再出宫了，但会常叫人送信、送些东西过来，叮嘱萧砚宁要按时吃饭、药膳，用这一年的时间好生调理身体。

萧砚宁看罢有些好笑，于是也提笔，认认真真给谢徽禛回了封信。

他也一样，在信里叮嘱谢徽禛听陛下的话，将心思放回正途，不要叫外头人小瞧了他这位储君殿下。随信送来的还有一包花籽，萧砚宁在信上说这都是些容易养活的野花，很好种，随便找些土撒下就能长出来，让谢徽禛无聊了，可以种些这个打发时间。

谢徽禛叫了人进来，“将这些花籽拿去外头窗台下撒下……算了，孤自己去吧。”

自那天起，每隔几日，便有书信在东宫与公主府之间传递，谢徽禛一股脑地将各样好东西往公主府送，吃的、喝的、穿的、用的，应有尽有，萧砚宁说了几次不需要，这人不听，只能算了。

他也会随信给谢徽禛送些小玩意儿，有时是一包花籽，有时是自己作的画，有时是随手摆出来的棋局，如此即便二人都不能出门，日子也不难挨。

秋去冬来，转眼已至年关，小年那日萧砚宁回了趟萧家，跟着家里人一起祭祀灶王，顺便留这里吃了顿饭。

席间几个堂兄弟说起明岁春日要重开选秀之事，议论纷纷。

“陛下自登基起，后宫便一直空置，选秀直接停了，先前礼部传出风声说明年选秀要重开，莫不是真的？是要选妃吗？”

“应当不会吧，就算陛下真要选妃，也没谁敢送女儿进宫。”

“那倒是，没准是给储君选妃呢，太子殿下的年岁才是正当合适的那个吧，其实早几年就该选太子妃了……”

萧衍绩轻轻咳了一声，提醒一众子侄：“皇家的事少议论，关起门来在家里说几句就算了，去了外头万不可这般信口开河，小心祸从口出。”

那几人纷纷表示受教，赶紧闭了嘴，再不敢说了。

萧砚宁回到公主府时，东宫刚巧来了人送东西和信。

这几日天愈发冷了，西北那边新进贡来一批毛皮，谢徽禛拿了许多，送了一大半来萧砚宁这儿，另有五篓完好的银霜炭和其他各样御寒之物。

“殿下说了，请驸马爷您务必要保重身体，冬日天寒，万不能着凉了。”来送东西的内侍笑眯眯地禀道。

萧砚宁有些无奈，拆开了谢徽禛写来的信。仍和之前每一封那样，谢徽禛在信中说的全是琐碎的小事。

萧砚宁提了笔，快速给他写了封回信。

到最后将要收尾时，鬼使神差地又添上了一句，提起近日听人说，外头关于公主与驸马的故事又添了新的篇章，问少爷可有去听过。

萧砚宁放下笔舒了口气，愣神了片刻，将干了的信纸收进信封里，让人送进宫去。

谢徽禛收到信时还在皇帝寝宫里吃小年宴，他略微意外，问下头人：“这次只有这一封信？没别的东西了？”

“没有了。”送信的内侍禀道，“驸马爷只让送了这封信来。”

谢徽禛想着，萧砚宁上次还说过两日会将他自己酿的酒送来，怎的说话不算话呢？

谢徽禛拆开信，从头至尾看完，将信纸按下，又不由得笑了。

他自然知道萧砚宁说的是什么，他确实许久未出宫了，外头的事情却都一清二楚。

谢朝渊听得方才那内侍说的话，又见谢徽禛看完信便开始傻乐，问他：“萧家那小子又跟你说了什么好听的话，哄得你这般高兴？”

谢徽禛试着与谢朝泠说情：“这半年我都规规矩矩地听父皇的话，除了祭祀庆典，连宫门都没出过，如今过年了，也不能通融一回，让我出去一趟吗？”

谢朝泠瞧着他模样实在可怜，神情间便有了心软之意，谢朝渊抢先道：“不行，年前年后有各种祭祀，你得留下来帮你父皇分担。”

谢朝泠看了一眼谢朝渊，谢朝渊改了口：“实在想出宫就等大年夜里吧，傍晚用过家宴让你出宫去玩。”

谢徽禛喜出望外，刚要谢恩，谢朝渊继续道：“不过你不能就这样去，那日进出宫里的宗王和朝臣多，被人瞧见你出宫去了又要传闲话。傍晚那会儿宫女们能去西侧门那边见家里人，你也扮作宫女走西侧门出去吧。”

谢徽禛无语。

这位六叔就是故意的吧，每时每刻都想看他笑话。

谢朝泠似乎也觉着这点子不错，提醒谢徽禛：“你若是不愿意，那便算了。”

“儿臣愿意去，多谢父皇和六叔。”

到了除夕那天，从清早起便是各样的祭祀、朝拜和宴席。

晌午皇帝宴请群臣，下午还有宗室家宴，自谢朝泠登基后，每岁的除夕家宴便都提前到了申时，只为了早些开桌，好早些结束。

傍晚时分，家宴散场，喝得醉醺醺的王公宗亲们互相搀扶着告辞离开。谢徽禛这位储君殿下早一刻钟便已悄然退下，这会儿正随一众急着见家人的宫女们出现在皇宫的西侧门外。

无人注意到他，他上了辆早等在外边的不起眼的灰布马车，朝着城西的公主府去。

车驶出宫城范围，谢徽祯轻出了口气，抬手欲拆了头上的钗环，手指一顿又改了主意，收回手淡定地靠向身后的座椅，闭目养神。

两刻钟后，马车自公主府侧门进入，停在了正院里。

萧砚宁收到消息匆匆出来迎接，见到一身丫鬟装扮、从车上跳下来的谢徽祯，猛地收住脚步，惊讶地看向他。

谢徽祯一扬眉，毫不脸红道："砚宁没见过我这样？怎么还看呆了？"

萧砚宁回神，"少爷如今不做公主了，怎么还扮起了丫鬟？"

谢徽祯捏着自己垂在颈边的小辫子转了转，笑道："如何，少爷我这样好看吗？"

萧砚宁却实在没眼看，闭了嘴，转身先回了屋。

谢徽祯笑着跟进去。

萧砚宁进屋后在榻边坐下，重新拿起方才就在看的书，有点不想理他。

谢徽祯上前，侧身坐到了萧砚宁边上。

"砚宁好冷淡啊，半年不见，竟是半点惊喜的表情都没有。"

"被少爷惊吓到了。"

谢徽祯乐道："有这般惊讶？你又不是没见过我女装的模样。"

"可少爷不是公主了。如今这算什么？"

"你说呢？"

"我不懂少爷的意思。"

谢徽祯故意改了声线，娇滴滴地问："驸马爷，奴家说得不对吗？"

萧砚宁忍着将这人暴打一顿的冲动，板着脸提醒他："下去。"

逗了萧砚宁这么半日，谢徽祯终于也忍不住了，趺坐榻上放声大笑。

萧砚宁岔开话题，皱眉问："少爷今日怎么突然出宫来了？还打扮成这副模样，陛下知道吗？"

"知道啊。"谢徽祯一边笑一边解释，"我特地求他恩准，父皇答应让我出来陪你守岁，明早便回去。至于打扮成这副样貌，彩衣娱亲罢了，我那六叔心眼小，不叫他高兴高兴，他哪有这般好说话，轻易便放我出来了。”

萧砚宁闻言放下心来。

今日他也只回家吃了顿饭便又匆匆回了这边，一个人守岁确实挺孤单的，他方才还想着不如早些睡了算了，谢徽禛便来了。半年不见，乍一看到他，他其实有些惊喜过头了，又不想表现得太失态，才会这般说。

“说了给你个惊喜。”谢徽禛道，“你是不是也才从萧家回来？除夕宴吃了什么？”

萧砚宁没吃什么，因还在服丧期间，太阳落山前他就得回府。除夕宴上也有诸多忌讳，大荤不能吃，酒不能喝，即便桌上都是自家人，但人多嘴杂，他始终规规矩矩，不该碰的一样没碰。

不用萧砚宁说，谢徽禛也猜到了，叫了人进来吩咐道：“让厨房去做个热锅子，酒也温上两壶，麻利点。”

再与萧砚宁道：“我也没吃饱，你陪我再吃些吧。”

萧砚宁坐上桌，主动拎起酒壶，给双方倒了酒。

谢徽禛的目光落在酒壶上，微微一顿，问道：“之前说给我送你自己酿的酒，后来怎么没送了？我今日若是不来，是不是还尝不到你这酒？”

萧砚宁没说话，继续将酒倒完。

萧砚宁举起酒杯，看向面前人，“多谢少爷特地出宫来陪我守岁，我敬少爷这杯。”

谢徽禛微微挑眉，也举了杯。

他们围炉吃锅子、喝酒，终于能放松下来。

外头下了雪，不时有烟花爆竹声响，昭示着旧去新来。

子时将至，谢徽禛手里多了样东西，在萧砚宁眼前晃了晃，是用红线串起的一串铜板。

“给你的，压岁钱。”谢徽禛笑眯眯道，“接着。”

萧砚宁道：“少爷给我这个干什么？”

谢徽禛解释道："望你来年福泽绵长、身体安康。"

他笑容满面，萧砚宁伸手接了，轻声道："多谢。"

萧砚宁将东西捏在手里晃了几下，听着铜钱轻碰的叮叮声响，微微愣神。

谢徽禛在他身侧坐下。

窗外的爆竹声响彻，子时已到。

新岁终至。

转眼又至夏末。

闭了一年之久的公主府大门重新打开，府上也装点起鲜艳的颜色，下人忙碌着进进出出地彻底打扫，萧砚宁则正在看东宫内侍才送来的信。

服丧之事已了，谢徽禛在信上问他何时能见面。

自上一次除夕夜匆匆一别，至今又是半年之久。

他提笔给谢徽禛写了封回信，说这几日还不行，还有诸多琐事要处置，他也得先回去萧家，且再过两日他大姐姐要出嫁，等家里办完喜事，便会入宫去拜见。

萧家人如今仍住在城东的老宅里，日子过得很好，上个月萧衍绩刚刚官复原职，虽不及从前的异姓王说出去风光，但少了那些要命的顾虑，反而踏实了。家中的小辈如今念书的念书，习武的习武，也不必再处处避锋芒，都有了一展抱负的机会。

且这些日子还有喜事临门，萧大姑娘和离再嫁，来求娶的是萧衍绩同僚之子，与萧大姑娘算得上青梅竹马、知根知底。从前因萧大姑娘早有婚约，爱慕之情只能藏于心中，及至萧大姑娘和离，对方才有机会表明心意，花费无数心思，终换得萧大姑娘亲自点头。

婚礼当日，萧府上张灯结彩，一大早便不断有客上门道喜，只等吉时到、迎亲的队伍过来。

萧砚宁跟着父亲一起招待客人，却没想到会将谢徽禛这位储君殿下迎来。

谢徽禛又是微服来的，但也没避讳，大大方方登门，还带了贺礼。

萧衍绩只惊讶了一瞬，立刻带着一众子侄迎上来接驾，谢徽禛笑着与之寒暄。

四目对上，谢徽禛眼中笑意加深，萧砚宁移开目光，有些不敢看他。

谢徽禛被众星捧月地迎进门，他挥了挥手，让萧衍绩与其他人去忙活，只留了萧砚宁下来单独说话。

萧砚宁叫人上来茶点，“少爷今日怎么亲自来了？我都说了过两日会进宫去拜见，何必急于一时？”

谢徽禛笑着道：“你姐姐出嫁，我来讨杯喜酒喝不应该吗？”

萧砚宁笑道：“少爷真想喝喜酒，应当去男方家里，那边才是正宴。”

“咱俩这么熟，我自然应该来这里。”谢徽禛说得理所当然。

半年没见，他们有一肚子话要说，萧砚宁带着谢徽禛去了自己的院子，这处地方比他从前在萧王府的住处要小上许多。

萧砚宁道：“地方虽小，但挺清净的，过几日我便会从公主府搬出来，回来府上。”

谢徽禛四处打量了几眼，“嗯”了一声，“暂时住着，等你回东宫当值，便不必住这般逼仄的地方了。”

萧砚宁道：“这里也没有那么不好。”

谢徽禛偏头看他，“不想回东宫？”

被谢徽禛盯着，萧砚宁只得道：“想。”

谢徽禛笑了一声，终于满意了。

两个人说了几句有的没的，快至晌午时，正院那头派人过来传话，说小宴快开始了，新娘这会儿正在晒嫁妆，请他们过去。

谢徽禛像是颇感兴趣，与萧砚宁道：“走，我们去看看。”

正院里的宾客又比先前时多了许多，谢徽禛出现，免了众人的礼，与萧砚宁一齐走去萧衍绩身边，俨然也将自己当作女方的亲属。如此一来，众人看萧家父子的眼神也更热切了几分。

萧大姑娘的妆奁就晒在这正院里，一样一样开箱给人瞧。不仅陪去英国公府的都拿了回来，萧衍绩夫妇还新给她添了许多好东西，看着着实叫人眼热。

谢徽禛瞧了一阵，压低声音问萧砚宁：“你父母将好东西都给你姐姐了，轮到你时还有吗？”

“少爷多虑了。”

谢徽禛轻声笑了。

二人说笑一阵后，便开了宴席。

中午的小宴是为送女儿出门，宾客都是萧家的亲朋和走得近的同僚，有谢徽禛这个皇太子在，也算蓬荜生辉。

热热闹闹至申时末，门外鞭炮声响彻，接亲的队伍已经到了。

萧砚宁将姐姐从后院背到正堂，新郎高高兴兴进门来接，看到跟随在自己小舅子身旁的储君殿下，满脸的憨笑中瞬间多出了几分紧张。

萧砚宁将人交到新郎手中，谢徽禛顺嘴说了句：“好好待萧姐姐。”

新郎诚惶诚恐地应下，一再保证。

在场的宾客瞧见这一幕，想起当初英国公府之事，就是这位剽悍蛮横的假公主，带着府兵风风火火杀上英国公府，硬逼着他们和离，救回了萧大姑娘。

从前还觉得奇怪，皇家公主竟有这般胆大，如今想来，做这事的若是皇太子殿下……温润和善的斯文储君，怕也是假的吧！

谢徽禛却不在意这些人如何想，吉时一到，与萧砚宁一块将萧大姑娘送出府。

目送接亲队伍远去，萧砚宁心里仍有担忧，身旁的谢徽禛悄然说道：“没事的，我看这小子像是憨厚之人。”

萧砚宁点了点头，敛回心绪，与他道谢：“方才，多谢少爷了。”

无论如何，有谢徽禛那句话，对方总要多顾忌几分。

谢徽禛抬眼望向天边的晚霞，“太阳要落山了。”

“你回宫去吧。”萧砚宁提醒他。

谢徽禛道：“你与我一起。”

萧砚宁拒绝的话到嘴边，改了口：“好。”

谢徽禛派人去与萧衍绩说了一声，带着萧砚宁上车离开。

车驾驶进宫门时，夜色已然沉落，也到了落宫钥的时辰。

萧砚宁虽是被谢徽禛带进宫来，奉公职守的宫门守卫还是循例多问了一句，谢徽禛替他答了，说带他去东宫里商议事情，萧砚宁这才被放行。

走上宫道再转向去东宫的路上，谢徽禛哂道：“宫中禁军除了东宫那些，都是由我六叔统领，他们只听我六叔的话，连我的面子也不给。”

萧砚宁倒不觉这样有何不对，“这也是应该的，这是对陛下负责，要不得乱套了。”

谢徽禛问他：“若是你，做得来这些吗？”

不待萧砚宁说，谢徽禛继续道：“其实你之前在东宫做得还不错，不过父皇的意思是你的性子更适合做文臣。他听说先前在江南查案时，你对筑堤治水之事颇有心得，想过后放你去工部历练历练，如此才算是正式入了朝堂，你意下如何？”

萧砚宁道：“能为陛下分忧，我自然是愿意的。”

谢徽禛道：“真的？”

萧砚宁眸光稍顿，又添了一句：“如此也算是为少爷分忧吧。”

谢徽禛笑了，“越来越会说话了。”

萧砚宁平静道：“我说得不对？”

谢徽禛眼中笑意加深，“自然是对的。”

一刻钟后，车停在东宫大门外。

萧砚宁自车中下来，抬眼望向面前这座阔别一年之久的宏伟宫殿，一时有些慨叹。

“进去吧。”谢徽禛说罢，先一步提步进门。

到了谢徽禛的寝殿外，萧砚宁才惊讶地发现这里的变化，殿阁周围的空地上全都种起了花，各样的颜色，快夏末了仍开得灿烂。

谢徽禛随口解释：“你叫人送来的那些花籽，我都随手撒下了，有的种出来了，有的没有。”

萧砚宁道：“少爷当真有这番闲情逸致？”

谢徽禛有些埋怨地看他一眼，“你让我种的。”

萧砚宁眉眼中盈着笑意，“哦。”

谢徽禛道：“砚宁……”

“嗯。”萧砚宁低声应道。

“你赶紧回来东宫吧。”谢徽禛可怜巴巴地看着萧砚宁。

萧砚宁笑了，“好。”

谢徽禛终于也笑了。

二人同时抬头看向远方。

晚霞似锦，正是最好的时辰。正所谓，金风玉露不胜情，看天上、人间今夕。

番外 年少

萧砚宁被送到庄子上养病时，心里其实是害怕的，他才七八岁大，再少年老成也还是个孩子，离开爹娘独自出府，还是生平第一回。

可他不能说，也不愿说，从小到大，因为身子骨不好，他已给爹娘添了无数麻烦，爹娘是为他好他知道，所以再害怕他也听话去了。

萧王府在郊外的庄子很大，内有山川湖泊，比京中的王府还要大上数倍。庄中一应伺候之人和用度都是王妃一早就安排好的，事无巨细，半点不会让萧砚宁受委屈。

可萧砚宁依旧不适应，哪怕从小伺候他的人都在身边，他还是觉得孤独。

日子就这么一天天过去，直到某个天朗气清的夏日午后，他喝了药，在院中的躺椅里晒着太阳昏昏欲睡时，耳边响起了轻笑声。

萧砚宁慢慢睁开眼，面前是和他年岁一般大的小郎君，唇红齿白、面如冠玉，午后天光晕散在他带笑的眉目间，衬得他竟似那画中的仙童子一般。

萧砚宁愣了一下才回神，紧张地坐起身说：“你是谁？你是怎么来的？”

“离这不远的平阳侯府庄中人，翻墙进来的。”谢徽禛随口胡诌道。

他问：“你一个人在这里睡觉，不要人伺候吗？就不怕被狼叼走啊？”

萧砚宁闻言瞪圆了眼睛，“狼？”

他的神情取悦了谢徽禛，道：“是啊，这附近有山狼啊，你不知道？”

萧砚宁心头怯怯，下意识收紧手，他确实不太喜欢被人围着，才将下人都挥退了，“……庄子上有家丁，狼进不来的。”

谢徽禛却道：“狼进不来，我是怎么进来的？”

萧砚宁彻底无话可说了。

很快有人听到动静过来，见小世子身边多出了个少年郎君，皆分外诧异，谢徽禛自报了家门，那些伺候萧砚宁之人怀疑地打量着他，这附近确实有平阳侯府的别庄，但那庄中有这么个孩子吗？

但见这小郎君衣着打扮和浑身气度，又非是勋贵子弟能装出来的，终究将信将疑。

萧砚宁问：“你是来做什么的啊？”

谢徽禛大咧咧道：“找我养的一只野猫，跑这里来了。”

萧砚宁四处看看，“我没瞧见猫。”

问其他人，也俱是摇头。

谢徽禛嘴上说着找猫，又似乎不怎么上心，兴致全在萧砚宁身上：“喂，你是萧王府的世子吧？名叫砚宁？”

萧砚宁点头，“你呢，你叫何名？”

谢徽禛道：“单名一个禛字，你可以叫我禛哥哥。”

萧砚宁张了张嘴，叫是叫了，叫完又反应过来，自己为何要叫他？这人莫名其妙跑来，还这般自来熟，不是占他便宜吗？

那一众王府庄中下人更是看谢徽禛不太顺眼，平阳侯府的小子，却要他们世子叫哥哥，哪里来的脸？

谢徽禛浑然不觉自己不招人待见，笑眯眯地伸手拉过萧砚宁手腕，道：

"走，哥哥带你去玩。"

萧砚宁："去哪里？"

谢徽禛："你个小呆子只会窝在这院子里，大门不出二门不迈，吹不得风淋不得雨，病能养好才怪，我带你去外头玩。"

身边人想阻止，谢徽禛岂会让他们如愿，转头冲萧砚宁眨眼，仿佛蛊惑他一般道："去不去？"

萧砚宁看着他含笑的眼眸，鬼使神差地点了头，"去。"

谢徽禛带着他去庄上的田野里放风筝。

萧砚宁没玩过这个，更别提是在这种随意一脚就能踩着泥的地方。谢徽禛将风筝线缠到他手心里，教他怎么逆着风跑，放线、收线。

萧砚宁小心翼翼地攥着那只做成金鱼样式的风筝，在谢徽禛的催促声中放开脚步、小跑起来，却紧张得几次差点绊倒。

跟出来的下人一个个在他后面追，吓破了胆："世子，您仔细些，别跑了，别摔着了……"

萧砚宁手中的风筝很快掉落地上，他跑了几步也再跑不动，弯腰不停地喘气，涨红了脸。

丫鬟小厮们见状吓得面无血色，慌忙过来扶住萧砚宁，想要背他回去。

谢徽禛一撇嘴，"就你们这样，难怪你们世子的病一直不能好，他又不是泥菩萨，碰一下就能碎吗？"

有人不忿地瞪他，这不知打哪里冒出来的野孩子太过口无遮拦了，岂有此理！

萧砚宁缓过劲，摆了摆手，坚持没肯让人背，"我没事。"

不过看萧砚宁这样，谢徽禛也没再坚持要他上手，让他就站一旁，自己放风筝给他看。

萧砚宁仰头看向在天际飘扬，忽高忽低的风筝，再又看向那一身火红衣袍，笑得爽朗悦耳的少年，心里生出了几分羡慕，又隐约有些高兴，也跟着笑起来。

天色晚下来后，谢徽禛跟着萧砚宁回去蹭了顿饭。

即便那些下人不喜欢他，但萧砚宁喜欢，小主子乐意交他这个朋友，其他人也说不得什么。

谢徽禛胃口极好，吃什么都吃得香，吃相还很好看，萧砚宁仿佛被他感染了，原本每餐能吃下小半碗饭已是勉强，今日竟也一口接着一口，吃完了将近一整碗饭，最后是身后嬷嬷提醒他别吃太多了免得积食，他才放下筷子。

谢徽禛见状不以为然道：“你就是被萧王府养得太精细了，真跟那些平头百姓家的孩子一样放养，半点事情不会有。”

萧砚宁讪道：“我打小身子骨就不好。”

谢徽禛道：“行了，以后哥哥我带着你，你肯定能好起来。”

走之前，他最后对萧砚宁说：“明日我再来找你玩。”

萧砚宁眼里浮起点点笑意，颔首道：“好。”

自那日后，谢徽禛日日都来，清早陪萧砚宁看书，午膳之后带他去外头玩。

田里放风筝，山上猎山鸡兔子，湖里摸鱼采莲子，做的全是萧砚宁从未做过也不敢做的新鲜事。

一开始都是谢徽禛做，萧砚宁在一旁看，到后面在谢徽禛鼓励或者蛊惑下，萧砚宁也不顾下人劝阻，尝试跟谢徽禛一起做。

毕竟还只是七八岁的孩子，都有好玩的天性，谢徽禛带他做的桩桩件件的事情，都让萧砚宁满心欢喜，终于不再觉得一个人在这庄上的日子难熬，每日清早一睁开眼，便期待那个人过来，告诉他今日要带他去做什么。

他们还一起偷喝过酒，醉得不省人事，吓得下人几乎要回城去请太医，差点惊动了京中王府。也会一起看那些被萧王爷批成玩物丧志的志怪话本，萧砚宁第一次见识四书五经之外的东西，明明害怕却沉迷其中，半夜吓得睡不着觉时，是谢徽禛翻窗进来陪他。

萧砚宁身子弱，一直未习过武，也是谢徽禛教会了他骑马、射箭和简单的拳脚功夫。

萧砚宁不喜喝药，时常趁着下人不注意偷偷倒掉，谢徽禛发现了，帮着他隐瞒，再拿糖和其他好吃的哄他，告诉他药还是要吃。

他们还一起偷偷进去城里玩，逛古玩街、逛庙会、逛花灯会，听曲、看戏、喝茶，京城里但凡好玩热闹的地方，全是谢徽禛带萧砚宁去的。

他们更约定了日后一起去江南，萧砚宁说带谢徽禛去江南风景最好的地方游玩，即便他自己也还未去过。

那半年，是萧砚宁年少过得最逍遥恣意的日子，不用恪守那些礼教规矩，不用顾忌身子骨而畏首畏尾，他的身体还比之前好了很多，能吃能睡、能跑能跳，个子长高了不少，连一贯苍白的脸色中都有了一丝红润，全托了谢徽禛的福。

那个时候萧砚宁以为，他们可以一直这样，无忧无虑地一起长大。

直到有一日，谢徽禛突然来告诉萧砚宁，他要走了。

萧砚宁始终记得那日，是和平常一样的晴天，若一定要说不同，昨夜嬷嬷才提醒他近日京中不太平，劝他不要再到处乱跑。他以为这些事情与在城外庄子上的他们无关，但谢徽禛却说，京中时局动荡，他要回去了。

“家里人要接我回京去，回去之后，估计便出不了门了。”

谢徽禛漫不经心地解释，对这事似乎说不上期待，但也没有抗拒的意思，相比萧砚宁的不舍，他显得淡定得多。

萧砚宁愣了半晌才回神，最终只有一句：“哦……”

谢徽禛瞧见他脸上的表情，笑了一下，伸手捏他的脸道：“做什么这副样子？舍不得我吗？”

他本是想跟平日一样逗弄萧砚宁，眼见着萧砚宁渐渐红了眼，却还要强撑嘴硬说“没有”，心里反而生出些不是滋味，“小呆子，我又不是走了就跟你再不见了，都在京城里，还愁没有见面的机会吗？”

萧砚宁道：“我们还能见面吗？”

谢徽禛再笑了笑，说得笃定：“当然，我会再来找你的。”

谢徽禛这么说，萧砚宁便这么信了，谢徽禛想送枚玉佩给他，他也没收，“你以后若是不再来了，我便当没了你这个朋友，你的礼对我来说也没有任何意义。”

谢徽禛早就发现，萧砚宁这小呆子面上看起来循规蹈矩，其实脾气还不小，但想让他展露真实性情却不容易，自己现在做是做到了，若是之后食言，他大约真的会不再理自己。

那个时候，谢徽禛确实以为自己不会食言，萧砚宁也以为他们或许不用多久就能再见。

岂知这一分开便是许多年，再见时，已是相见不相识。

萧砚宁口称“殿下”，唯独不记得，面前之人还是当年在他最孤独时，朝他伸出过手的那位“禛哥哥”。

好在，遗憾终还有机会弥补。